Diogenes Taschenbuch 21822

detebe

Gavin Black

Überraschung in Singapur

Roman

Aus dem Englischen
von
Matthias Fienbork

Diogenes

Die Originalausgabe erschien 1961
unter dem Titel
›Suddenly, at Singapore‹

Umschlagzeichnung
von Hans Traxler

Deutsche Erstausgabe

100/89/43/1
ISBN 3 257 21822 2

1

Kate kam mir auf dem langen Gang entgegen, der wie eine Art Veranda vor den Zimmern lag. Durch einen pseudomaurischen Rundbogen hinter ihr sah ich den Straßenverkehr, der auf einen der großen Plätze von Kuala Lumpur einmündete. Der Lärm und das unablässige Gehupe der tamilischen Fahrer drangen an mein Ohr, aber eigentlich hörte ich nur das Klappern von Kates Absätzen auf dem Steinfußboden. Wieder spürte ich diesen Krampf im Magen, dieses Gefühl, das ich immer hatte, wenn sie so auf mich zukam, selbst in einem Raum voller Menschen, als ob sie für niemand sonst Augen hätte, niemand sonst beobachtete.

Sie war groß und sehr braun, sie schien die malaiische Sonne gut zu vertragen. Sie hatte schwarzes, kurz geschnittenes Haar und war angezogen wie jemand, der nicht viel Wert auf Kleidung legt, unaufdringlich, nach britischer Art, ungewöhnlich für eine Amerikanerin.

Ich liebte Kate. Das war nichts Neues, aber wir konnten uns nicht daran gewöhnen, vielleicht weil wir keine Möglichkeit dazu hatten. Kate streckte mir die Hände entgegen.

»Paul!«

Ich nahm ihre Hände.

»Komm einen Moment in mein Zimmer.«

Bevor sie eintrat, warf sie einen prüfenden Blick den Gang entlang. Ich hatte den Ventilator angelassen, er quietschte über uns, während ich Kate in den Armen hielt. Sie drückte sich an mich. Dann sagte sie an mein Ohr:

»Schatz, bist du meinetwegen gekommen, oder hattest du geschäftlich zu tun?«

»Ich hatte sehr viel zu tun.«

»Ich bin nie die Hauptsache, hm? Immer hast du ein Alibi.«

»Das predigst du doch auch.«

»Ich weiß, ich weiß. Kannst du mit mir im Hotel essen, oder willst du es lieber nicht riskieren, weil du hier zu viele Leute kennst?«

»Ich habe an ein chinesisches Restaurant gedacht.«

»Es ist immer ein chinesisches Restaurant.«

»Man kann dort einfach besser essen. Es gibt hier eine Spezialität, Ente mit Pilzen.«

Sie trat zurück, lächelte dann.

»Ich beklage mich ja gar nicht.« Sie sah sich um. »Was für eine lausige Bude.«

»Es ist ein altes Hotel.«

»Wir werden die ganze Nacht die Züge hören. Du in deinem Zimmer und ich in meinem.«

»Du hast es so gewollt«, sagte ich.

Sie sah mich an.

»Ist es nicht komisch? Beruflich habe ich es so weit gebracht, und trotzdem halte ich an Konventionen fest. Hat damit zu tun, daß ich auf Cape Cod großgeworden bin. Die unverheirateten Frauen sind bei uns sehr anständig.«

»Kate!«

Sie lächelte wieder, diesmal gequält.

»Ich wollte nicht schon wieder damit anfangen. Wahrscheinlich hatte ich nicht damit gerechnet, dich zu sehen. Komm, gehen wir. Schnell. Ich bin fertig. Wir könnten irgendwo hingehen und etwas trinken, ja?«

Sie zitterte etwas. Jetzt war ich sicher, daß Kate mich hier in Kuala Lumpur nicht hatte wiedersehen wollen, daß sie wieder einmal davongelaufen war. Ich gab ihr eine Zigarette, zündete sie an und öffnete dann die Tür.

»Warte«, sagte sie.

»Du brauchst hier doch nicht herumzuspähen, Kate.«

»Doch, ich glaube schon. Als ich auf mein Zimmer zurückkam, stand in einer der Nischen ein chinesischer Boy. Kurz bevor ich deine Nachricht erhielt. Er stand dort, als wartete er auf etwas. Er hätte ein Hoteldiener sein können, aber ich glaube es nicht. Sein Gesicht kam mir bekannt vor.«

»Du kannst doch kein chinesisches Gesicht von einem anderen unterscheiden.«

»Aber dieses kannte ich. Nicht sehr gut, aber immerhin. Er hatte mir irgendwo, auf irgendeiner Party einen Drink serviert.«

»Hausdiener können einen Hoteljob annehmen und tun das auch oft. Worüber bist du besorgt? Daß jemand uns hinterherspioniert?«

Kate zog tief an ihrer Zigarette. Sie war nervös, angespannt.

»Das, oder etwas anderes. Hier oben hatte ich viel Zeit zum Nachdenken. Mir kam der Gedanke, daß, wenn es eine Liste von hundert Menschen in Singapur gäbe, die ein paar andere gern beseitigt sehen würden … also, du und dein Bruder, ihr würdet wahrscheinlich ziemlich weit oben stehen.«

»Man will mich also beseitigen.«

»Findest du das komisch? Ich nicht.«

Kate ging an mir vorbei und spähte aus der geöffneten Tür.

»Wir können«, sagte sie.

Wir gingen in Richtung Lift. Ich trug Schuhe mit Kreppsohlen. Das einzige Geräusch war das Klappern von Kates Absätzen, ein Geräusch, das von dem merkwürdigen Steingewölbe verstärkt und zurückgeworfen wurde. Bei jedem offenen Rundbogen fiel mein Blick, wie durch einen gemeißelten Rahmen, auf breite Straßen und tropische Bäume.

Dann dachte ich, wie es wohl wäre, mit Kate ohne diese seltsame Befangenheit spazierenzugehen. Seltsam, weil wir uns zwar liebten, aber kein Liebespaar waren. Wir taten alles, um diesem Etikett zu entgehen, das man uns mühelos anheften konnte, auch wenn wir es gar nicht verdient hatten. Die Vorstellung, daß wir das Etikett nicht verdient hatten, würde ein paar Menschen zum Lachen bringen; vielleicht lachten sie jetzt schon.

Wir bedienten den Lift selbst. Kate sagte:

»Ich bin froh, daß du hier bist. Tut mir leid, wenn es nicht so ausgesehen hat. Allein in dieser reizenden kleinen Stadt ist es langweilig. In der letzten Zeit ist überhaupt alles langweilig, was ich allein mache.«

Ich nahm ihre Hand. Als der Lift anhielt, stiegen wir aus und gingen zur Hotelbar. Wir waren völlig allein. Kate trank Whisky, der ihr nicht schmeckte, aber es gehörte zu ihrer Rolle als Journalistin. Es gab Zeiten, da trank sie ihn regelmäßig, wie eine Medizin, doch er verschaffte ihr keine Entspannung.

»Es ist jetzt zehn Tage her«, sagte ich. »Warum hast du mir nicht geschrieben oder im Büro angerufen?«

»Ich hab's dir doch gesagt. Ich habe nachgedacht. Etwas Komisches ist passiert, bevor ich hierherfuhr. Hat dein Bruder dir nichts erzählt?«

»Jeff? Nein.«

»Ich dachte mir's schon. Er hat mich zum Essen eingeladen. Ich war überrascht, als er den Vorschlag machte. Ich habe ihn nur ein paarmal gesehen. Hätte gar nicht gedacht, daß mir seine Wohnung gefallen würde.«

»Du warst bei ihm zu Hause?«

»Ja. Wir wollten reden können. Was wir dann auch getan haben. Ohne großes Drumherum. Wir sind gleich zur Sache gekommen. Es ging um dich. Er hat dich sehr gern, Paul.«

»Ich weiß, aber was sollte das alles?«

Sie antwortete nicht gleich, betrachtete nur ihr Glas.

»Er sagte, du und ich, wir sollten mit dieser Kinderei aufhören, uns in anderer Leute Wohnungen Blicke zuzuwerfen.«

»Was bildet er sich ein, verdammt!«

»Moment mal, du verstehst das falsch. Jeff sagte, wir sollten heiraten. Er hat praktisch gesagt, daß ich der Typ Frau bin, den du von vornherein hättest heiraten sollen. Mach deinen Mund wieder zu, es steht dir nicht! Jeffrey möchte, daß ich die Stelle deiner jetzigen Frau einnehme. Er sagt, Ruth wird nicht sehr darunter leiden, es gibt keinen Grund, warum sie nicht weiterhin von dir versorgt werden kann. Er sagt, sie ist nicht mehr deine Frau.«

»Es ist doch nicht ihre Schuld!«

Kate trank wieder von ihrer Medizin. Wut stieg in mir hoch.

»Eigentlich haben wir nicht über deine Ehe gesprochen, Paul. Vielleicht, weil ich keine Lust dazu hatte. Jeff hat mir bloß seine Pläne angedeutet. Ruth soll, finanziell gut ausgestattet, in die Staaten zurückkehren.«

»Ich werde meine Frau nicht mit einer Abfindung vor die Tür setzen!«

Kate sah mich an.

»Das habe ich auch gesagt. Aber dein Bruder schien nicht zuzuhören. Ich hatte die ganze Zeit das Gefühl, einem Menschen gegenüberzusitzen, der seine Entscheidung schon getroffen hat. Ich habe versucht, ihm zu sagen, daß du dein Leben nicht so einfach umstellen könntest, aber er hat mich nur angesehen und gesagt: ›Warum denn nicht?‹ Irgendwie machte er mir fast Angst. In Singapur gibt es eine Art Mythos um deinen Bruder, und in diesem Moment konnte ich es verstehen. Er kann einen schon ängstigen. Es war, als hätte er etwas taxiert und beschlossen, daß es Zeit ist einzugreifen. Als hätte er mich getestet und, was seine Zwecke angeht, für gut befunden.«

Ich saß da, insgeheim froh darüber, daß Jeff uns zusammenbringen wollte. Wir hatten nie über Kate gesprochen, doch in diesem Moment fühlte ich mich irgendwie erleichtert. Vielleicht spürte ich auch Jeffs Autorität, denn sie war real, so wie Kate gesagt hatte. Er würde sich erst nach einer langen Zeit des Nachdenkens in einer solchen Weise einmischen. In einem Punkt konnte ich ihm allerdings nicht folgen, und das war, die ganze Sache als ein Spiel mit Schachfiguren anzusehen. Jeff setzte sich hin zu einem Spiel und machte gleich den ersten Zug mit einem Bauern.

»Weißt du, was du tun wirst?« fragte Kate.

»Ich werde Jeff sagen, er soll sich um ein kleines Geschäft kümmern, das sich in Nordsumatra für uns anbahnt.«

»Gut, daß du das gesagt hast. Können wir jetzt gehen?«

Wir gingen hinaus zu meinem Auto, einem neuen Bristol, der mit Sicherheitsgurten ausgestattet war, damit man bei hundertachtzig Sachen nicht durch die Windschutzscheibe fliegt. Jeff hatte ihn mir vor drei Monaten zu meinem siebenunddreißigsten Geburtstag geschenkt und 22 000 Malaya-Dollar dafür hingeblättert. Seit dem Krieg hatte ich viele Dinge von ihm bekommen, aber ich wußte, ich hatte sie alle verdient.

»Vor dem Essen könnten wir eine kleine Fahrt machen«, sagte ich, »hinauf zum Paß.«

Kate nickte bloß. Es leuchtete ihr ein, mit diesem Auto eine Spritztour zu unternehmen, egal wohin. Das Auto war dafür gebaut. Ruth konnte es allerdings nicht leiden. Sie sagte, die Gurte gäben ihr das Gefühl, in einer Rakete festgeschnallt zu sitzen. Kate legte den Gurt an.

»Wie weit ist es bis zum Paß hoch? Ungefähr sechzig Kilometer? Was schätzt du, zwanzig Minuten pro Strecke?«

»Wenn es keine Ochsenkarren gibt.«

»Ich werde für sie beten.«

Es war noch eine halbe Stunde bis Sonnenuntergang. Der Himmel bereitete sich schon auf das abendliche Farbenspiel vor. Ein rötlichgelbes Licht fiel herab, und das grüne Land wirkte in der Glut wie fluoreszierend. Eben noch hatte es geregnet, alles glitzerte vor Nässe, und die Gebirgskämme waren noch immer in Gewitterwolken gehüllt.

»Ich glaube, man wird mich nach New York zurückrufen«, sagte Kate.

Meine Hand, die auf dem Lenkrad lag, zuckte zusammen, was dem Auto nicht gefiel. Es machte einen wütenden Schlenker.

Kate war Korrespondentin des amerikanischen Nachrichtenmagazins *Day* in Singapur. Als Frau in einem Männerjob hatte sie oft das Gefühl, daß sie auf der Abschußliste stand. Das war nichts Neues, und ich sagte es ihr.

»Sicher, ich mache mir oft Gedanken darüber, Paul, ich weiß. Aber diesmal habe ich einen guten Grund. Ich habe ihnen von einer Story erzählt, hinter der ich her bin, liefere sie aber nicht ab. Ich kann es nicht. Und du weißt, warum.«

Ich wußte es. Ihre Story betraf mich und Jeff, und zwar nicht nur am Rande. Kate gab mir eine angezündete Zigarette.

»Als Frau kann ich in dieser Branche nie wirklich gut sein, das ist das Problem. Nie Karriere machen. Wir sind nicht rücksichtslos genug. Wir sind nicht imstande, emotionslos an die Dinge heranzugehen und sie fein säuberlich auseinanderzuhalten. Im Gegensatz zu dir, beispielsweise.«

»Was heißt das denn?«

»Das heißt, wenn heute nacht eine deiner Missionen anstünde, dann würdest du nicht bei mir bleiben, sondern einfach gehen.«

»Geschäftsreisen, nicht Missionen«, sagte ich.

»Ja sicher. Es macht mich ganz traurig, wenn ich an all die verpaßten Chancen denke, dich in weinseligen Momenten auszuhorchen, ganz Mata-Hari-mäßig. Der Profi, der sich verplappert. Es hätte mich alarmieren müssen, als ich deine Blicke auf meine Beine bemerkte.«

»Das ist dir also aufgefallen?«

»Mein Lieber, das Sympathische an dir ist auch, daß du völlig normal bist.«

Die Straße stieg allmählich an, doch ich kannte die Kurven und blieb bei neunzig, hundert. Das heißt, daß wir ziemlich scharf in die Kurven gingen, aber die Hinterräder heulten nicht auf. Der Bristol war ein hübsches kleines Auto, niedrig gebaut, mit guter Straßenlage, und wenn es irgendwelche Probleme gab, dann würde es am Fahrer liegen und nicht an der Konstruktion. Ich wußte, daß mein Fahrstil auch Kate zusagte und daß es ihr gefiel, wie der Körper manchmal gegen den Gurt gedrückt wurde. Inzwischen waren wir von riesigen Urwaldbäumen umgeben.

Ich hatte versucht, Kate zu erzählen, was ich für Malaya empfand, daß meine Liebe zu diesem Land nicht künstlich, sondern echt war, denn es war meine Heimat. Ich hatte kein anderes Zuhause, weder Jeff noch ich hatten versucht, woanders heimisch zu werden. Mein Großvater war Kaufmann in Schanghai gewesen, und mein Vater hatte die Firma im Jahre 1931 nach Singapur verlegt. Seine Art, sie zu führen, hatte etwas Orientalisches, und wir hatten diese Art geerbt.

Hier in Singapur war ich als Achtzehnjähriger, nach sechs Wochen Krieg, zusammen mit meinem Bruder in ein japanisches Gefangenenlager gesteckt worden und mit ihm wieder freigekommen. Wir hatten mitangesehen, wie unsere Welt in Brüche ging, und uns daran gemacht, sie wiederaufzubauen. Wir taten allerdings noch ein wenig mehr: nebenher fingen wir an, uns auf ganz eigene Weise gegen den Tag abzusichern, an dem abermals alles zusammenbrechen würde. Es war eine einfache Form der Versicherung, für den Geschmack vieler Leute zu direkt.

Es besteht ein großer Gegensatz zwischen Menschen wie Jeff oder mir und denjenigen, die nach Asien kommen, um hier Karriere zu machen. Im Grunde trauen wir den Europäern nicht. Das liegt hauptsächlich wohl daran, daß wir, anders als sie, uns nirgendwohin zurückziehen können, uns erwartet kein Haus in irgendeinem der Home Counties, in dem wir das angenehme englische Leben führen könnten. Oder ein amerikanisches Leben in Südkalifornien. Wir sind einfach nicht daran interessiert, auch nicht teilweise.

Ich hatte Kate erzählt, wie ich mich hier fühlte, wußte aber nicht, ob sie meine Empfindungen besser verstehen oder akzeptieren konnte als meine Frau. Eine starke Verbundenheit mit dem Ort, an dem man lebt, ist möglicherweise ein männlicher Luxus.

Auf dem Rückweg nach Kuala Lumpur waren wir schneller als auf dem Hinweg. Wir fuhren zu einem chinesischen Restaurant, das von Millionären aus Singapur frequentiert wird. Wir saßen draußen in einem Garten auf Steinbänken. Ein Brunnen im Kolonialstil plätscherte vor sich hin, und aus einem Radio kam von weither chinesische Jazzmusik.

Als die erste Flasche Tresterwein serviert wurde, sagte Kate:

»Paul, wie gefährlich ist das, was du machst?«

»Wieder das alte Thema?«

»Hast du was dagegen? Ich frage nicht als Journalistin. Es ist rein private Neugier. Oder kann man hier nicht offen reden?«

»Ich suche mir immer sehr sorgfältig aus, wo ich sitze. Wir sind hier völlig sicher.«

»Gut. Ich schwöre, ich werde nichts davon verwenden. Ich muß einfach nur wissen, was es für dich bedeutet. Ich werde zu niemandem darüber reden.«

»Na schön. Was ich mache, ist meistens nicht gefährlich. Nur manchmal.«

»Ich werde nicht fragen, wie du vorgehst. Ich möchte bloß wissen, warum. Vielleicht ist es leichter, wenn ich dir sage, daß ich weiß, daß du die Gegner der rechtmäßigen Regierung von Java mit Waffen belieferst.«

»Ich habe überhaupt nichts gegen die rechtmäßige Regierung von Java. Sie kann auf ihrer eigenen Insel machen, was sie will, auch den Kommunismus einführen, wenn es ihr gefällt. Das weniger Schöne ist, daß sie anderen Menschen ihren Weg aufzwingt, Menschen, die zum Beispiel für den Kommunismus nichts übrig haben, wie die Mehrheit auf Celebes und Sumatra.«

»Woher willst du wissen, daß sie mit Java nicht zusammengehen wollen?«

»Weil sie Widerstand leisten und lieber sterben. Kein schlechter Beweis, oder?«

»Es heißt, daß diese Kämpfe von Singapur aus organisiert werden.«

»Unsinn, völliger Unsinn.«

Der Kellner brachte unser Essen. Er wirkte gleichgültig, schien uns überhaupt nicht zu beachten. Kate wartete nur, um den Faden sofort wiederaufzunehmen.

»Ohne Waffen von außen können solche Kämpfe nicht geführt werden, Paul.«

»Sie werden geführt. Die Waffen kommen erst später.«

Sie fischte mit ihrem Stäbchen in einer Beilage herum, aß etwas, während sie mich beobachtete.

»Ich habe Angst«, sagte sie. »Wo soll denn das alles enden? Du kannst doch nicht einfach so aussteigen. Offensichtlich willst du ja auch gar nicht. Und die ganze Zeit tragen sie dort drüben Informationen über dich zusammen. Mir ist in Singapur einiges zu Ohren gekommen. Auf Sumatra operiert ein gewisser General Sorumbai. Ihn setzt die Regierung fürs Grobe ein, stimmt's? Er wird dich nicht besonders gut leiden können.«

»Wenn der General weiß, was wir tun, wird er uns nicht besonders gut leiden können.«

»Man kann dich so leicht ... umbringen.«

»Ich weiß nicht. Wir haben schon vieles überstanden, Jeff und ich. Das Leben hier ist seit 1941 nicht gerade ein Zuckerschlecken. Ich gebe zu, nicht alles, was in unserer Branche geschieht, würde bei einer Rotarierversammlung auf Beifall stoßen. Aber Rotarier haben hier draußen halt nicht viel zu melden. Wäre vielleicht besser.«

Kate hielt ihr Weinglas hoch.

»Vielleicht müssen Frauen akzeptieren«, sagte sie, »daß Männer ihr Leben auf verschiedene Schubladen verteilen, eine große Schublade für den Beruf, eine kleine für die Liebe. Eigentlich beneide ich dich. Du bist so geschickt darin.«

»Kate ... ich liebe dich!«

»Ja, wenn du diese Schublade aufmachst. Ich glaube, wir sollten jetzt gehen, was meinst du?«

Wir gingen hinaus, durch den Speisesaal, vollgepackt mit lärmenden chinesischen Familien, die sich dem Essen mit jener geradezu leidenschaftlichen Begeisterung widmeten, die man nur bei ihnen und den Franzosen erlebt. Wir stiegen in das Auto und fuhren los, ohne uns diesmal anzuschnallen.

»Ist deine Geschäftsreise hier zu Ende, Paul?«

»Ja, seit heute.«

»Und erst dann ist dir eingefallen, mich anzurufen?«

»Kate, ich habe gedacht, du bist nicht im Hotel.«

»War ich auch nicht, du hattest ganz recht. Und was hast du jetzt vor?«

»Ich dachte, ich könnte ein paar Tage bleiben. Bei dir.«

Kate sah die Menschen auf der Straße an.

»Vielleicht fahre ich hoch nach Penang. Aus irgendeinem Grund war ich noch nie dort.«

»Penang ist schön und langweilig.«

»Dann werde ich ja meine Ruhe haben«, sagte Kate bitter.

Kaum hatten wir die Hotelhalle betreten, kam uns ein kleiner Mann entgegen.

»Mr. Harris? Mr. Paul Harris?«

»Ja.«

»Eine Nachricht für Sie aus Singapur. Eine dringende Nachricht. Sie möchten diese Nummer anrufen, und zwar schnell. Es ist sehr wichtig.«

»Wer hat angerufen?«

»Die Polizei, Sir.«

»Kate, setz dich dort drüben hin und bestell uns was zu trinken, ja? Für mich ein Bier.«

Kate drehte sich sofort um. Ich ging zu einer kleinen Kabine und schloß hinter mir zu.

Als ich hinaustrat, war alles um mich herum zusammengebrochen, zerstört, in Trümmern. Mir war übel, und ich fühlte mich alt. Kate sah mich kommen und erhob sich langsam.

»Paul...!«

»Es ist Jeff. Er ist tot. Ermordet. Ein Schuß in den Hinterkopf.«

2

Kate brachte mich auf mein Zimmer. Ich ließ mich auf das Bett fallen, begrub das Gesicht im Kissen. Ich wollte weder sie noch überhaupt irgend etwas sehen. Sie ging im Zimmer umher, ich hörte sie, aber es bedeutete mir nichts, nicht einmal, daß sie da war. Dann kam sie zu mir.

»Trink das!«

»Nein.«

»Ach, Paul. Ich weiß, was es für dich bedeutet. Als er von dir sprach, hatte ich das Gefühl, daß ihm außer dir nichts wichtig war...«

»Bitte hör auf!«

»Entschuldige. Es tut mir leid.«

Sie entfernte sich wieder. Sie mußte sich hingesetzt haben. Nach einer Weile richtete ich mich auf und setzte mich auf den Bettrand, die Füße auf den Boden.

»Dank dir, Kate! Das war ein Schlag in die Magengrube. Ohne dich wäre es schlimmer gewesen.«

Sie nickte. Sie rauchte eine Zigarette, sah die Wand an, nicht mich. Ich ging in das Badezimmer und wusch mir das Gesicht. Mein Mund fühlte sich wie Watte an. Ich putzte mir die Zähne. Verzweiflung hatte ich bisher nur einmal auf eine so körperliche Art gespürt; ich fühlte mich schwach, als wäre alle Kraft von mir gegangen.

»Jeff! Ach mein Gott, Jeff!«

Über das Waschbecken gebeugt, begann ich, mich zu erbrechen. Kate hörte mich, kam hinzu und hielt meinen Kopf, die Hand an die Stirn gelegt. Dann war es vorbei, und ich hatte mich wieder im Griff.

Kate sah zu, als ich im Schlafzimmer anfing, meine Sachen einzupacken.

»Du solltest nicht mit dem Auto zurückfahren«, sagte sie. »Du bist nicht in der Verfassung dafür.«

»Es geht schon wieder. Ich kann fahren.«

»Paul, in einer Stunde fährt ein Zug!«

»Ich werde schneller sein als der Zug.«

»Aber was nützt es dir denn jetzt?«

»Ich muß zurück, das ist alles. Geh lieber auf dein Zimmer. Übrigens vielen Dank. Ich danke dir sehr.«

»Warum mußt du mir danken? Ich bin doch keine Fremde.«

»Ich weiß. Ich mußte einfach was sagen, das ist alles.«

»Ich komme mit. Ich werde mich ans Steuer setzen. Ich werde schnell fahren.«

»Nein.«

»Ich komme trotzdem mit.«

Sie drehte sich um und ging hinaus. Kurze Zeit später war ich bei meinem Auto, doch sie stand schon daneben, ihre Tasche auf der Erde.

»Ich kann hier jetzt nicht allein zurückbleiben«, sagte sie, und es klang wie ein Hilferuf.

»Na schön, steig ein.«

Hartes, klares Licht fiel auf die Dschungelstraßen. Wir hatten die Fenster heruntergekurbelt, und es war kühl. Wir kamen durch Dörfer und Städte, bahnten uns vorsichtig einen Weg durch nächtlichen Lärm, junge Tamilen gingen Hand in Hand, fette Chinesinnen watschelten vorbei. Wir schienen wie durch einen Tunnel quer durch Gelächter und Wortfetzen zu fahren, die an unser Ohr drangen. Die Leute gafften dem kleinen, eleganten Flitzer hinterher. Es roch nach scharfen Gewürzen und aromatischen Speisen.

Jeffs Land und auch meines. Vielleicht hatten wir uns ja getäuscht, vielleicht waren diese Leute dort doch Fremde, auch wenn ich so mit ihnen reden konnte, daß sie, hinter einem Wandschirm stehend, nicht gemerkt hätten, daß ich nicht dazugehörte, eine andere Hautfarbe hatte als sie.

Vielleicht hatten wir uns aus Verzweiflung an das einzige geklammert, was wir kannten, und uns etwas vorgemacht, als wir es als unsere Welt bezeichneten. Kate wollte nicht glauben, daß es wirklich meine Welt war.

Sie sagte kein Wort, saß bloß neben mir. Hin und wieder zündete sie eine Zigarette an und steckte sie mir zwischen die Lippen. In Gemas fiel es mir plötzlich ein. Ich hielt an.

»Ich habe Ruth nicht angerufen. Ich muß es jetzt tun. Die Polizei wird sie schon verständigt haben.«

Es dauerte lange, bis Ruth an den Apparat kam, gemeldet hatte sich der zweite Hausboy, ein Junge aus Hainan, der nicht immer leicht zu verstehen war. Heute schien er nur vor sich hin zu brabbeln. Er konnte mir nicht viel mehr berichten, bloß, daß die Polizei glaubte, mein Bruder sei etwa um sechs Uhr erschossen worden, gegen Sonnenuntergang.

Jeff hatte eine Etagenwohnung in einem teuren Häuserblock bewohnt. Seine Diener waren nicht in der Wohnung untergebracht, sondern in einem separaten Anbau. Dieses Arrangement hatte mir nie besonders zugesagt. Ich fand, daß er, so wie wir lebten und angesichts der Geschäfte, denen wir nachgingen, jemand die ganze Zeit in der Wohnung haben sollte. Einmal hatte ich ihm sogar jemanden vermittelt, einen ziemlichen Schlägertypen, aber Jeff hatte ihn rausgeworfen. Er wollte keinen Aufpasser, hatte er gesagt.

»Paul!« Ruths Stimme hörte sich klagend an. »Wo bist du gewesen? Du hast nicht angerufen.«

»Entschuldige, ich bin die ganze Zeit gefahren, das ist

alles. Gleich nachdem ich es erfahren hatte. Ich bin auf halbem Weg nach Hause. Ich bin bald da.«

»Ich fühl mich so elend! Ich wollte deine Stimme hören.«

»Es tut mir leid«, sagte ich wieder. Es klang wie ein Echo von Kates Worten im Hotelzimmer, eine Entschuldigung für Hilflosigkeit. »Hör zu, Liebes, ich bin gleich da. Geh in dein Zimmer und nimm ein Beruhigungsmittel.«

»Genausogut hätte es dich erwischen können«, sagte Ruth.

»Hör auf, ich bitte dich!«

»Ist doch wahr. Das ist es ja, was mich so krank macht... dieser Gedanke.«

»Ruth, du hältst mich auf. Ich will weiterfahren.«

»Kommst du zuerst hierher?«

»Ich muß in seine Wohnung.«

»Nein! Tu das nicht!«

»Ruth, hilf mir jetzt bitte. Du mußt mir helfen.«

»Na schön.« Sie klang wie ein Kind, müde, verängstigt. »Aber es dauert doch nicht lange?«

»Nein, natürlich nicht.«

Wir fuhren weiter, Kate und ich.

»War Ruth sehr durcheinander?«

»Es klang so.«

»Sie hat doch bestimmt jemand bei sich? Eine Freundin?«

»Ich glaube nicht. Bloß die Hausdiener. Ruth hat sich nie einfach so an ihre Freundinnen gewandt. Immer nur an mich.«

»Ach so«, sagte Kate, sehr ruhig.

Wir waren schon wieder im Dschungel, rasten in Richtung Johore, ehe sie wieder sprach.

»Für mich ist es auch deswegen so schwierig, weil ich einfach viel Sympathie für deine Frau empfinde. Ich versuche mir vorzustellen, wie es wäre, wenn ich in irgendeinem Haus auf dich warten müßte.«

Ich sagte nichts dazu, weil ich wußte, was Kate meinte. Es war ja einiges daran, die verschiedenen Lebensbereiche säuberlich auseinanderzuhalten. Die meisten Männer machen es so, ich vielleicht mehr als üblich, wegen der Dinge, denen wir, Jeff und ich, uns seit langer Zeit verschrieben hatten. Gewiß, ich hatte meiner Frau ein Leben ohne materielle Sorgen ermöglicht, aber sie wurde eigentlich nicht gefordert. Ich brauchte nur selten ihre Hilfe, höchstens manchmal als Gastgeberin. Das Band zwischen uns, das uns früher stabil und dauerhaft erschienen war, war gerissen, und wir hatten keinen Ersatz dafür gefunden, uns vielleicht auch nicht allzusehr angestrengt, etwas zu finden.

Was mich an Kate sofort fasziniert hatte, war das Gefühl, daß sie keinen Mann brauchte, der ihr eine Welt einrichtete, sondern daß sie ganz allein zurechtkam. Sogar unsere Liebe war etwas, zu dem sie aus ihrem eigenen Leben kam, wenn wir beide die Zeit dafür fanden. Mir wäre nie eingefallen, daß Kate auf mich warten könnte. Jetzt war ich nicht mehr so sicher. Es irritierte mich, daß sie etwas mit Ruths Augen sehen konnte.

Ich hatte gedacht, Ruth und Kate seien zwei völlig verschiedene Menschen, was ihre Einstellung zum Leben betraf, aber vielleicht stimmte das nicht.

»Paul, was meinst du, wird die Polizei in Singapur den Mann finden, der deinen Bruder umgebracht hat?«

»Ich hab da meine Zweifel.«

»Und wenn sie es nicht schafft?«

»Dann muß ich mich selber auf die Suche machen.«

»Verstehe. Das wird gefährlich sein.«

»Nicht unbedingt. Höchstens, wenn ich übereilt vorgehe. Im Moment hätte ich Lust, sofort etwas zu unternehmen. Aber das wäre falsch. Jeff würde sagen: Immer ruhig Blut. Warte auf den richtigen Augenblick. Ich höre ihn das sagen, er hat es hundertmal gesagt. Und ich weiß, er hat recht. Wenn ich warte und die Nerven behalte, wird sich die Spur, die ich brauche, schon zeigen. Da bin ich ganz sicher.«

»Diese Spur könnte nach Sumatra zu General Sorumbai führen. Würdest du sie dorthin verfolgen?«

»Kate, das ist so eine Frage, die ich jetzt nicht beantworten kann.«

Sie wußte, daß das eine Ausflucht war, aber es ging nicht anders.

Wir fuhren über den Damm, der seinerzeit gesprengt werden sollte, um die Einnahme Singapurs durch die Japaner zu verhindern. Ich erinnerte mich, daß ich diesen Damm kurz nach meiner Gefangennahme gesehen hatte, durch die Türritze eines Viehwaggons aus Wellblech, durch die Jeff und ich aus diesem fahrbaren Backofen gespäht hatten und dachten, daß unsere Leute nur ein winziges Loch in den Damm gesprengt hatten. Die Japaner hatten es rasch ausgebessert, und dieses Loch war zu einem ihrer Witze geworden.

In gewissem Sinne war es ein Witz, mit dem wir seither versucht haben, fertig zu werden. Wir waren zu einem Volk zurückgekehrt, das vorgab, uns willkommen zu heißen, das sich aber erinnerte, wie leicht es war, uns zu vertreiben. Und das konnte einen schon verbittern, wenn es das eigene Zuhause war und nicht bloß ein Land, das man auspreßte.

Wenn ich getrunken habe und mich in der Gesellschaft von Engländern befinde, die glauben, daß alles so lange halten wird, wie es eben geht, aber nicht länger, dann äußere ich mich manchmal in einer Art, die den fortschrittlichen Jungs vom Kolonialministerium einen Schock versetzen würde, wenn sie nicht schon ein hübsches Etikett für mich parat hätten: der lokale Reaktionär. Nun gut, ich bin ein Reaktionär, lebe in einem Land, das von uns aufgebaut wurde, nicht von den Chinesen oder den Malaien oder den Tamilen, sondern von uns, mit unserem Grips und unserem Schweiß. Das ist eine Tatsache, und wenn man ihr heutzutage auch nur selten ins Auge sieht, so bleibt es doch eine Tatsache.

Ich konnte mir schon ausmalen, wie man auf der Insel, die Kate und ich inzwischen erreicht hatten, auf Jeffs Tod offiziell reagieren würde. Es würde eine ganze Reihe hochgestellter Persönlichkeiten geben, die insgeheim gar nicht so böse darüber wären ... auch wenn sie es an einem Bartresen nicht sagen würden. Vielleicht würde man sogar noch einen Schritt weitergehen und bedauern, daß die Killer nicht zugleich auch mich erledigt hatten. Je weniger Reaktionäre in einer jungen Demokratie herumlaufen, desto besser, denn sie verhindern meistens, daß sich der

Staub legen kann – was wichtig ist, wenn sich das Geschäftsleben wieder normalisieren soll.

Ich rechnete nicht mit vielen Verbündeten in Singapur, aber wir hatten eigentlich nie viele Verbündete dort gehabt, jedenfalls nicht in den Kreisen, die immer viel Geschrei machen.

»Bringst du mich bitte direkt ins Hotel?« sagte Kate ruhig. Sie schien die Rolle zu spielen, die ich ihr im ersten Akt unserer Beziehung zugewiesen hatte, das Mädchen, das keine Umstände macht.

Ich fuhr sie zu ihrem Hotel, das in einem ruhigen Stadtteil lag, und nahm ihre Taschen aus dem Kofferraum. Dann stiegen wir eine Treppe hoch. Wir mußten den Nachtportier herausklingeln. Kate stand da, ohne mich anzusehen, als wüßte sie, daß ich es nicht wollte.

»Du rufst mich an, sobald du Zeit hast, Paul, ja?«

»Natürlich.«

Als ein schlaftrunkener Chinese aufmachte, ging sie einfach hinein, ohne sich noch einmal umzusehen. Ich ging zum Auto, das Jeff mir geschenkt hatte, und fuhr durch fast leere Straßen zu seinem Appartementblock mit jener Sorte Eingangshalle, wie man sie überall auf der Welt findet, diese Hier-stirbt-man-nicht-Atmosphäre, mit einer Beleuchtung, die die ganze Nacht anbleibt, und Pflanzen, die beim ersten Anzeichen von Anämie auf den Müll geworfen und durch andere ersetzt werden, die noch von ihrer vitaminreichen Diät zehren können. Der Lift fuhr geräuschlos nach oben, ich trat hinaus in einen Korridor, ein chinesischer Polizist saß dort auf einem Stuhl, der aus Jeffs Wohnzimmer stammte.

»Ich bin sein Bruder«, sagte ich auf kantonesisch. »Ich möchte hinein.«

»Die Leiche ist nicht mehr da«, sagte er, »sie ist in der Leichenhalle.«

»Ich hatte auch nicht angenommen, daß sie noch hier ist. Ich möchte trotzdem rein.«

»Geht nicht.«

»Gleich neben der Tür da drin gibt es ein Telefon. Wir können es benutzen.«

Am Ende ließ er mich in die kleine Vorhalle eintreten. Es sah gepflegt und neutral dort aus, ein, zwei Stunden würde eine Reinigungskolonne zu tun haben, und die Wohnung wäre frei für den nächsten Mieter. An beiden Enden der Leitung wurde gebrüllt, doch schließlich konnte ich mich durchsetzen. Der Polizist stand währenddessen hinter mir, ich spürte seinen Atem im Nacken. Ich sollte nichts anfassen, nicht einmal die Türklinke.

Ich hätte nicht geglaubt, daß Jeffs Wohnzimmer so aussehen würde. Der Aktenschrank, den er sich von einem chinesischen Tischler hatte aufpolieren lassen, sah hinter dem Flügel, auf dem nie jemand spielte, noch immer sehr zweckmäßig aus. Beide Türen standen offen, jede einzelne Schublade war herausgezogen. Auf dem Boden verstreut lagen Papiere. Sämtliche Schubladen, die es im Zimmer gab, waren herausgezogen und der Inhalt einfach auf den Boden gekippt worden.

»War das schon so, oder hat die Polizei das gemacht?« fragte ich.

Mein Polizist wurde wütend.

»Das war schon so.«

Dann sah ich einen Fleck auf dem Teakholzboden, einen großen Fleck, genau unter dem Flügel. Dort lagen auch eine zerbrochene Karaffe und überall Glassplitter. Jeff pflegte seine Drinks am Flügel zu bereiten, und dort stellte der Boy sein Tablett ab. Als der Schuß fiel, muß Jeff gerade einen Drink eingeschenkt haben, für sich selbst oder für einen Besucher, der ihm bekannt war. Der Killer konnte von Jeff hereingelassen worden sein, vielleicht hatte er hier auch gewartet, irgendwo versteckt, irgend jemand, der seine Gewohnheiten kannte. Jeff ging davon aus, daß dieses Tablett auf dem Flügel stand, wenn er nach Hause kam, und aller Wahrscheinlichkeit nach hatte er sich sehr bald einen Drink gemacht.

Ich rührte nichts an. Ich wußte, daß ich mir an einem bestimmten Ort in Kürze den Jeff würde ansehen müssen, den man hier weggeschafft hatte. Dazu hatte ich keine Lust. Ich wollte nach Hause, zu Ruth, und wenn ich mich hier noch länger herumtrieb, konnte irgend jemand vom Kommissariat vorbeikommen und nachsehen, was ich hier machte. Ich sagte dem Polizisten Bescheid, wohin ich fahren wollte, und ging hinaus.

Ich hatte für Ruth ein großes Haus hinter dem Botanischen Garten gekauft, recht günstig, weil es für den heutigen Geschmack zu groß war, und hatte eine Menge Geld hineingesteckt. Zum Haus gehörten etwa anderthalb Hektar Grund, selbst eine Art botanischer Garten in Miniatur. Zur Straße hin standen die Bäume so dicht, daß man das Haus erst sah, wenn man die Auffahrt ein Stück hochgefahren war. Als ich jetzt dort hochfuhr, schien mir, als sei das Erdgeschoß in seiner ganzen Breite erleuchtet.

Unter dem altmodischen Vorbau stand ein Polizeiauto. Es war halb drei in der Nacht.

Ich traf Ruth im Wohnzimmer, einem großen Salon, den wir seltener benutzten als die altmodischen Veranden davor. Sie trug einen blaßgrünen Hausmantel aus chinesischer Seide, in dem sie noch immer wie ein kleines Mädchen mit roten Haaren aussah, obwohl sie zweiunddreißig war. Sie kam mir entgegengelaufen, und ich nahm sie in die Arme. Ihre Hände auf meinem Rücken waren unruhig, trafen sich, klammerten sich fest. Sie hatte nicht geweint, doch jetzt fing sie an, furchtbar zu schluchzen, als sei sie aus einem Alptraum erwacht. Über ihren Kopf hinweg sah ich den Kriminalbeamten, ich kannte ihn nicht, er saß ruhig in einem Sessel und wartete.

»Schon gut, Liebes, schon gut!«

»Nein«, rief Ruth, »überhaupt nichts ist gut.«

Ich versuchte sie zu trösten. Plötzlich blickte sie zu mir hoch.

»Hör auf damit!«

Sie riß sich los und trat an einen Tisch. Mit ihren kleinen Händen fingerte sie an einer Zigarettenschachtel herum. Sie nahm eine Zigarette heraus und zündete sie an.

In diesem Moment erhob sich der Unbekannte, ein drahtiger junger Mann in einem weißen, glänzenden Anzug, der so aussah, als hätte er ihn erst wenige Stunden zuvor angezogen. Er war dünn und gelassen, ein Chinese, seit ein, zwei Generationen akklimatisiert, ein Mann mit Manieren, geeignet für die Übergangszeit. Er würde eine ganze Weile mit einer vor Schmerz besinnungslosen Frau reden können, ohne auch nur anzudeuten, daß er sie für hysterisch hielt.

»Das ist Inspektor Kang«, sagte Ruth, den Rücken mir zugewandt.

»Guten Tag, Inspektor.«

»Es tut mir leid, Mr. Harris, daß ich zu dieser Uhrzeit kommen mußte.«

»Schon gut. Bitte nehmen Sie wieder Platz!«

Er setzte sich. Seine Höflichkeit war kühl und gemessen. Sie ließ nichts von jener Ehrerbietung spüren, die er früher, zur Zeit meines Vaters, an den Tag gelegt hätte. Allerdings wäre er damals auch nicht Polizeioffizier gewesen. Vermutlich war sein Großvater als angeheuerter Kuli aus Südchina hierher gekommen, doch das war den Manieren des Enkels nicht mehr anzumerken. Sein Englisch war ausgezeichnet, und er sprach es so lässig, als sei die Perfektion, die er erreicht hatte, nicht der Rede wert.

Als ich ihn jetzt ansah, fiel mir auf, daß er gar nicht so jung war, vermutlich Ende Dreißig wie ich, nur jünger wirkend. Das elfenbeinfarbige Gesicht war ohne Falten, das tiefschwarze Haar kräftig und spiegelglatt. Ich fragte mich, was er wohl gemacht hatte, als die Japaner in seiner Heimat gewütet hatten.

»Es wird ein großer Schock für Sie gewesen sein, Mr. Harris.«

»Ja.«

»Ich höre, Sie sind in der Wohnung gewesen.«

»Woher wissen Sie das?«

»Es wurde mir telefonisch mitgeteilt. Und Ihre Gattin hat mir ebenfalls gesagt, daß Sie dorthin wollten. Während

Sie sich dort aufhielten, ist Ihnen irgend etwas aufgefallen, was... äh... uns von Nutzen sein könnte?«

»Es war ein völliges Durcheinander dort, Inspektor.«

»Ja, offenbar wurde etwas gesucht.«

»Mir wäre es lieber, Sie würden darüber nicht im Beisein meiner Frau sprechen.«

Ruth drehte sich um.

»Warum denn nicht? Was glaubst du, was wir in der letzten Stunde getan haben? Der Inspektor wollte wissen, ob ich ihm helfen kann. Ich muß der letzte Mensch gewesen sein, der mit Jeff gesprochen hat.«

Ich stand bewegungslos da und sah sie an.

»Wir waren im Club und haben was getrunken«, sagte sie. »Kurz danach fuhr er nach Hause.«

»Hat er gesagt, was er am Abend vorhatte?«

»Nein. Warum sollte er? Ich nehme an, er wollte sich mit seiner neuesten Mieze amüsieren.«

»Ruth, ich bitte dich!«

»Eine Miss Feng«, sagte der Inspektor und sah mich an. »Sie erwartete ihn tatsächlich. Sie ist im Moment fix und fertig.«

»Ruth, laß uns bitte allein.«

»Nein. Warum darf ich denn nicht dabeisein?«

Ich ging zu einem Schränkchen und goß mir einen Whisky ein. Der Inspektor wollte nichts. Ruth fragte ich nicht, ich schenkte ein Glas ein und brachte es ihr. Sie schaute zu mir hoch, und plötzlich lag eine Art Hilferuf in ihren Augen. Ich setzte mich auf ein Sofa, woraufhin sie am anderen Ende Platz nahm. Sie legte die Beine hoch, zog sie an sich, hielt das Glas mit beiden Händen.

Sie sah wie ein Kind aus, dem man erlaubt hatte, noch länger aufzubleiben, und das sich die Gelegenheit nicht entgehen läßt.

Inspektor Kang rauchte eine seiner eigenen Zigaretten, die er auf eine kurze schwarze Spitze gesteckt hatte. Wie so viele Chinesen hatte er schöne Hände. Er sah aus, als könne er keiner Fliege etwas zuleide tun.

»Es gibt zwei Arten von Mord«, sagte er, »die der Polizei besondere Rätsel aufgeben. Bei dem einen scheint überhaupt kein Motiv vorzuliegen, bei dem anderen eine Fülle möglicher Motive.«

»Im Falle meines toten Bruders haben Sie es mit einer Fülle von Motiven zu tun?«

»Ich befürchte es.«

»Es wäre töricht, Inspektor, zu bestreiten, daß mein Bruder und ich Feinde haben.«

»Sowohl privat als auch... äh... sagen wir, öffentlich?«

»Nur privat.«

Inspektor Kang lächelte jetzt, was ihn jünger machte. »Das ist aber keine sehr verbreitete Ansicht, Mr. Harris.«

»Das ist meine Aussage, und ich bleibe dabei.«

»Wenn wir zusammenarbeiten wollen, um einen Mörder zu finden, ist absolute Offenheit erforderlich.«

Ich sah ihn an. Es hatte keinen Zweck, den Inspektor zu unterschätzen, bloß weil er so ruhig war. Wer einen Chinesen aus diesem Grund unterschätzt, handelt sich leicht eine aufgeschlitzte Kehle ein.

»Ich habe meine Aussage gemacht, Inspektor Kang. Jetzt hätte ich gern gewußt, wie Sie die Sache beurteilen.«

Er zog an seiner Zigarette.

»Ich hätte nicht gedacht, daß Sie so gefaßt sind, Mr. Harris. Von Ihrem Schock scheinen Sie sich ja erholt zu haben!«

»Es scheint so.«

»Ihre Frau befürchtete, Sie ganz gebrochen zu sehen.«

»Das habe ich nicht gesagt, Inspektor!« Ruth war wütend.

»Vielleicht nicht direkt, gnädige Frau. Ich wollte gerade gehen, als Sie eintrafen, Mr. Harris. Ich hatte nicht erwartet, daß Sie heute nacht irgendwelche brauchbaren Hinweise geben würden.«

»Falls Sie es sich inzwischen anders überlegt haben, dann bleiben Sie ruhig.«

Kangs Augen waren eiskalt. Meine wohl auch, jedenfalls sollten sie es sein. Es war nicht bloß diese unterschwellige Feindschaft zwischen einem Polizisten und einem normalen Bürger, sondern etwas, was sofort viel tiefer ging, in emotionale Bereiche hinein, und in uns beiden alles rationale Denken ausschaltete. Ich mochte die Welt nicht, in die Kang so hervorragend paßte. Und er fand, daß mit meiner Welt aufgeräumt werden müsse, daß es nur eine Frage der Zeit sei, bis es soweit war.

»Mr. Harris, was würden Sie zu meiner These sagen, daß morgen etliche Leute nicht nur feststellen werden, daß der Tod Ihres Bruders keine Überraschung war, sondern auch, daß es sich dabei um eine Art politisches Attentat gehandelt hat?«

Ich grinste ihn an.

»Ich würde sagen, daß ihr Polizisten schon nach einer

guten Ausrede sucht, warum auch dieser Mord nicht aufgeklärt werden wird.«

Kang erhob sich starren Gesichts.

»Ist das alles, was Sie dazu zu sagen haben?«

»Es ist meine Antwort auf Ihre Frage. Ich bin nach wie vor bereit, Ihnen in jeder gewünschten Weise zu helfen.«

»Würden Sie mir dann helfen, indem Sie mir eine lükkenlose Erklärung über sämtliche Aktivitäten abgeben, in die Sie und Ihr Bruder verwickelt waren?«

»Selbstverständlich. Kommen Sie morgen früh in mein Büro, meine Chefsekretärin wird Ihnen alle benötigten Informationen erteilen.«

»Vielen Dank, Mr. Harris. An Informationen, über die Ihre Chefsekretärin verfügt, bin ich allerdings nicht interessiert. Gute Nacht, oder besser gesagt: Guten Morgen!«

Er verbeugte sich vor Ruth. Sie faltete ihre Beine auseinander und erhob sich. Wir hörten Kang über die Teakholzdielen der Eingangshalle gehen. Ein Diener ließ ihn hinaus. Das Polizeiauto brummte davon.

»Bist du verrückt?« sagte Ruth hinter mir. »Was hat dir dieser kleine Mann denn getan?«

»Ich werde versuchen, ihn zu ignorieren«, sagte ich.

Sie kam auf mich zu, griff nach meinem Arm. Vor lauter Besorgnis verstärkte sich ihr Südstaatenakzent.

»Paul, ach, mein Ärmster, Lieber! Du bist wirklich ein bißchen verrückt.«

»Stimmt, genauso fühle ich mich auch.«

»Komm, Lieber, setz dich, komm her! Oder geh doch lieber ins Bett!«

»Nein, ich möchte noch nicht schlafen gehen. Bring mir

bitte noch einen Whisky, Ruth. Entschuldige, daß ich nicht früher hier war.«

»Für deine Verhältnisse hast du dich beeilt. Ich meine, um bei mir zu sein.«

»Jetzt ist nicht der Augenblick, um über uns zu sprechen, oder?«

»Das ist es nie.«

Ich beobachtete, wie sie dort am Schränkchen stand und mir ein Glas einschenkte. Sie hielt die Karaffe wie einen schweren Gegenstand, den Kopf ein wenig nach vorn gebeugt, um ihre Handgriffe zu verfolgen. Ihr dünner Hals war sehr weiß, nie ließ sie die Sonne an ihre magnolienfarbene Haut kommen, nie konnte man sie an irgendeinem Swimmingpool liegen sehen. Und diesen Garten mochte sie wegen der Bäume, wegen des dichten Schattens, den man überall fand.

Ich dachte daran, daß man sich in eine Frau, die so aussieht wie Ruth, sehr leicht verlieben kann. Schwierig wird es erst später, im Alltag.

Sie kam vorsichtig, die Karaffe in der Hand, auf mich zu.

»Leg die Füße hoch, Schatz.«

Sie beanspruchte diesen Augenblick, und ich ließ ihn ihr, legte die Füße hoch. Sie stand da, sah zu mir herunter.

»Bist du nicht müde, nach dieser Nachtfahrt? Deine Augen sind ein bißchen gerötet.«

»Setz dich hin, Ruth. Worüber hast du mit Jeff im Club eigentlich gesprochen?«

»Ach, nichts Besonderes. Ich wollte mich ja mit Elsie Barnes dort treffen und bin allein angekommen. Er hat mich gesehen und wohl gedacht, daß er sich um mich kümmern sollte. Jedenfalls sind wir auf die Terrasse hinausgegangen und haben dort gesessen, bis Elsie kam. Er lud mich zu einem Drink ein. Daß wir über irgend etwas Besonderes gesprochen hätten, kann ich eigentlich nicht sagen.«

»Warum hast du vorhin das mit den chinesischen Miezen gesagt... in Gegenwart von Inspektor Kang?«

»Entschuldige! Ich habe gemerkt, daß dir das nicht gefiel. Ich hab einfach nicht daran gedacht. Hier weiß doch jeder, wie toll Jeff es getrieben hat. Er hat es nicht für nötig gehalten, wie du zu heiraten.«

»Hör auf damit.«

»Na schön. Ich würde dir ja gern sagen, worüber Jeff gesprochen hat, aber ehrlich, ich kann mich nicht mehr erinnern. Vielleicht haben wir sogar über das Wetter gesprochen. Es war nie sehr leicht für uns, miteinander zu reden.«

Plötzlich weinte sie.

»Ach, Paul, ich bin so müde und hab solche Angst.«

Es berührte mich immer, wenn sie weinte; als hätte ich eine Schwäche ausgenutzt, für die sie nichts konnte.

»Ich werde dich ins Bett bringen.«

Ich hob sie hoch. Sie war schmal gebaut und ein Leichtgewicht. Sie legte den Kopf an meine Brust. In ihrem kühlen, klimatisierten Zimmer ahnte man nichts von der tropischen Nacht draußen. Ich steckte Ruth unter eine dünne Decke, die auf dem Bett lag, und legte den Morgenmantel über einen Hocker. Ruths Pyjama hatte die gleiche Farbe wie der Morgenmantel, blaßgrün. Ich zog eine

Nachttischschublade auf und erblickte die Kollektion von Fläschchen darin.

»Welche nimmst du jetzt?«

Sie schüttelte den Kopf.

»Ich will nichts. Ich will schlafen.«

»Ruth, du brauchst jetzt etwas, um einzuschlafen.«

Sie sah mich an.

»Kang hat gesagt, er will das Haus bewachen lassen. Ich soll es dir sagen.«

»Was?«

»Paul, er ist in Sorge. Er hat durchblicken lassen, daß er nicht glaubt, daß es bei Jeff bleibt. Ich glaube es auch nicht.«

»Du hast mir nicht gesagt, was er dich alles gefragt hat.«

»Ach, er hat eine Menge Fragen gestellt. Über uns. Ich habe sie ihm alle beantwortet. Ich meine, über unser Leben. Und daß du geschäftlich in Kuala Lumpur warst.«

»Hat er gefragt, was ich dort wollte?«

»Ja, aber das konnte ich ihm natürlich nicht beantworten. Ich habe nur gesagt, daß ich nie weiß, was du machst. Und das stimmt ja schließlich, oder?«

»Ich könnte dir erzählen, was ich mache, wenn es dich wirklich interessierte.«

»Vielen Dank, Paul, aber wir sollten es lieber so halten, wie wir es schon immer gehalten haben. Ich glaube, ich bin zu dumm für die Ehefrau, die an allem interessiert ist. Soviel Verstand habe ich gerade noch, um mich auf ein solches Spiel nicht einzulassen. Gibst du mir bitte eine Zigarette?«

Ich stellte ihr einen Aschenbecher in Reichweite und

setzte mich. Sie rauchte, aufrecht im Bett sitzend, ohne mich anzusehen, aber ich konnte nicht gehen. Irgendwie war es immer so in letzter Zeit, wenn wir allein miteinander waren: Befangenheit bei uns beiden, als könnten wir nicht die Augen davor verschließen, was aus unserer Ehe geworden war.

»Ich habe von Booney geträumt«, sagte Ruth plötzlich.

Ich saß still da und wartete.

»Er war größer geworden, Paul. Etwa so groß, wie er heute wäre. Gestern nacht habe ich das geträumt.«

Mein Magen zog sich vor Schmerz zusammen. Drei Jahre hatten wir nicht mehr von Booney gesprochen, und das letzte Mal war ich es gewesen, der damit angefangen hatte. Ruth hatte nichts davon hören wollen, ich hatte es ihr quasi aufgezwungen, woraufhin sie gebrüllt hatte, ich solle aufhören. Also hatte ich aufgehört.

Booney war Richard Jeffrey Harris, unser Sohn. Er war im Alter von drei Jahren an Leukämie gestorben. Das war vor fast vier Jahren gewesen. Wir waren mit ihm in die Schweiz geflogen, in eine dortige Klinik, dann nach Chicago. Die Ärzte hatten gesagt, wir sollten ihn wieder nach Hause bringen, es habe nichts mit den Tropen zu tun und mit Bluttransfusionen könne er noch eine Weile leben. Ich war dagegen. Ruth überredete mich. Er starb einen noch langsameren Tod und schaute uns dabei an.

Ruth hatte alles, was an Booney erinnerte, aus unserem Leben entfernt, hatte nie mehr von ihm gesprochen. Im Haus war nichts mehr, was an ihn erinnerte.

»Paul, ich habe Unrecht getan. Ich habe die Tür zugemacht, nicht wahr? Ich habe Booney und dich draußen stehen lassen und abgeschlossen. Es war meine Schuld. Nur, damals konnte ich nicht anders. Ich konnte einfach nicht anders. Es war, als hätte ich nicht die Kraft gehabt, irgend etwas anderes zu tun.«

»Ich weiß.«

»Und das hat uns auseinandergebracht, nicht?«

»Ruth, das ist doch längst vorbei.«

Sie schüttelte den Kopf.

»Das wird nie vorbei sein. Ich habe es wohl nie wiedergutgemacht. Aber ich will einen neuen Versuch machen, Paul. Komm mit mir nach Amerika! Und sag nicht, daß du nicht kannst! Wenn du es willst, kannst du auch. Jeffs ganzer Besitz gehört jetzt dir. Wir könnten leben, wo wir wollen. Es wäre mir egal, Hauptsache, nicht hier. Verstehst du denn nicht, wie sehr ich unter all dem hier leide? Ich werde mit der nackten Angst leben, morgens mit ihr aufwachen und abends mit ihr einschlafen.«

»Du könntest in die Staaten gehen. Vielleicht solltest du das wirklich.«

»Ohne dich? Wär das nicht toll? Ein hübsches kleines Hotel irgendwo, und ich würde einfach dasitzen und warten und grübeln, ob sie inzwischen auch dich erwischt haben.«

Ich ging hinüber und setzte mich auf den Bettrand. Ruths Hand lag auf einer golddurchwirkten Kelantan-Decke. Ich legte meine Hand auf die ihre. Ihre Finger rührten sich nicht. Sie starrte die Wand an und schwieg. Bald sagte ich gute Nacht und ging hinaus.

Ruth schloß die Schlafzimmertür immer ab, weil sie sich vor Einbrechern fürchtete, obwohl mein Zimmer gleich gegenüber lag. Ich hörte sie nicht aufstehen und abschließen, wußte aber, daß sie es bald tun würde. Dann lag ich im Dunkeln und dachte, aber nicht an meine Frau, wenngleich ich an sie hätte denken sollen, und auch nicht an Jeff, den ich geliebt hatte, sondern an Booney, das Kind, das so schwarze Haare gehabt hatte wie ich, aber viel blauere Augen.

Man engagiert sich nur ein paarmal in diesem Leben. Ich hatte beschlossen, den alten Traum zu verwirklichen, meinem Sohn einen geraden Weg zu ermöglichen und dafür Sorge zu tragen, daß die Fehler, die eigenen Fehler, nicht wiederholt würden. Booney wäre diesen Weg gegangen, frei, in der Sonne.

3

Sylvia Flores war seit zwölf Jahren meine Sekretärin, und noch immer redete ich sie mit ihrem Nachnamen an. Wir hatten jene untadelige Beziehung zueinander, die mit der Zeit gereift war, in der aber noch immer auf Distanz geachtet wurde. Miss Flores war achtunddreißig und unverheiratet, und ihr Gesicht ließ jene kurze Blüte ahnen, die vielleicht sogar Schönheit gewesen war. Als sie mit sechsundzwanzig Jahren in unsere Firma eintrat, war das Beste irgendwie schon vergangen, man hätte sie gern als Neunzehnjährige gesehen. Ihr Vater war mehr Portugiese als Chinese und ihre Mutter mehr Engländerin als Südinderin.

Mrs. Susannah Flores, der ich jedes Jahr ein Weihnachtsgeschenk brachte, kränkelte, seit ich mich erinnern kann, und wurde von ihrer einzigen Tochter aufopferungsvoll versorgt. Ich versuchte, mindestens einmal pro Woche mich nach Mrs. Flores' Arthritis zu erkundigen, mit der es nie besser wurde, da, wie die Tochter erklärte, die feuchte Hitze von Singapur das denkbar schlechteste Klima für diese Beschwerden sei. Mrs. Flores wollte »in die Heimat zurück«, und man hatte mir längst klargemacht, daß damit England gemeint war.

Miss Flores war überaus sensibel, und drei Tage nach dem Tod meines Bruders waren in ihrem Gesicht noch immer die Zeichen der Erschütterung zu lesen, als wären sie eingekerbt und könnten nur sehr langsam verschwinden. Aber Miss Flores hatte selbst davon geredet, daß die Zeit alle Wunden heile.

Ich diktierte ihr, wann immer ich konnte, und sie pflegte mich dabei gelegentlich auf grammatikalische Fehler hinzuweisen. Sie saß ruhig da, in einer Haltung, die ihr auf der Handelsschule als korrekt beigebracht worden war, also sehr gerade, auf einem harten Stuhl, den Notizblock auf den Knien, und sie stenographierte mit einem Bleistift, nicht mit einem Kugelschreiber.

»An die Kubat Palm Oil Company«, wiederholte sie, »23 Sundarah Road, Surabaya, Java. Sehr geehrte Herren ...«

Ich diktierte langsam weiter. Ich hatte mich auf meinem Sessel herumgedreht und sah durch das große Fenster auf die Straßen von Singapur hinaus. Dieser Blick hatte mich schon immer fasziniert, die kleinen Schiffe und die großen, wobei die kleinen die interessanteren waren. Sie lagen in einem etwa zwei Meilen weiten Bogen vor Anker, die unterschiedlichsten Typen, und wenn sie ausliefen, dann mit zuweilen ungewöhnlichem, ja melodramatischem Auftrag. An manchen Vormittagen hatten Jeff und ich unsere eigenen Schiffe dort liegen sehen können, zwei, drei, manchmal vier.

Miss Flores sah mich abwartend an.

»Ja?«

»Mr. Harris, dieser Satz hier, ich weiß nicht. Wollen Sie sagen, daß die Kubat Palm Oil Company erst nach weiteren Verhandlungen mit uns Schadenersatz geltend machen kann?«

»Nein. Sie kann sich sofort an die Versicherung wenden.«

»Ich kann es also deutlicher formulieren?«

»Genau.«

Mit leichter Hand verbesserte sie meine Formulierungen. Ich spürte vage ihre Mißbilligung. Sie konnte es nicht leiden, wenn ich während der Arbeit den Ausblick genoß.

Das Telefon klingelte. Sie nahm ab.

»Harris und Company. Das Büro von Mr. Paul Harris.«

Sie zog die Stirn in Falten.

»Ich hab nicht ganz verstanden. Jemand will mit Ihnen sprechen.«

Ich nahm den Hörer.

»Hier Paul Harris.«

Ich hörte deutlich, wie jemand tief einatmete, als habe er die Lippen ganz dicht an der Sprechmuschel.

»Kuantan«, sagte eine Stimme. »Kuantan.«

Es klang heiser, fast krächzend, sehr dringend. Dann klickte es in der Leitung.

»Muß sich wohl verwählt haben, Miss Flores.«

Sie wollte mir den Hörer wieder abnehmen, doch ich legte ihn auf, als hätte ich ihre Handbewegung nicht gesehen. Mißbilligend sah sie mich an.

»Ist das alles?«

»Für heute vormittag, ja.«

Stenoblock und Bleistift verschwanden in einer kleinen Mappe. Miss Flores erhob sich und ging zur Tür. Dann blieb sie stehen.

»Mr. Harris, verzeihen Sie mir diese Bemerkung. Aber ich finde, Sie sind großartig. Wir alle hier finden das. Ich meine, wie Sie... wie Sie einfach weitermachen, als gäbe es für Sie nichts anderes zu tun.«

Ich empfand eine merkwürdige Sympathie für sie.

»Es erscheint mir als das einzig Sinnvolle, Miss Flores. Trotzdem, vielen Dank! Sie alle haben mir sehr geholfen, wissen Sie.«

»Es ist... wie ein unsichtbarer Geist, der verschwunden ist.«

»Ja, so könnte man sagen.«

Sie ging hinaus und machte die Tür sehr leise zu. Ich wandte mich wieder meiner Aussicht zu. In das Blickfeld schob sich allmählich ein neues Schiff, ein Frachter, schätzungsweise dreitausendfünfhundert Tonnen, am Heck die Fahne mit dem Spiegelei, wie wir es nannten. Es hatte den schnittigen Bug moderner japanischer Schiffe, einen gedrungenen Schornstein und einen leuchtend weißen Aufbau.

In einer Schublade lag ein Fernglas. Der Name war *Misuni Maru*. Ich griff zur *Straits Times* und schlug die Seite mit dem Hafenbericht auf. Dort stand es: »*Misuni Maru*, aus Triest, Ank. Singapur 22.00, Abf. 23.00, nach Hongkong, Manila, Kobe und Nagoya.« Die *Misuni Maru* würde einen inoffiziellen Zwischenstopp einlegen, mit Fracht für uns.

Aus der Sprechanlage krächzte es.

»Mr. Harris? Ein Inspektor Kang möchte Sie sprechen.«

Ich konnte das Fernglas gerade noch verstecken, als Kang schon eintrat. Er blieb neben der Tür stehen, glatt, kühl und mit der Sorte Höflichkeit, die er sich leisten konnte.

»Mr. Harris, ich versuche, Geschäftsleute möglichst nicht um diese Tageszeit zu belästigen. Aber manchmal läßt es sich nicht vermeiden.«

»Eigentlich habe ich nicht viel zu tun, Inspektor. Ich kann nicht behaupten, daß es mir leichtfällt, zum Arbeitsalltag zurückzufinden.«

»Natürlich. Was für ein herrlicher Ausblick!«

Er trat neben mich ans Fenster. Der Ausblick bewirkte, daß wir einander nicht ansehen mußten.

»Mein Bruder hat sich für diese Lage entschieden, Inspektor. Er hatte die sentimentale Vorstellung, daß es gut wäre, wenn wir hinausschauen und gelegentlich unsere Schiffe sehen könnten.«

»Aber nicht heute vormittag?«

»Nein, heute vormittag nicht. Keines unserer Schiffe liegt zur Zeit im Hafen.«

»Ihre Flotte ist über ganz Südostasien verstreut, Mr. Harris?«

»So könnte man es ausdrücken. Aber der Begriff Flotte läßt einen eher an die P&O-Reederei denken. Bei uns handelt es sich bloß um einen Haufen von Dschunken.«

»Dschunken mit Motorantrieb. Und zwei Dampfer haben Sie auch.«

Ich sah ihn an und lächelte. Kangs Gesicht war sehr glatt, der Mann strahlte morgendliche Frische aus.

»Ich sehe, Sie haben sich über uns informiert. Jawohl, zwei Dampfer. Der eine dreihundertfünfzig Tonnen, der andere fünfhundert.«

»Mit Funk ausgerüstet?«

»Die Dampfer ja, die Dschunken nein.«

»Ach wirklich? Darf ich rauchen, Mr. Harris?«

»Bitte! Bedienen Sie sich!«

»Danke, ich rauche lieber meine eigenen. Eine grobe chinesische Mischung. Sehr billig. Wir alle haben Gehaltskürzungen hingenommen, wissen Sie. Zur Unterstützung der neuen Regierung. Eine freiwillige Geste.«

Er lachte. Wir hatten dieses Gespräch in einem neuen Ton angefangen, als sei unsere letzte Begegnung bei mir zu Hause ad acta gelegt worden. Wir standen zusammen am Fenster mit einer so bemühten Liebenswürdigkeit, als sei für uns beide innerhalb weniger Tage alles in die richtige Perspektive gerückt. Ich vermutete allerdings, daß Kang in der Zwischenzeit nicht untätig geblieben war. Der Fleiß der Chinesen, egal wobei, läßt die Selbstzufriedenheit der Europäer als die traurigste Form von Dummheit erscheinen. Die Chinesen glauben, daß sie in ein, zwei Jahrhunderten die Welt beherrschen werden, und sollte ihnen das nicht gelingen, dann sicher nicht, weil sie sich nicht alle Mühe gegeben hätten.

Die Zigarette des Inspektors roch nicht sehr aromatisch. Ich nahm eine Zigarre aus dem Kasten auf meinem Tisch und schnitt sie sorgfältig zurecht. Kang beobachtete mich, während ich sie umständlich anzündete.

»Wie kommen Sie mit Ihrer Jagd auf den Mörder voran?« fragte ich.

»Sehr langsam«, sagte er, als fände er das gar nicht so schlimm. »Ich bin noch immer in der Phase der Motivsuche. Die Schwierigkeiten drücken auf meine Stimmung. Ich muß Ihnen übrigens gratulieren!«

»Wieso?«

»Ich meine, wie Sie Ihre Firma führen. Sie und Ihr verstorbener Bruder. So wenig dringt nach draußen. Als Chinese finde ich das natürlich gut, auch wenn es meine eigene Arbeit erschwert.«

»Ich würde mich freuen, Ihnen Rede und Antwort stehen zu können.«

Kang lächelte.

»Das letzte Mal haben Sie mich an Ihre Sekretärin verwiesen.«

»Ich muß mich entschuldigen. Ich stand unter ziemlichem Streß.«

»Natürlich. Es freut mich, daß Sie nunmehr kooperieren wollen. Da sind ein paar Punkte, die mir Kopfzerbrechen bereiten. Beispielsweise habe ich herausgefunden, daß Ihrer Firma dreiundzwanzig Dschunken gehören.«

»Richtig.«

»Im vergangenen Jahr haben nur sieben dieser Dschunken den Heimathafen Singapur angelaufen, einige dieser sieben mehr als einmal, zwei nur einmal.«

Jetzt war ich an der Reihe, höflich zu lächeln.

»Die Antwort ist ziemlich einfach, Inspektor. Und sie erklärt auch, warum ich ständig unterwegs bin. Singapur ist nur nominell der Heimathafen. Unsere Dschunken setzen wir in ganz bestimmten Regionen ein, lassen sie also in solchen Häfen liegen, von wo aus die Transportwege relativ kurz sind. Beispielsweise operieren vier Dschunken von Kedah aus. Wir fahren mit lokalen Besatzungen, die in der betreffenden Gegend selbst rekrutiert werden. Drei Dschunken mit Dayak-Besatzungen liegen an der Küste von Nordborneo, sie sind zuständig für die Sulu-See und Celebes und fahren manchmal bis nach Indochina hoch.«

»Interessant. Das muß ja einige betriebstechnische Probleme mit sich bringen.«

»Wir sind der Ansicht, daß die Vorteile überwiegen. Wir sind eine kleine Firma. So können wir die Betriebskosten niedrig halten.«

»Verständlich. Und wie Sie schon sagten, Sie sind viel unterwegs.«

»Zum Glück reise ich gern. Und ich liebe diesen Teil der Welt. Der geringste Vorwand, und schon mache ich mich auf die Socken.«

»Und unterdessen hat sich Ihr Bruder hier um alles gekümmert?«

»Genau.«

Kang hatte sein widerliches Kraut aufgeraucht, ein

übler Gestank lag im Raum, den selbst meine vorzügliche Manila nicht ganz überdecken konnte. Er zündete sich eine zweite an.

»Sie erinnern sich an Miss Feng? Kennen Sie sie, Mr. Harris?«

»Nein. Mein Bruder behielt diesen Teil seines Lebens für sich.«

Inspektor Kang hüstelte, als müßte er seine Kehle freimachen. »Miss Feng ist für ihren Typ recht ungewöhnlich. Man könnte sagen ehrgeizig. Ich war gerade ein zweites Mal bei ihr.«

»Ach ja? Hat sie Probleme? Vielleicht sollte ich sie wissen lassen, daß sie nicht vergessen wird. Ich werde die finanziellen Verpflichtungen meines Bruders übernehmen.«

»Darum geht es eigentlich nicht, Mr. Harris. Offenbar hatte sie die Vorstellung, Ihr Bruder, der ja kein Jüngling mehr war, würde sich über kurz oder lang häuslich niederlassen und, immerhin denkbar, sich eine Beziehung von geordneterer Natur wünschen.«

»Sie meinen eine Ehe?«

»Miss Feng könnte sogar daran gedacht haben. Sie ist klug. Und sie hat den Instinkt einer Frau ihres Typs, die eigenen Interessen nicht aus den Augen zu verlieren. Man könnte sagen, sie war auf Ihren Bruder eifersüchtig.«

»Aber sie hatte doch bestimmt keinen Grund!«

»Vielleicht nicht, aber Frauen sind Frauen. Ein wesentlicher Aspekt ihrer Planung war, daß es keine Rivalin geben durfte. Und deshalb beobachtete sie ihn genauer, als Sie es für möglich gehalten hätten.«

Dies gefiel mir ganz und gar nicht, doch ich glaube, es war mir nicht anzusehen. Ich wartete.

»Ihr Bruder hatte einen Bungalow in Changi, Mr. Harris?«

»Ja, er verbrachte seine Wochenenden dort. Es gefiel ihm dort. Es ist das einzige Haus, das er je besessen hat.«

»Und er hatte dort kein Hauspersonal?«

»Ich weiß es nicht. Hat er nicht seinen Chefdiener mitgebracht? Jeff hat in Changi kaum Gäste gehabt. Ich bin nur ein-, zweimal dort gewesen.«

»In all den sechs Jahren, die er den Bungalow besaß?«

»Ja, ich weiß, das klingt komisch, aber ich selbst habe es nicht merkwürdig gefunden. Ich nahm an, daß er dort ausspannen wollte. Und das hat er wohl auch gemacht. Er hatte ein Boot dort und ist oft angeln gefahren.«

»Nachts?«

»Würde mich nicht wundern. Die Nächte dort sind sehr schön, wenn der Mond scheint. Tatsächlich war ich einmal nachts mit ihm draußen. Er hatte so eine Angel mit Haken dran, mit der kleine Jungen spielen. Als Köder verwendete er Schnecken, die er unter den Kasuarinen sammelte. Diese Wochenenden in Changi hatten etwas Rituelles, alles war einfach und eher jungenhaft, und ich glaube, sie bedeuteten ihm eine völlige Erholung von dem Leben, das er hier führte. Er konnte sich richtig entspannen.«

»Entspannen ohne Frauen?«

»Soviel ich weiß, hat er dort unten keine Gäste empfangen.«

»Ja. Das hat Miss Feng auch herausgefunden.«

»Wie bitte?«

»Ich habe Ihnen doch gesagt, Mr. Harris, sie war eifersüchtig. Sie hatte Angst, es könnte ›eine andere‹ geben. Und sie konnte Ihre einfache Erklärung für die Wochenenden in Changi nicht akzeptieren. Die Schnecken und das Angeln mit einem Haken und so weiter. Frauen wie Miss Feng finden derlei Sachen etwas unbegreiflich, wo man sich doch mit ihnen amüsieren kann. Deshalb hat sie Ihrem Bruder eines Nachts, vor knapp zehn Tagen, nachspioniert. Ein Cousin von ihr, der ein Auto besitzt, fuhr sie dorthin. Sie stellten das Auto in einiger Entfernung ab und gingen dann den Weg zum Bungalow hoch. Drinnen brannte das Licht, und aus einem Radio kam Musik.«

»Ja und?«

»Lange passierte überhaupt nichts. Dann trat der Mond hervor, und Ihr Bruder ging hinaus zu den Kasuarinen, offenbar um Schnecken zu sammeln. Miss Feng hatte keine Vorstellung, was er da machte. An diesem Punkt wird ihre Geschichte etwas vage, denn ihr Cousin bekam anscheinend amouröse Anwandlungen, womit sie nicht gerechnet hatte. Effiziente Spionage war jetzt nicht mehr möglich.«

Ich lachte, und nach einer Weile lachte auch Kang. Mir war aufgefallen, daß er mich genau beobachtete. Ich schaute hinaus zur *Misuni Maru,* deren Derricks schon betätigt wurden, um Frachtgut in mehrere umhertanzende Leichter zu laden. Auf meiner Haut kribbelte es kalt, wie als Warnung vor einer bevorstehenden bösen Überraschung. Langsam und fast würdevoll näherte sich Kang der entscheidenden Frage, und ich wußte, sie würde kommen, ganz plötzlich.

»Mr. Harris, als Miss Feng ihre Beobachtungen wiederaufnehmen konnte, befand sich Ihr Bruder bereits auf einem Boot, in einiger Entfernung vom Ufer. Sie sagt, in dieser Nacht habe er nicht angehalten, um zu angeln. Er ruderte direkt zu einem der vielen *pagars*, die dort vor der Küste fischen. Sie kennen diese Schiffe natürlich.«

»Ja, nachts, mit ihren brennenden Lampen, sehen sie sehr malerisch aus.«

»Sehr. Wie Sie wissen, können diese Lampen je nach Wasserstand höher oder niedriger gestellt werden. Es gibt immer ein Besatzungsmitglied, das dafür zuständig ist, die ganze Nacht über.«

»Ja, das ist mir bekannt. Ich bin einmal sogar auf einem gefahren.«

»Dann muß ich Ihnen vielleicht nicht erklären, daß diese *pagars* ziemlich stabile Dinger sind, mit einer Bambusplattform und einer kleinen Hütte darauf, die einem bei Regen Schutz bietet. Ich habe darauf hingewiesen, daß die Lampe höher und niedriger gestellt werden kann, eine sehr einfache Form von Signalsprache also.«

»Und hat Miss Feng ein solches Signal gesehen?«

»Nein. Sie hat nur gesehen, daß Ihr Bruder offenbar nicht anhielt, um zu angeln, sondern direkt zum *pagar* fuhr, die Leiter hochkletterte und dann verschwand. Wie Sie wissen, fahren diese Schiffe ziemlich weit draußen, und im Schatten war dann nichts mehr zu erkennen. Nur etwas. Miss Feng war sicher, daß am Fuß der Leiter noch drei weitere Boote festgemacht hatten.«

»Vielleicht war mein Bruder zu einer kleinen Feier eingeladen worden.«

Kang lächelte.

»Das wollten wir ja auch gern wissen. Also haben wir den Fischer gestern verhaftet.«

Ich sah Kang an.

»Und was hat Ihr Fischer alles gestanden?«

»Eine ganze Menge, Mr. Harris, eine ganze Menge.«

»Erlauben Sie, Inspektor, daß ich mir einen Whisky eingieße? Sie werden verstehen, daß meine Nerven in der letzten Zeit etwas strapaziert sind. Hat wohl mit all dem Streß zu tun. Für Sie auch einen?«

»Nein, danke.«

»Fahren Sie fort«, sagte ich vom Schrank aus.

Kang war irritiert. Er hatte es am liebsten, wenn er seine Opfer beobachten konnte, es gehörte zur ersten Lektion in seiner Branche, und daran hält man fest, selbst wenn man aufgrund gewisser Erfahrungen anfängt, die Regeln etwas lockerer zu handhaben. Ich wandte ihm den Rücken zu, klapperte ein wenig mit Karaffe und Glas.

»Der Fischer ist ein Malaie, ein ganz einfacher Mann. Es ist wirklich sehr erstaunlich, Mr. Harris, daß es Menschen gibt, die fünfzehn Meilen von Singapur entfernt eine geradezu primitive Existenz führen.«

»Die Malaien haben überlebt, weil sie ignoriert haben, daß ihr Chinesen als Einwanderer hier seid, Inspektor.«

Ich hörte ihn scharf die Luft einziehen. Die Tünche der Liebenswürdigkeit war abgeblättert. Kangs Stimme wurde schärfer.

»Der Mann hatte zweifellos Angst. Er hat nichts verschwiegen. Er erzählte uns genau, wieviel ihr Bruder ihm bezahlt hat und wie oft im Monat er zum *pagar* gekommen ist.«

»Wieviel hat ihm mein Bruder denn bezahlt?«

»Nicht sehr viel. Es sollte nicht so wichtig aussehen. Fünfzig Dollar monatlich.«

»Bescheiden. Mein Bruder konnte sehr großzügig sein, aber er warf es nicht zum Fenster raus. Und wie oft war er auf dem *pagar*?«

»Eine Zeitlang nur einmal pro Monat, dann wieder drei-, viermal. Er blieb durchschnittlich eine Stunde und traf sich dort mit Kapitänen seiner Dschunken. Der Malaie ist sicher, daß die Männer von Dschunken kamen, weil er die Dschunken vor Pulao Besar sah und die kleinen Boote, die hin- und zurückfuhren. Die Boote der Kapitäne waren mit Außenbordmotoren ausgerüstet, die aber erst eine halbe Meile vom *pagar* entfernt angeworfen wurden.«

»Sie verdächtigen meinen Bruder also, ins Opiumgeschäft verwickelt gewesen zu sein?«

»Nein, Mr. Harris.«

»Danke vielmals. So etwas hätte es bei uns wirklich nicht gegeben. Wir hätten natürlich zahlreiche Gelegenheiten gehabt, es wäre ein lukratives Nebengeschäft für unsere Nordborneo-Flotte gewesen. Ich nehme an, Ihr malaiischer Fischer hat Ihnen detailliert berichtet, was bei diesen Treffen alles besprochen wurde.«

»Nein«, sagte Kang. »Er spricht kein Kantonesisch. Kein einziges Wort.«

Ich lachte. Ich kam mit meinem Whisky herüber.

»Ich habe Sie gar nicht aufgefordert, Platz zu nehmen, Inspektor. So setzen Sie sich doch! Sagen Sie, warum haben Sie zugegeben, daß der malaiische Fischer Ihnen nichts über die Geheimbesprechungen meines Bruders mit seinen Kapitänen sagen konnte?«

»Es wäre töricht gewesen, so zu tun, denn Sie wissen Bescheid.«

»Verstehe. Sie glauben also, ich bin in diese ganze Sache verwickelt?«

»Selbstverständlich.«

»Inspektor, was ich Ihnen über meinen Besuch im Bungalow meines Bruders in Changi erzählt habe, ist die Wahrheit. Und an diesen Treffen auf dem *pagar* habe ich nie teilgenommen.«

»Das Gegenteil kann ich nicht beweisen.«

»Darf ich Sie etwas anderes fragen? Was versprechen Sie sich eigentlich von dieser merkwürdigen Beschäftigung mit der Art und Weise, wie mein Bruder seine Wochenenden verbrachte?«

»Das läßt sich leicht beantworten, Mr. Harris. Der erste Schritt bei der Suche nach einem Mörder ist der, sich ein klares und möglichst vollständiges Bild vom Leben des Opfers zu verschaffen. Ich bin noch immer in dieser ersten Phase, weil das Leben Ihres Bruders wirklich sehr komplex war.«

»Solange Sie kein vollständiges Bild haben, werden Sie den Mörder also nicht finden?«

»Da müßte ich schon viel Glück haben.«

»Ich behaupte, Sie werden den Mörder nicht finden, Inspektor!«

»Sie klingen nicht sonderlich betrübt.«

»Bin ich auch nicht.«

Zwei kleine rote Flecken traten auf Kangs Backen, sie wuchsen und verschwanden dann wieder.

»Das ist eine ungewöhnliche Feststellung, Mr. Harris, von dem Bruder eines Mannes, der durch einen Schuß in den Hinterkopf umgebracht worden ist.«

»Schon möglich. Haben Sie herausgefunden, welche Art Waffe verwendet wurde?«

»Ja, eine kleine Automatic. Sehr beliebt. In Singapur muß es wenigstens tausend davon geben. Fast jeder reiche Mann hat so eine in der Nachttischschublade liegen.«

»Das wird Ihnen also auch nicht weiterhelfen.«

»Nein. Besonders, da derjenige, dem die Waffe gehört, jetzt vielleicht schon tausend Meilen von Singapur entfernt ist. Oder auch nur ein paar hundert, auf jeden Fall im Ausland. Wir können nicht vorgeben, daß wir die Zufahrtswege nach und von Singapur kontrollieren, wir haben diese Kontrolle wirklich nicht. Deswegen hoffe ich ja immer noch auf einen Hinweis von Ihnen.«

»Ich fürchte, ich werde Ihnen keine große Hilfe sein können, Inspektor.«

»Das heißt, Sie wollen die Angelegenheit in die eigene Hand nehmen. Etwas Dümmeres kann ich mir nicht vorstellen. Sehr riskante Sache. Aber ich will Sie jetzt nicht länger stören.«

»Bevor Sie gehen... nur noch eine Sache. Wollen Sie diesen malaiischen Fischer nicht entlassen?«

»Im Augenblick nicht.«

»Dann werde ich meine Anwälte für ihn einschalten. Es sind hervorragende Anwälte, Mr. Kang. Mit welcher Begründung halten Sie den Mann fest?«

»Schutzhaft. Ich glaube, er ist in Gefahr.«

»Das ist er bestimmt nicht. Sobald Sie mein Büro verlassen haben, werde ich meine Anwälte anrufen und eine Erklärung abgeben. Möchten Sie wissen, welche?«

»Ja.«

»Na gut. Von den nächtlichen Aktivitäten meines Bruders draußen auf einem *pagar* habe ich nichts gewußt. Andererseits bin ich auch nicht besonders überrascht. Meine Familie, Inspektor, war schon immer etwas merkwürdig. Wenn wir in England lebten und reich wären, würden wir bestimmt als Exzentriker gelten. Sie wissen, daß diese Charaktere dort in einer sehr lebendigen und bewunderten Tradition stehen, Männer, die ungeheure Summen für den Bau ausgefallener Apparate ausgaben oder ganze Vermögen verschleuderten, um den Kohlrabi als Lebenselixier zu propagieren, und dann jung und bankrott starben. Diese Gestalten haben meinen Bruder fasziniert. In seiner Bibliothek werden Sie Beweise dafür finden. Und die Sache mit dem *pagar* war solch ein leicht exzentrischer Einfall.«

»Glauben Sie, daß ich Ihnen das abnehme?«

»Ich sage nur, was ich weiß. Ja, mein Bruder hat dort Verbindung mit seinen Kapitänen aufgenommen. Da fällt mir ein: Manchmal war ich überrascht, wie informiert er war. Wissen Sie, ich war ja derjenige, der Verbindung zu unserer verstreuten Flotte hielt. Doch ich stellte fest, daß mein Bruder seine eigenen Mittel und Wege hatte, sich Kenntnis über meine Absichten zu verschaffen.«

»Mr. Harris, das scheint auf mangelndes Vertrauen zwischen Ihnen beiden hinzudeuten.«

»Nein, gar nicht. Jeffrey war acht Jahre älter als ich. Als mein Vater starb, war ich vierzehn. Mein Bruder sollte auf mich aufpassen. Er war immer eine Art Kindermädchen gewesen, aber ich wußte es und hatte nie etwas dagegen. Solche Gewohnheiten legt man nicht so schnell ab. Er ließ mir viel Freiheit in der Firma, hielt aber an seiner privaten Kontrolle fest. Finde ich auch gar nicht überraschend. Es ist doch nicht verboten, sich mit seinen Kapitänen in der Weise zu treffen, die man für geeignet hält. Jeffreys Art mag Ihnen verdächtig erscheinen, aber nicht mir. Der geheimnisvolle Bungalow in Changi, hinauszurudern zum *pagar*, sobald das Signal kam, daß einer seiner Kapitäne eingetroffen war – all das hat ihm bestimmt viel Spaß gemacht. Ich wünsche mir jetzt, ich hätte einmal dabei sein können, aber der Witz bestand natürlich darin, daß ich davon nichts erfahren durfte.«

Kangs Hand lag auf der Türklinke.

»Ist das alles, Mr. Harris?«

»Werden Sie den Malaien freilassen?«

»Nein. Jedenfalls nicht im Augenblick.«

»Na schön. Morgen wird er draußen sein. Noch etwas: Müssen Sie mich wirklich rund um die Uhr von drei Männern beschatten lassen?«

»Ja«, sagte Kang.

Er öffnete die Tür, ohne sich zu verabschieden, und machte sie ganz leise wieder zu. Ich holte das Fernglas heraus und sah zur *Misuni Maru* hinüber. Sie wurde zügig entladen. Vielleicht würde sie vor der planmäßigen Abfahrtszeit ablegen können, die Besatzung mußte beim Entladen wahrscheinlich mit anpacken, wie es bei den Japanern manchmal üblich ist. Ein tüchtiges Volk eben.

Dann fiel mir die gutturale Stimme am Telefon ein, die nur ein Wort gesagt hatte, zweimal.

4

»Von wo aus sprichst du?« fragte Kate. »Vom Büro?«

»Nein, ich glaube, es ist ein bißchen riskant, vom Büro aus zu telefonieren, seit heute vormittag.«

»Was war denn los, heute vormittag?«

»Ach, ich hatte eine lange Unterredung mit Inspektor Kang. War er noch nicht bei dir?«

»Nein.«

»Er kann noch nicht wissen, daß wir zusammen aus K. L. zurückgekommen sind. Ich finde, wir sollten das für uns behalten.«

»Paul, ich möchte dich sehen! Es ist drei Tage her!«

»Ich weiß. Ich möchte dich auch sehen. Aber wenn ich zu dir ins Hotel komme, würde ich eine prima Spur legen. Draußen im Gang steht ein Typ vor der Hinweistafel, welche Firma hier in welchem Zimmer sitzt. Ein zweiter Typ mit Zeitung steht draußen vor dem Gebäude. Den dritten Mann habe ich aus den Augen verloren, aber vermutlich hat er sich in der Herrentoilette versteckt.«

»Und das geht die ganze Zeit schon so?«

»Ja. Zu Hause auch. Sie schleichen im Garten umher und zertrampeln die Blumen. Aber ich glaube, Ruth findet es beruhigend, daß sie da sind.«

»Wie geht es ihr denn?«

»Sie ist sehr müde. Wir ... sprechen nicht viel miteinander.«

»Ach Paul! Du bist so allein!«

»Ich wäre nicht allein, wenn ich meine Hand auf deine legen könnte.«

»Ich werde in die Stadt fahren. Wir treffen uns irgendwo.«

»Ja, aber laß es zufällig aussehen. Ich werde erst einmal in eine Hotelbar gehen. Um halb vier werde ich auf dem Platz sein. Wir werden uns auf der Nordseite zufällig treffen, verhalte dich entsprechend. Wir werden bei Rosetta's Tee trinken. Kangs Typen werden uns wohl kaum hinterherlaufen und zusehen, wie wir Crumpets essen. Wahrscheinlich werden sie den Vorder- und den Hintereingang im Auge behalten. Wir werden praktisch ungestört sein.«

»Gut. Ich werde da sein.«

Kangs Spürhunde folgten uns nicht in das kleine, auf englisch getrimmte Café, wo man dank ständig arbeitender Klimaanlage sich nachmittags zu Tee und Kuchen treffen konnte. Bedient wurde man von Eurasierinnen, die sich zu diesem Job nur deswegen herabließen, weil es dort so furchtbar britisch zuging. Die Mädchen in Schwarz, mit Häubchen und Schürzen und Schweißflecken unter den Armen – man konnte sich tatsächlich wie in einem beliebigen Tea-Room irgendwo auf den Britischen Inseln fühlen.

»Was ist passiert?« sagte Kate.

»Nicht flüstern, Schatz! Nichts ist passiert. Ich bin in meinem Büro gewesen, damit die Arbeit dort wieder ihren normalen Gang geht. Es gibt eine ganze Menge Dinge, von denen ich nichts weiß. Jeff hat es einfach gemacht, ohne darüber zu sprechen. Die meiste Zeit verbringe ich damit, meiner Chefsekretärin Fragen zu stellen.«

»Diese Männer ... wirst du verdächtigt?«

»Schutzmaßnahme. Kang glaubt, daß der Killer auch hinter mir her ist.«

Sie sah mir in die Augen.

»Das glaube ich auch, Paul.«

»Ruth glaubt es auch.«

»Aber du glaubst, daß Kang sich irrt?«

»Nein, im Gegenteil. Es spricht wohl einiges für Kang. Ziemlich viel sogar. Aber das würde ich Ruth gegenüber nie zugeben. Ich versuche, sie dazu zu bewegen, in die Staaten zurückzufahren.«

»Oh.«

»Aber sie will nicht. Sie redet sich ein, daß ich sie brauche.«

»Und? Stimmt es?«

»Nicht mehr, Kate. Ich habe sie lange gebraucht, aber jetzt nicht mehr.«

»Manchmal ... tut sie mir leid, furchtbar leid.«

»Mir auch. Aber ich kann ihr nicht helfen. Ich habe es versucht. Es ist zu spät.«

»Wie schlimm, wenn man sowas sagen muß. Jede Frau, die diesen Satz hört, fragt sich, wie sie darauf reagieren würde.«

»Zu dir würde ich so etwas nie sagen können.«

»Ach, Paul. Die letzten Tage – mir ist, als stünde eine Mauer zwischen uns. Eine große, dicke Mauer.«

»Ich weiß. Aber wir werden sie einreißen.«

»Wie denn? Wenn ich dich nur in dieser Weise sehen kann? Mit drei Männern, die uns ständig folgen? Gestern nacht im Bett habe ich gedacht, was für eine blöde Kuh ich doch gewesen bin, was für eine saublöde Kuh.«

»Was meinst du damit?«

»Ich will mit dir zusammen sein, ja? Warum muß ich dann Bedingungen und Regeln aufstellen? Es ist doch so einfach. Ich will bei dir sein. Die Bedingungen interessieren mich nicht mehr.«

»Kate... überleg dir, was du da sagst!«

»Ich habe die ganze Nacht überlegt. Ich habe mich wie ein kleines Mädchen benommen. Und bald bin ich dreißig, mit eingefahrenen Gewohnheiten, ohne den Mut, mir zu nehmen, was ich haben will. Diese ganzen Selbstbeschränkungen sind ja nur Angst. Angst! Angst!«

»Kate, hör auf!«

»Und beruflich bin ich auch eine Hochstaplerin. Ich habe nicht die Fähigkeiten, die man in meinem Job braucht – ich tu nur so. Bis jetzt habe ich viele Leute täuschen können, aber so kann es ja nicht ewig weitergehen. Vielleicht ist der Punkt schon gekommen. Ich ahne schon, wie ich in der New Yorker Zentralredaktion beurteilt werde. In den nächsten Tagen wird man eine Verlagskonferenz einberufen und einen neuen Korrespondenten für Südostasien ernennen. Und mir wird man einen freundlichen Brief schreiben, von dem guten Verhältnis sprechen, das im Laufe der Jahre entstanden ist. Daß man aber den Eindruck hat, ich sei ein wenig müde.«

»So etwas würden sie nie tun.«

»Ach nein? Aber so, wie ich mich im Moment fühle, wäre es mir auch egal. Paul, wenn wir doch aus dieser Falle herauskämen!«

»Aus welcher Falle?«

»Aus Singapur. Diese Aufpasser.«

»Und was dann, Kate? Was würdest du tun, wenn wir aus dieser Falle ausbrechen könnten?«

»Ich würde gern wegfahren, irgendwohin, wo es nur dich und mich gäbe und niemand wissen würde, wer wir sind. Wo man uns nicht finden könnte.«

»Überschlaf das erst mal!«

»Aber deswegen kann ich ja nicht schlafen, verstehst du denn nicht? In Kuala Lumpur kann ich dir wirklich nicht helfen, weil ich nicht zu deinem Leben gehöre. Ich stehe am Rand, ohne Risiken. Also … ich möchte nicht immer aufpassen müssen.«

Niemand beobachtete uns. Ich streckte meine Hand aus. Sie griff nach ihr, drückte sie fest. Ihre Lippen waren etwas geöffnet.

»Die Sache könnte ungemütlich für uns werden«, sagte ich.

»Ach, Paul, darum geht es doch nicht. Verstehst du denn nicht, ich habe es satt, immer aufzupassen. Ich möchte mich für etwas engagieren. Das ist mir inzwischen klargeworden.«

Ich glaubte es ihr.

»Na schön, wir könnten es schaffen, hier herauszukommen.«

»Und wie?«

Ich erzählte es ihr. Jeff hatte immer dafür plädiert, einfache Lösungen zu suchen, das Naheliegende zu erkennen und zu nutzen. Dieser verdammte *pagar* von ihm war das Naheliegende gewesen, und obwohl es mir nicht sympathisch war, hatte er ihn sechs Jahre lang unbemerkt nutzen können. Vielleicht hatte er am Ende doch recht. Und wenn er nicht tot wäre, würde er womöglich noch immer seinen *pagar* aufsuchen.

»Wann?« fragte Kate, als ich mit meiner Geschichte fertig war.

»In zwei Tagen.«

»Erst?«

»Nicht vorher. Kang wird dich nach diesem Treffen beobachten lassen. Aber wenn wir uns nicht mehr sehen, wird er es als eine Zufallsbegegnung betrachten.«

»Paul, wir werden's schon schaffen. Wir werden weit weg fahren, raus aus dieser entsetzlichen Stadt, in der du beobachtet wirst.«

»Wo wir hinfahren, wird uns niemand beobachten.«

»Und wo ist das?« fragte Kate.

»Kuantan«, sagte ich.

Mir war nicht klar, warum Ruth, entgegen ihrer Gewohnheit, sich zu mir an den Frühstückstisch gesetzt hatte. Plötzlich sagte sie:

»Wie lange bleibst du weg, Paul?«

»Och, drei Tage oder so.«

»Oder so? Und ich erfahre nicht, wo du hinfährst?«

»Du hast es nie gewußt, Ruth, wenn ich unterwegs war. Eigentlich weiß ich es selbst noch nicht.«

»Diesmal ist es was anderes. Ich denke, du stehst unter Polizeischutz. Du willst sie also abschütteln.«

»Na ja, bloß für kurze Zeit. Ich möchte, daß mir nicht andauernd jemand hinterherstiefelt.«

»Ist dir nie der Gedanke gekommen, daß es tröstlich für mich sein könnte, wenn ich weiß, daß dir irgend jemand hinterherstiefelt?«

»Ruth, ich passe schon selbst auf mich auf.«

»Das sagst du immer. Ich finde, du könntest mir ruhig sagen, wohin du fährst.«

»Ich hab's dir doch gestern abend gesagt. Ich fliege mit der Morgenmaschine nach Kuala Lumpur.«

»Komisch. Ich habe angerufen, aber für dich ist kein Platz reserviert.«

»Nicht auf meinen Namen.«

»Bist du aber schlau! Ich hab dich nie ertappen können, stimmt's? Weißt du, in solchen Situationen habe ich immer gedacht, daß eine Chinesin dahintersteckt, genau wie bei Jeff.«

»Tja, Irrtum.«

»Jetzt weiß ich es auch.«

»Woher denn?«

»Ich weiß es einfach.«

Sie stand auf und zündete sich eine Zigarette an. Der Boy Nummer zwei kam mit *bacon and eggs.*

»Wo ist eigentlich Goldfisch?« fragte ich.

»Er ist krank.«

Goldfisch war unsere Nummer eins. Er hatte hervorstehende Augen, was bei einem Chinesen mit breitem, flachem Gesicht eigenartig aussah. Er war seit unserer

Heirat bei uns und hatte sich zu einer Art männlichem Kindermädchen für Booney ernannt. Er ließ kein weibliches Wesen in die Nähe des Jungen, und am Ende, als alles vorbei war, fand ich Goldfisch im Garten, er saß wie von Schmerzen gekrümmt auf einem Stein und weinte.

Ruth drehte sich um.

»Paul, ich möchte nicht, daß du jetzt wegfährst. Was du auch vorhast, es kann nicht so wichtig sein. Andauernd sehe ich im Halbdunkel einen Mann, der nur darauf wartet, dir eine Kugel in den Leib zu schießen.«

»Ich glaube nicht, daß er so nahe dran ist.«

»Aber ich. Was hindert mich eigentlich, Inspektor Kang anzurufen und ihm zu sagen, daß du wegfahren willst?«

»Nichts.«

»Ich würde es furchtbar gern tun.«

»Mir wäre es lieber, du würdest es nicht tun.«

»Natürlich! Das kleine Mädchen wird bei seiner Ehre gepackt! Paul, ich möchte dir etwas sagen. Ich habe mich entschlossen, und zwar ganz allein. Ich werde nicht nach Amerika fahren, und ich lasse mich nicht unter Druck setzen. Ich bleibe hier.«

»Na schön. Ich werde dich nicht bedrängen.«

»Dann werde ich jetzt mal nach Goldfisch sehen. Ich werde dir nicht hinterhersehen, wenn du losfährst.«

Sie kam zu mir, und ich stand auf. Sie hielt mir ihre Wange hin. Ich küßte sie. Sie lächelte.

»Das letzte Mal, als du mich am Frühstückstisch geküßt hast, hast du dir vorher den Mund abgewischt. Es fängt ja an, spannend zu werden.«

Dann ging sie hinaus.

Russell Menzies kam um Viertel vor zwölf in mein Büro, als die mittägliche Hitze schon anfing, sich über die Stadt zu legen. Er war mein Anwalt, aber auch ein Mensch, der die Tropen haßte und ständig schwitzte, wie aus Protest dagegen, sein Leben in ihnen verbringen zu müssen. Sein Traum war es, nach Schottland zurückzukehren und dort zum Richter eines unwichtigen Bezirks ernannt zu werden, doch von hier aus hatte er als Bewerber keine Chance, also arbeitete er hart, um im Pensionsalter angeln gehen zu können. Singapur bezeichnete er gewohnheitsmäßig als »stinkende Kloake«.

Er schloß die Tür. »Warum zum Teufel führst du dich auf wie ein Zinnmagnat?«

»Was soll das denn heißen, Russell?«

»Du rufst mich an, scheuchst mich herum, gibst Anweisungen und so weiter.«

»Ich habe dir gesagt, worum es geht, und dich gefragt, ob du es tun willst.«

»Und was passieren wird, wenn ich ablehne. Der wertvolle Klient Harris. Weißt du, was du kannst?«

»Setz dich hin, Russell!«

»Ich hatte nicht vor, etwas anderes zu tun.«

Ein Sessel ächzte.

»Was ist mit meinem Fischer?«

»Er sitzt noch immer. Und dein redegewandter Verteidiger wird nicht imstande sein, ihn herauszupauken.«

»Warum nicht?«

»Weil ein komischer kleiner Mann, ein cooler Typ namens Kang, es so will. Er hat ihm obendrein noch eine Anklage wegen Diebstahls angehängt.«

»Wie das?«

»Sehr einfach, er hat jemand, dem er sie anhängen kann. In der idyllischen Strohhütte des Fischers wurde eine Leica gefunden, Wert achthundert Dollar.«

»Na und?«

»Sie gehörte deinem Bruder. Ein Geschäftsinhaber in der Ampang Road kann das bestätigen. Fischer sagen... Ich Geschenk kriegen... Kang sagen: Ach ja?... Und wenn du meinen juristischen Rat in dieser Angelegenheit hören willst: Jedes Gericht wird Kang glauben.«

»Mein Bruder könnte ihm diese Kamera geschenkt haben.«

Russell grinste mich an.

»Aber sicher! Heutzutage tut der weiße Mann in Asien doch nichts anderes als Leicas an Eingeborene in Strohhütten zu verschenken. Muß wohl was mit den Vereinten Nationen zu tun haben. Jeder würde das mit dem Geschenk glauben, nur die Polizei nicht. Wir sind altmodisch, zwanzig Jahre hinter der Zeit. Zum Beispiel glauben wir noch immer an die Todesstrafe. Ich persönlich auch. Die Hälfte meiner Klienten könnte leicht dran sein, wenn sie nur ein bißchen Pech hätten.«

Er sah mich an.

»Allerdings wird es bei dir kein Strick sein, mein Lieber!«

»Nett von dir, zu glauben, daß man mich nicht schnappen wird, Russell.«

»So wie die Dinge liegen, glaube ich nicht, daß du lange genug leben wirst. Was ist los mit dir? Du hast doch eine Menge Geld.«

»Ja.«

»Warum kannst du nicht mal locker lassen?«

»Ich bin jung und sprühe vor Leben.«

»Du solltest mal in einen Spiegel schauen«, sagte Russell. Er zündete sich einen Zigarillo an. Dann legte er einen Fuß auf meinen Schreibtisch, hob mit einiger Mühe auch den anderen hoch und legte ihn auf den Tisch.

»Ich habe deinen Bruder respektiert, Paul. Er war vor allem Geschäftsmann, seine Spielchen kamen erst an zweiter Stelle. Aber du, du bist ein Spinner. Rennst in dieser Hitze herum und brichst in Tränen aus, sobald du eine Palme vor einem Ansichtskartensonnenuntergang siehst. Dein Auto noch nicht zu Schrott gefahren?«

»Ich bin ein guter Fahrer.«

»Das sagt jeder. Und dann ... wummmms! Es sind die guten Fahrer, die immer Testamente voller Bestimmungen hinterlassen, in denen genau geregelt wird, wie ihr Erbe bis in die dritte Generation hinein, die noch gar nicht geboren ist, aufgeteilt werden soll. Sie gehen mir mächtig auf die Nerven. Gib mir ein Bier, ja?«

Ich brachte ihm ein Bier, und er schüttete es in sich hinein, ohne abzusetzen. Er hielt mir sein leeres Glas zum Nachfüllen hin.

»Tut mir leid, das mit deinem Fischer. Wolltest wohl einen Punkt gegen Kang erzielen, was? Tja, ist nichts daraus geworden. Und jetzt werde ich dir einen kleinen Vortrag halten, sobald meine Finger wieder etwas Kühles zu spüren bekommen. So ist's recht. Ich werde auch ganz langsam trinken. Setz dich!«

Er zog ein riesiges Taschentuch hervor und wischte sich

das Gesicht ab. Kleine Rinnsale flossen aus seinem spärlichen Haar, er tropfte. An seinem mächtigen Schnauzbart klebte Bierschaum, doch über der weißen Linie hingen Schweißperlen.

»Also, es geht los. Hüte dich vor Kang! Er sucht mehr als nur den Mann, der deinen Bruder umgelegt hat. Ich kann es riechen, wenn ich es mit einem politisch ehrgeizigen Mann zu tun habe. Wahrscheinlich macht er ein Fernstudium in Jura, und wenn er seinen Coup gelandet hat, quittiert er den Polizeidienst und holt sein Juraexamen der Universität London hervor. Dann kandidiert er als Senator. In meiner schmutzigen Phantasie kam mir der Gedanke, daß du der große Coup sein könntest. Der Fischer ist bloß ein buntes Teilchen im Puzzlespiel, aber Kang hat nicht vor, ihn laufen zu lassen. Weißt du, was Kang denkt? Er glaubt, wenn er den Fischer laufen läßt, dann wird er eines Nachts erstochen.«

»Auf meinen Befehl hin?«

»Wann begreifst du endlich, daß wir Anwälte für Offenheit nicht viel übrig haben. Es gibt tausend Möglichkeiten, es anders auszudrücken. Verschone mich mit dieser Geradlinigkeit. Mir kommt dabei die Galle hoch, und mein Blutdruck steigt.«

»Mord ist bei mir nicht drin.«

»Großartig, mein Junge, großartig! Jetzt ist erstmal die Atmosphäre gereinigt, sozusagen. Mord ist bei ihm nicht drin. Hätte ich bloß meine Sekretärin mitgenommen, sie könnte dann mitstenographieren. Oder können wir deine hereinrufen? Sie wäre bestimmt interessiert.«

»Russell, was soll der Quatsch?«

»Du bist viel zu sorglos. Als Jeff noch aufpaßte, war alles in Ordnung. Jetzt produzierst du ein einziges Durcheinander und erwartest dann von mir, daß ich in einem der spektakulärsten Prozesse, den die Kloake in den letzten fünf Jahren erlebt hat, neben dir sitze und dein Händchen halte. Ach, ich weiß nicht, was ich rede... offiziell. Trotzdem glaube ich, du würdest ein prima Ziel abgeben. Viele hochangesehene europäische Geschäftsleute glauben das auch, und wenn sie nachts aufwachen und an Harris & Co. denken, müssen sie eine Beruhigungspille schlucken. Ehrliche Männer bekommen deinetwegen Magengeschwüre. Die Situation ist explosiv. Die unschuldige Göttin des Handels steht zitternd auf ihrer Säule.«

»Das fängt ja an, mir zu Kopfe zu steigen!«

»Bedank dich beim lieben Gott dafür, mein Freund.«

Er betrachtete seine auf Hochglanz polierten Schuhe.

»Übrigens, hast du vor, dich scheiden zu lassen? Jeff hat so etwas angedeutet.«

»Er hatte kein Recht dazu.«

»Jeff hat nie etwas angedeutet, was nicht stimmte. War er denn für eine Scheidung?«

»Ich bin jedenfalls dagegen.«

»Na ja, es ist natürlich deine Ehe. Du bist immerhin volljährig. Aber Jeff hatte recht.«

»Lassen wir das.«

»Schon gut! Solange ich im Bilde bin. Du weißt ja, ich gehe lieber langsam an die Dinge heran, statt etwas zu überstürzen. Ganz wie dieser Kang. Schlauer Bursche, finde ich. Könnte mich zum Richter ernennen, wenn ich sein Diplom beglaubige. ›Oberrichter a. D. Menzies (ehemals Singapur)‹ – das würde sich in Inverness gut machen. Würde mir die besten Angelreviere verschaffen. Kommst du mit zum Lunch?«

»Nein, ich bleibe hier. Ich habe noch viel Arbeit, die erledigt werden muß. Ich werde ein Sandwich essen.«

»Seit wann stehst du denn auf Sandwiches? Was ist los?«

»Nichts ist los. Ich habe eben Jeffs Arbeit auch noch am Hals, das ist alles.«

»Wenn ich bloß glauben würde, daß sie dich hier festhält. Du denkst doch nicht etwa daran, irgendwohin zu fahren, oder?«

»Wie denn, mit drei Bullen, die mir die ganze Zeit auf den Fersen sind.«

»Hm. Hast mir nichts davon gesagt. Kang macht sich Sorgen. Das letzte, woran ihm gelegen wäre, ist ein toter Paul Harris. Mit einer Leiche kann man nur schwer ein gutes Spektakel veranstalten. Nein, er will dich unbedingt lebend haben. Und in Singapur.«

»Kang hat kein Recht, mich aufzuhalten. Ich kann gehen, wohin ich will.«

»Darauf würde ich mich nicht verlassen, mein Junge. Wahrscheinlich kann er auch dir etwas anhängen. Eine todsichere Sache, etwa, daß du die goldene Armbanduhr deiner Frau gestohlen und versetzt hast.«

»Du bist ein großer Witzbold, Russell!«

»Ich komme mir nicht so vor.«

Langsam nahm er die Füße vom Tisch. Dann stand er ächzend auf.

»Wenn es etwas gibt, was ein Anwalt nicht leiden

kann, dann ist es das Gefühl, daß sein Klient ihm nicht vertraut. Lange Erfahrung hat uns gelehrt, daß das Schlimmste unaussprechlich ist, aber wir möchten es trotzdem gern wissen. Es tut einem in der Seele weh, wenn man sich ausgeschlossen fühlt.«

»Was du von mir nicht weißt, kannst du erraten.«

»Genau, das ist ja das Problem.«

»Ich würde sagen, du gehst jetzt, schlägst dir den Bauch voll und hältst dann deine Siesta.«

»Ich bin vielleicht dick«, sagte Russell würdevoll, »aber am hellichten Tag mache ich kein Nickerchen. Ich habe keine Lust, dich im Leichenschauhaus zu sehen, Paul. Noch weniger Lust als Kang. Auch Jeff möchte ich dort nicht sehen.«

»Mein Gott, hör auf mit dem Quatsch!«

Er sah mich an.

»Weißt du, andere Menschen können dich ganz gut leiden. Auch wenn du ihnen nie eine Chance gibst, das zu zeigen. Du armseliger Narr, du!«

Er schlurfte quer durch das Zimmer, ohne mich anzusehen, und warf die Tür hinter sich zu. Ich merkte, daß ich schwitzte. Meine Hände waren feucht, und ich spürte die Schweißperlen auf meinem Gesicht. Ich drückte auf einen Knopf und sagte:

»Miss Flores, Sie können Mittagspause machen.«

»Jawohl, Mr. Harris.«

Der Hafen lag seltsam ruhig da, als hätte die betäubende Hitze alle Schiffe ergriffen. Die *Misuni Maru* war verschwunden. Ich setzte mich hin und kontrollierte meine Brieftasche, das Geld darin, die Dinge, die ich benötigen würde. Dann wartete ich. Der Zeiger der elektrischen Wanduhr bewegte sich langsam.

Bald würde das Vorzimmer leer sein. Miss Flores würde damit rechnen, daß ich die Eingangstür abschließen würde, wenn ich hinausging. Auf einen Zettel schrieb ich, daß ich plötzlich weggerufen worden sei. Sie solle ausrichten, daß ich in ein paar Tagen wieder zurück sei, und alle Termine für die nächste Zeit absagen. Den Zettel legte ich auf ihren Stenoblock.

Nach Russells Besuch fühlte ich mich allein. Dieses Gefühl hatte ich zu Jeffs Zeiten nie gehabt. Diesmal war ich nicht nur gespannt auf die kommenden Ereignisse, ich kam mir zugleich ein wenig verloren vor, wußte, daß ich niemand zurückließ, der das Büro im Griff hatte. Es war ein fester und starker Griff gewesen.

Das Gebäude mit all seinen Büros pflegte um die Mittagszeit in einen tiefen Schlaf zu versinken. Das war der Augenblick, und ich mußte ihn nutzen. Ich trat hinaus, der Geschäftsmann, der ein wenig verspätet zum Lunch geht, tat alle nötigen Handgriffe, schloß die Tür ab. Der Korridor schien verwaist dazuliegen, doch als ich um die Ecke bog, den Aufzügen entgegen, sah ich einen von Kangs Männern dort stehen und Zeitung lesen. Er hatte lange nichts von mir gesehen und sich gelangweilt.

Kang bevorzugte junge Burschen, dieser hier war ein Milchgesicht, aber ein athletisches. Vor ein paar Jahren mochte er noch zur Schulmannschaft der Jungen Pioniere gehört haben. Davon stand natürlich nichts in seiner Bewerbung für den Polizeidienst. Das gleiche galt für seinen Kollegen, der sich irgendwo in einem Eingang aufhielt.

Ich hatte nicht die Zeit, herauszufinden, wo sich dieser Kollege befand, es war auch egal, er war sicher auf dieser Etage, vermutlich irgendwo hinter mir. Ein dritter Mann hielt sich bestimmt in der Eingangshalle auf, um die Aufzüge im Auge zu behalten. Ihre Vorgehensweise war etwas zu methodisch, ich hatte Zeit gehabt, sie zu beobachten.

Der Mann mit der Zeitung las noch immer. Ich drückte auf den Knopf und wartete, den Mann im Rücken. Ich hörte den Lift hochpoltern. Die Türen öffneten sich, ich stieg ein.

Als ich mich umdrehte, faltete Kangs Boy gerade seine Zeitung zusammen. Er war im Begriff, vorwärts zu gehen und zu mir in den Lift zu treten, als ich ihn plötzlich angrinste. Das führte dazu, daß er stehenblieb. Für einen Moment sah er etwas einfältig aus, wie er dort stand.

Die Aufzugstüren schlossen sich. Ich fuhr abwärts. Ich hatte zwar »Erdgeschoß« gedrückt, doch bei diesem Modell konnte man die getroffene Wahl ändern, wenn man den richtigen Moment erwischte. Ich wußte, daß die beiden Jungs über mir auf den zweiten Lift warten würden, und der Kerl ganz unten hatte bestimmt das »Abwärts«-Zeichen aufleuchten sehen.

Unmittelbar vor dem ersten Stock drückte ich auf die 1. Der Lift stöhnte auf und hielt langsam an. Das würde man unten nicht merken, ich wußte es. Der Mann würde warten, bis die kleine Kabine, wie angezeigt, herabgeschwebt käme. Er würde ein, zwei Momente brauchen, bis ihm klar würde, daß da nichts kommen würde.

Im Korridor lief ich los, weg von den Aufzügen und dem Treppenhaus. Ein Mädchen trat aus einer Tür. Wir kannten uns vom Sehen. Sie starrte mich an, öffnete den Mund, sagte aber nichts. Sie beobachtete mich, wie ich am Ende des Flurs den Notausstieg, eine Glastür, zu öffnen versuchte. Einen Moment schien es, als wollte die Tür nicht aufgehen.

Dann stand ich draußen auf einem eisernen Trittbrett. Die Feuerleiter war an der Rückseite des Gebäudes fest angebracht, mit Ausnahme des untersten Teilstücks, das von allein ausfuhr, wenn man darauf trat, so etwa wie bei einer Schiffsgangway. Sie war aber lange Zeit nicht benutzt worden. Ich mußte darauf springen. Plötzlich entstand ein ungeheurer Lärm, ein Rattern von altem Metall. Ein Gewicht stieg in die Höhe, und die Treppe senkte sich mit mir herab. Ich turnte auf ihr herum wie jemand, der eine Rolltreppe überlisten will. Dann stieß das untere Ende auf Asphalt.

Ich rannte quer über den Hof, stemmte ein Tor auf und blieb, den Rücken angelehnt, einen Moment so stehen. Auf der Straßenseite gegenüber stand Kates Ford mit laufendem Motor. Hinter mir hörte ich einen Ruf, dann, wie jemand auf die Feuerleiter stieg.

Kate sah sich nicht um, aber sie fuhr los, noch ehe ich richtig auf dem Rücksitz saß.

»Dort, die Seitenstraße hinein!«

»Ich weiß«, sagte sie. »Duck dich lieber, damit man dich nicht sieht.«

»Hat uns jemand vor dem Tor gesehen?«

»Nein. Ich habe niemand herumstehen sehen, wenn du das meinst.«

Sie fuhr die Seitenstraße entlang, bog auf die Uferpromenade ein. Wenn die Jungs ein Auto hatten, würden sie bis dorthin einige Zeit brauchen. Und sie hatten den Ford nicht erkannt, da war ich sicher.

»Für eine Novizin in diesem Geschäft hast du das gar nicht schlecht gemacht.«

»Paul, duck dich! Man kann von überall in dieses Auto hineinsehen. Die Ampeln machen mir Sorgen.«

»Bleib so lange wie möglich auf der Uferpromenade.«

Die Ampel zeigte Grün. Wir hatten Glück gehabt, das hob meine Stimmung. Bald hatten wir die Straße erreicht, die ich vorgesehen hatte, wir fuhren am Golfplatz vorbei in Richtung Damm, immer höher kletternd. Ich stieg nach vorne auf den Beifahrersitz.

»Dafür ist es noch zu früh«, sagte Kate.

»Halt mal an. Ich möchte fahren.«

»Nein, Paul. Das ist mein Auto. Ich ...«

»Keine Diskussionen jetzt, komm schon.«

Ich hievte sie mehr oder weniger über meine Knie. Dann fuhren wir weiter. Kate fand das nicht komisch. Sie kramte in einem Fach nach Zigaretten und zündete sich eine an.

»Mir auch eine«, sagte ich. Ich bekam sie, das Papier war noch feucht von ihrem Lippenstift.

»Wo ist eigentlich dein Koffer?« sagte sie.

»Selbst ein Aktenköfferchen wäre zu riskant gewesen. Alles, was ich brauche, werde ich in Gemas einkaufen.«

»Es muß toll sein, wenn man so reich ist, daß man sich auf jeder Reise erst unterwegs einkleidet.«

»Mit der Zeit sammeln sich jedenfalls einige Pyjamas an.«

Sie lachte nicht. Ich warf ihr einen raschen Blick zu.

»Kate, es tut mir leid. Aber ich habe dir gesagt, wie es sein würde.«

»Ich weiß. In dem Moment war ich auch in der entsprechenden Stimmung.«

»Und jetzt nicht mehr?«

»Ich weiß es nicht.«

»Es muß wohl die Warterei vor dem Tor gewesen sein, mit laufendem Motor. Hast du dich gefühlt wie bei einem Bankraub?«

»Vielleicht.«

»Es ist jedenfalls kein Bankraub. Du wolltest doch nicht, daß wir auf unserem Ausflug von drei Knaben begleitet werden, oder?«

»Ist das der einzige Grund für das alles, Paul?«

»Du meinst, es gibt einen anderen?«

»Du gibst nicht gern eine klare Antwort auf eine klare Frage, stimmt's? Ja, ich kann mir einige andere Gründe vorstellen, warum du die Polizei abschütteln wolltest.«

»Tja, dann vergiß sie alle.«

»Paul, ich habe so ein komisches Gefühl, daß ich hier neben dir sitzen soll, bis wir Johore Bahru erreicht haben. Und wenn ich dann zurück will, dann läßt du mich gehen.«

Das war ein Schock.

»Es war doch gar nicht meine Idee, wegzufahren.«

»Na gut, ich war Eva, die dich mit einem schönen großen Apfel gelockt hat.«

Ich trat auf die Bremse und bog in eine Seitenstraße ein. Dann legte ich den Rückwärtsgang ein.

»Was soll das?«

»Ich fahre zurück nach Singapur.«

»Sei kein Kindskopf. Oh...«

»Sag mir, ob die Straße frei ist. Ich werde wenden, auch wenn es hier verboten ist.«

»Laß diesen Quatsch! Fahr weiter. Ich habe keine Lust, auf die Probe gestellt zu werden.«

Wir sprachen erst wieder, als wir den Damm überquert und Johore Bahru hinter uns gelassen hatten. Kates Ford war vier Jahre alt. Sie hatte ihn gebraucht gekauft, doch er war noch immer ein schnelles Auto, das gut auf der Straße lag.

Ich fühlte mich unbehaglich bei dem Schweigen zwischen Kate und mir, es verstärkte das Gefühl, das ich schon im Büro gehabt hatte, nachdem Russell gegangen war: daß ich allein war, ganz allein. Bisher hatte ich mich noch nie so gefühlt, nicht in dem Sinn wie jetzt, daß Gewohnheiten, die viel zu tief saßen, um sie aufgeben zu können, mich an eine ständige Leere banden. Nach wie vor wollte ich tun, was ich glaubte tun zu müssen, doch ich brauchte jemand, an den ich mich wenden konnte. Ich brauchte Kate jetzt nicht als Frau, die aus Gewohnheit bei mir war, sondern als Frau, die ohne Vorbehalte, einfach so sagen würde, daß ich der Mann sei, den sie haben wollte, ungeachtet des Preises.

Es war die einfache, unstillbare Sehnsucht eines Mannes nach der Zuneigung einer Frau, und wenn man diese Zuneigung nicht hat, dann nützen einem auch alle Kompensationen nichts. In Jeffs Augen war Liebe etwas, um das man spielte, und wenn der Einsatz noch so hoch war. Ich fand, er hatte unrecht.

Ich brauchte von Kate jetzt viel mehr als nur die Geste, die zu zeigen sie beschlossen hatte. Natürlich wollte ich auch all das haben, was wir bisher nicht gehabt hatten, aber nicht um seiner selbst willen. Ich wollte Liebe als Refugium und als Trost, doch es schien keinen Weg zu geben, Kate das zu vermitteln.

»Du hast bestimmt noch nichts gegessen, Paul.«

»Nein.«

»Ich hab ein Lunchpaket dabei. Selbstgemacht. Möchtest du, daß ich dich füttere, oder willst du anhalten?«

»Im Augenblick möchte ich lieber nicht anhalten.«

»Gut.«

Ich hörte, wie mit Papier geraschelt wurde.

»Eier und Kresse?« fragte Kate.

»Klingt toll.«

Sie selbst aß nicht viel, aber ich hatte Hunger. Sie reichte mir belegte Brote und dann eine Banane und schließlich einen Plastikbecher mit Coca-Cola, ein richtiges Sommerpicknick für Kinder, die in die Blaubeeren gehen.

Ich fuhr noch eine halbe Stunde, bevor Kate sagte:

»Wenn du deinen Pyjama und eine Zahnbürste und einen Rasierapparat hast, dann brauchen wir ja wohl nichts mehr, oder?«

Ich fragte nicht, ob sie sich in der nächsten Stadt von mir trennen und umkehren wollte. Ich riß das Steuer herum, bog in einen Feldweg ein, der von Gummibäumen gesäumt war, riß die Handbremse hoch und wandte mich Kate zu.

»Du sagst, es sei nicht schwer für mich, dir zu sagen, daß ich dich liebe. Also werde ich das nicht tun. Ich möchte nur eines sagen: Es gibt einen Grund für diese ganze Sache. Ich wollte es mehr als alles andere. Ich wollte deine Nähe.«

Sie starrte mich an. Vielleicht zitterte ich, ich weiß es nicht, aber es war wirklich kalt im Auto, im Schatten der Bäume, abseits der glühend heißen Straße.

»Ich kann hier aussteigen, Kate. Ich kenne denjenigen, dem dieses Grundstück gehört. Wie du schon gesagt hast. Weiter brauche ich nicht zu fahren. Du kannst umkehren. In Ordnung. Wir werden uns nicht mehr sehen. Du glaubst, vieles ist leicht für mich. Es ist nicht so. Glaub mir, es ist nicht so.«

Ihre Lippen öffneten sich ein wenig.

»Ach, Paul!« Es klang wie ein Seufzer. »Ach, Liebster!«

Dann umarmte sie mich und ich sie, und draußen fielen die Gumminüsse mit einem lauten Plopp zu Boden. Kates Lippen waren sanft und feucht. Sie drängte sich an mich, und niemand zog die Bremse.

»Verstehst du jetzt, warum ich Angst habe?« sagte sie nach einer Weile. »Es hat mich ganz schön erwischt.«

»Ja, Schatz. Wollen wir weiterfahren?«

»Natürlich. Natürlich.«

»Vorher muß ich noch etwas sagen. Es geht um Ruth. Ich weiß nicht, wo ich da stehe. Ich meine, ich sehe keinen Ausweg. Sie will nicht nach Amerika zurück. Das hat sie mir heute beim Frühstück gesagt. Sie will, daß ich das weiß.«

»Paul, da müssen wir gemeinsam durch. Was auch kommen mag. Jetzt weiß ich es.«

»Bestimmt?«

»Ja. Ganz bestimmt.«

Ich war nicht so sicher, wollte jetzt aber nicht darüber nachdenken. Ich hatte eine Tür aufbekommen und war dabei hindurchzugehen.

Kate kam in Gemas mit mir, als ich den Pyjama kaufte.

»Ihr Briten und eure Streifen. Wir wär's mit diesem?«

»Die Affen werden sich erschrecken«, sagte ich.

»Wir nehmen diesen«, sagte Kate zu dem Verkäufer. »Und schau mal hier, so etwas hast du doch schon immer gesucht. Ein elektrischer Rasierapparat. Siebzig Dollar. Das ist billig.«

»Japanisches Fabrikat.«

»Nein, Sir«, sagte der Verkäufer.

Ich nahm die Verpackung. Auf der Unterseite war ein kleiner Kreis mit dem Aufdruck »Birmingham«.

»Der neue Vorort von Osaka«, sagte ich. »Ich nehme ein kleines Päckchen Rasierklingen.«

»Er hat schon immer einen Hang zum Geizigen gehabt«, sagte Kate zum Verkäufer, der ein wenig irritiert dreinschaute.

Danach ließ ich Kate ans Steuer. Sie behandelte ihr Auto pfleglicher und fuhr nie schneller als neunzig. Ein schwacher Geruch von heißem Gummi drang aus der Klimaanlage, also stellten wir sie ab und drehten die Fenster herunter, ließen die Geräusche und die Gerüche des Dschungels herein, seine schweren, süßsauren Düfte. Einmal sahen wir ein paar Gibbonaffen.

»Wie sieht es in Kuantan aus?«

»Es ist eine hübsche, kleine Stadt, überwiegend Weiße, liegt an einer Küste, wo sonst nicht viel Weiße leben.«

»Warum fahren wir gerade dorthin?«

»Ein Freund von mir wohnt dort, ich wollte ihn dir gern vorstellen.«

»Phantastisch! Wir wollen aus dem Alltag ausbrechen und fahren an einen Ort, wo ein Freund auf dich wartet.«

»Ich habe gesagt, ich möchte ihn dir vorstellen.«

Sie lachte.

»Ist mir auch recht. Ich lasse mich jedem vorstellen. Vielleicht lädt er uns zum Essen ein, dann brauchen wir nicht dazusitzen und uns anzuglotzen. Wer ist es?«

»Ein Holländer namens De Vorwooerd. Hat früher auf Java gelebt. Er wurde mit all den anderen Holländern hinausgeworfen. Jeff und ich holten ihn von Bord der *Oranje*, die ihn nach Holland zurückbringen sollte. Er ist nicht mehr der Jüngste, und er war krank. Er war mit meinem Vater befreundet.«

»Und warum lebt er in Kuantan?«

»Na ja, Jeff hat es arrangiert. Mehr wollte er nicht, nur ein stilles Plätzchen, wo er die Kasuarinen hören und die Palmen betrachten konnte. Er wollte nicht nach Holland zurück; ein schönes Land, aber er hätte sich fremd gefühlt.«

»Verstehe. Einer von euch.«

»Ja, einer von uns. Der erste De Vorwooerd ging 1704 nach Java. Man würde denken, daß er nach zwölf Generationen ein Recht hätte, dort zu leben. Aber sie haben ihn hinausgeworfen. In Kuantan riecht es wie auf Java, und es sieht auch nicht viel anders aus. Ich glaube, er ist glücklich dort, auch wenn es eine Endstation für ihn ist.«

»Hat er keine Familie?«

»Nein, seine Angehörigen sind alle tot.«

»Wovon lebt er denn? Hat er sein Geld aus Java herausschaffen können?«

Ich lachte.

»Du als Journalistin solltest es eigentlich wissen. Flüchtlinge können ihr Geld nicht herausschaffen, es sei denn, man haut schon sehr früh ab. Er ist geblieben. Die Holländer sind großartig mit diesen Vertriebenen umgegangen. Tausende und Abertausende haben sie nach dreihundert Jahren heimgeholt. Und niemand hat groß protestiert. De Vorwooerd war nur einer derjenigen, die nicht leicht zu integrieren waren. Und da gab es diesen Job, für den er in Kuantan bleiben konnte. Er sammelt Chicle.«

»Für Kaugummi?«

»Genau. Der alte Mann hat sich sehr gut zurechtgefunden. Er verdient seinen Lebensunterhalt selbst und weiß es. Hat ein sehr schönes Haus. Ich würde es dir gern zeigen.«

»Und warum wolltest du, daß er mit mir redet? Er scheint nicht gerade ein überzeugendes Beispiel für die Zukunft der Weißen hier in Asien zu sein.«

»Ich finde irgendwie doch. Die Geschichte dieser Region wird ja noch geschrieben.«

»Man kann dabei den Tod finden.«

Ich sagte nichts dazu. Wir erreichten Kuala Lipis, ein hübsches Städtchen, das so aussieht, als sei die Geschichte spurlos an ihm vorübergegangen und hätte es in spätnachmittäglicher Verschlafenheit liegenlassen. Wir befanden uns jenseits des Gebirges, vor uns lagen ein Fluß und eine sechzig Kilometer lange Strecke durch echten, fast unberührten Dschungel. Die Straße erinnerte mich an unsere Gefechte um zwei Fähranlegestellen, an die Art und Weise, wie die Japaner aus dem Urwald kamen, wenn man gerade glaubte, eine Stunde Ruhe vor ihnen zu haben. Ich erinnerte mich an meine Jugend und wie es war, wenn sich etwas über einen ergoß und es zu spät war, es noch zu verhindern. Jetzt war es so still hier, daß ich glaubte, von der Erinnerung zuweilen gefoppt worden zu sein.

»Es ist schön hier«, sagte Kate, als wir die Straße nach Kuantan entlangfuhren, zu beiden Seiten mächtige Hartholzbäume, die bis zu fünfzig Meter hoch wurden.

Auf dieser Straße hatte man das Gefühl, alles hinter sich zu lassen, so weit, daß einem niemand mehr folgen konnte. Was einen am Ende auch erwarten mochte, es würde keine Gefahr dort drohen, alles würde intakt sein.

Ich liebte Kate, als ich ihr beim Fahren zusah. Wir hatten den Sonnenuntergang im Rücken, aber der rote Schein trieb uns voran.

5

In ihrem Hotelzimmer in Kuantan legte Kate die Hände auf meine Schultern.

»Ich glaube, mir gefällt es hier. Man riecht das Meer, nicht die Kanalisation von Singapur. Du möchtest deinen alten Mann besuchen, stimmt's?«

»Das hat Zeit.«

»Ich werde lieb und verständnisvoll sein. So werden wir es immer halten.«

»Stimmt.«

»Sag es lauter.«

»Stimmt.«

Ich küßte sie.

»Du solltest ein Bad nehmen, Schatz«, sagte sie.

»Jawohl. Ich werde das Abendessen für halb neun, neun bestellen. Wir werden draußen auf der Veranda sitzen und vorher einen Aperitif trinken.«

Kate lachte.

»Alles schön vorbereitet? Hast wohl ein schlechtes Gewissen zu besänftigen, weil du mich jetzt allein lassen willst? Keine Sorge, Paul. Das Alleinsein macht mir nichts aus. Ich werde mich hinlegen und ein wenig ruhen. Ich muß allerdings zugeben, daß es mir ein wenig verdächtig vorkam, als du von einem Freund gesprochen hast.«

»Inwiefern?«

»Ach, daß Kuantan für dich mehr sein könnte als nur ein schöner Ort, den du mir zeigen willst. Du darfst dich nicht wundern, wenn eine Frau Verdacht schöpft, bei deiner Vergangenheit. Aber ich bin schon drüber hinweg. Ich glaube, diese Stadt wird in meiner Erinnerung immer der Ort sein, den du mit mir besucht hast. Geht es dir auch so?«

»Ja, Kate.«

»Bemüh dich nicht allzu sehr. Ich weiß, Männern fällt es nicht leicht, sich an die Gefühle zu erinnern, die sie mit einem bestimmten Ort verbinden. Weißt du was? Ich erinnere mich an eine Wiederaufführung eines Garbo-Films, in dem sie in dem Zimmer herumläuft, in dem sie mit ihrem Freund glücklich gewesen ist, und die Möbel küßt. Ich fand das irrsinnig komisch.«

»Würdest du heute genauso reagieren?« fragte ich.

»Ja. Ich werde meine Zeit nicht mit dem Mobiliar verplempern. Gleichzeitig ist dies hier etwas ganz Besonderes für mich, das mußt du mir schon zugestehen. Ich möchte das Gefühl noch ein wenig festhalten, daß dies unsere Welt ist, in die niemand eindringen kann. So willst du es doch auch, nicht?«

»Natürlich.«

»Solange ich sicher sein kann«, sagte sie.

Ein wenig bedrückt ging ich hinaus, um ein Bad zu nehmen. Ich zog mir ein frisches Hemd an, das ebenfalls aus Gemas stammte, und ging hinunter. Ich stieß auf drei Bergleute von der Zinnmine bei Sungei Goloh, oben im Gebirge, für die das hier die nächste Bar im Umkreis von ein paar Tagesreisen war. Sie riefen, ich solle mich zu ihnen setzen, also trank ich mit ihnen. Ich erzählte ihnen, ich sei ein Agent für De Vorwooerds Chicle, eine Ausrede, die mir hier schon früher gute Dienste geleistet hatte.

»Erzählen Sie uns bloß nicht, die Frau ist Ihre Sekretärin«, sagte einer von ihnen.

»Nein, eine amerikanische Journalistin. Schreibt über Kaugummi.«

»Interessiert sie sich für Zinnbergwerke? Ich könnte ihr eines der tiefsten der Welt zeigen. Ich hätte nicht gedacht, daß Frauen, die so aussehen wie sie, jemals Singapur verlassen.«

Ich brauchte zwanzig Minuten, um von ihnen wegzukommen. Den friedlichen Abend auf der Veranda konnte ich wohl vergessen. Diesmal würden die Bergleute halbnüchtern bleiben und eine Schallplatte auflegen, und Kate würde mit ihnen tanzen müssen. Ich ging eine Straße hoch und überlegte, ob ihr das gefallen würde.

De Vorwooerds Haus lag unten am Fluß, mit einem Garten, der bis ans Wasser reichte. Das ganze Grundstück war eingerahmt von einer riesigen Hibiskushecke, die er gepflanzt und hochgezogen hatte, vielleicht weil er das, was von seinem Leben geblieben war, abschirmen wollte. Es gab einen hölzernen Torbogen, durch den man nicht sehen konnte, und von hier aus führte ein Pfad direkt hinauf zu den Stufen der Veranda.

Das Haus war neu, aber im alten Stil gebaut, mit Holz und einem Strohdach, einer Reihe von Zimmern hinter der Terrasse, alles war sanft beleuchtet, und der Boy löschte alle Lichter erst, wenn De Vorwooerd zu Bett ging. Es war eines dieser Häuser, die einem schon beim Betreten, je nach eigener Stimmung fast, die Wahl ließen – es gab die Veranden, zumeist abgeschirmt und behangen mit Pflanzen und grünen Lichtern, dort konnte man das Meer hören, oder das große Wohnzimmer mit einer Bücherwand, von dem ein Durchgang zu einem Eßzimmer führte, und dahinter lag De Vorwooerds Arbeitszimmer.

Dort fand ich auch den alten Mann. Kein Boy hatte mich hingeführt, ich war einfach durch verschiedene Räume gegangen, bis ich ihn gefunden hatte. Er saß in einem Sessel unter einer Leselampe, die ihren Schein auf ein Buch warf. Er hatte schütteres weißes Haar und einen gestutzten Van-Dyke-Bart von ebensolcher Farbe. Seine Haut war runzlig, aber nußbraun und gesund, seine Augen waren hellblau. Er sah mich an, legte ein Lesezeichen in das Buch und klappte es zu.

»Na?« sagte er. »Ich hatte gehofft, es war ein Irrtum.«

»Ich hatte keine andere Wahl.«

»Das heißt, du warst nervös?«

»Nein. Jeff hatte damit schon gerechnet. Die ganze Malakka-Straße wird von Patrouillenbooten überwacht. Es gibt keine andere Möglichkeit. Ich wäre selbst dann gekommen, wenn Kim Sung sich nicht gemeldet hätte.«

»Er hat mir gesagt, daß er angerufen hat. Wahnsinn.«

»Er war hier?«

»Ja. Ist aber schon wieder weg. Bei seinen Dschunken. Sie liegen in einem Arm der Flußmündung.«

»Er hat das Zeug ohne Probleme von der *Misuni Maru* herunterbekommen?«

»Ich habe ihn nicht danach gefragt. Paul, das ist doch verrückt!« Er fuchtelte mit den Händen herum. Sein Bart zuckte, als wollte er die Bewegungen seines Gesichts in den Griff bekommen. »Über den Tod deines Bruders bin ich immer noch nicht hinweg. Scheußliche Sache!«

»Ja.«

»Ich konnte nicht schreiben. Ich sitze hier, ein alter Mann. Ich konnte nicht schreiben. Was hätte ich auf Papier schon sagen können?«

»Sprich nicht darüber, De Vorwooerd!«

»Ja. Wir werden nicht darüber sprechen. Schick sie fort. Schick deine Dschunken wieder fort.«

»Das geht nicht.«

»Es wäre doch leicht. Du brauchst es nur anzuordnen.«

»Dafür ist es zu spät. Ich habe von Gemas aus angerufen. Die Lastwagen sind schon unterwegs.«

»Du vertraust einem chinesischen Unternehmer?«

»Diesem ja. Es geht um eine Menge Geld für ihn.«

»Irgend jemand könnte ihm noch mehr bieten.«

»Nicht bei diesem Mann. Für ihn steht genausoviel auf dem Spiel wie für mich. Ich habe diese Überlandroute schon zweimal benutzt.«

»Ja, aber diesmal sind sie näher dran. Sie passen auf. Frag mich nicht, woher ich es weiß, ich weiß es eben. Sie sind stärker, Paul. Ich bin ein alter Mann. Du wirst sie nicht aufhalten können. Das weißt du selbst.«

»Vielleicht.«

»Warum also weitermachen?« Er hielt inne. »Nein, nein, ich frage nicht weiter. Mach dir einen Drink.«

Ich trat an einen Tisch, dachte, daß wir ein wenig sorglos waren, uns so in einem Zimmer zu unterhalten, das in ein anderes und noch eines überging. Seine Boys konnten Spione sein, doch das war eher unwahrscheinlich, es waren Malaien aus Trengganu. Spione hatte es unter seinem Hauspersonal schon gegeben, und er wußte, worauf er achten mußte.

»Und für dich?« fragte ich.

»Nichts. Ich vertrage es nicht mehr. Sagt jedenfalls unser Doktor. Er ist Tamile und ein Trottel, aber ich gehorche ihm. Ich hänge an meinem kleinen Leben.«

»Hoffentlich noch lange.«

»Ja, ja. Paul, was deinem Bruder passiert ist, hat mir viel von meinem Mut genommen. Nicht wegen mir. Mir ist es egal, was mir passiert. Warum sollte ich mir groß Gedanken machen. Aber du solltest aufpassen. Weißt du, was ich dir jetzt sage? Verschwinde aus Malaya!«

»Und wohin? Was schlägst du vor? Eine hübsche Südseeinsel? Ich habe allerdings ein dickes Bankkonto, so daß man mich in Tahiti gern aufnehmen würde. Schon mal dort gewesen?«

»Nein.«

»Es ist ein Naturschutzgebiet. Ein Denkmal.«

»Paul, ist das deine Art... nach Jeffs Mörder zu suchen?«

In seiner Nähe stand ein Hocker. Ich nahm meinen Drink und setzte mich.

»Das ist nicht leicht zu beantworten. Ich werde den Mörder finden. Aber ich will nichts überstürzen. Ich habe mir überlegt, wie Jeff vorgegangen wäre, wenn ich es gewesen wäre. Er hätte sich Zeit gelassen, er hat sich immer Zeit gelassen. Er hätte tief Luft geholt und wäre ruhig seinen alltäglichen Geschäften nachgegangen. Genau das versuche ich jetzt auch.«

»Hast du mal überlegt, daß es vielleicht ein gedungener Killer war, der einfach ins Land kam, um seinen Auftrag zu erledigen, und dann wieder verschwand?«

»Warum hat er dann nicht uns beide umgelegt?«

»Vielleicht war das gar nicht beabsichtigt.«

»Nein. Wer immer es war, er kannte Jeffs Gewohnheiten. Er hätte auch meine gekannt und gewußt, daß wir in Jeffs Wohnung selten waren. Um diese Tageszeit bin ich höchstens einmal im Jahr bei ihm auf einen Drink gewesen.«

»Aber da ist noch etwas anderes«, sagte De Vorwooerd. »Vielleicht wollten sie Jeff aus dem Weg räumen und dich gefangennehmen.«

»Daran habe ich auch gedacht. Ich werde aufpassen.«

»Paul! Ich finde, daß du überhaupt nicht aufpaßt. Ich bin ein alter Mann, ich weiß. Ich habe Angst und zittere, was einem nicht passiert, wenn man jünger ist. Meine Ängste heute nacht... seit ich wußte, daß du kommst... In den letzten Monaten auf Java habe ich mich sehr ähnlich gefühlt. Ich war hilflos dagegen. Es hatte keinen Zweck, allen Kampfeswillen zusammenzunehmen, weil die Zeit dafür vorbei war. Du kannst es Aberglauben nennen, wenn du willst. Ich weiß es nicht. Ich weiß bloß, daß dieses Gefühl da drin sitzt.«

Der alte Mann klopfte an seine magere Brust. Es war ein erschütternder Anblick. Er zitterte. Ich dachte, was für ein Fehler es von Jeff und mir gewesen war, ihn für uns arbeiten zu lassen, selbst in dieser untergeordneten Rolle als Nachrichtenstation. Er war in einem Alter, in dem man nicht mehr kämpft, und er hatte es verdient, friedlich in einem Haus zu leben, das er selbst entworfen hatte, alleingelassen zu werden in seinen Träumen von einer Welt, an die man sich schon nicht mehr erinnerte, als sei sie ausgelöscht worden. Ich schämte mich, daß es Kim Sung freigestanden hatte, zu ihm zu kommen, den alten Mann zu benutzen.

»Es wird schon klappen«, sagte ich. »Du wirst sehen. Es hat ja sonst immer geklappt. Hör zu, ich gehe jetzt und suche Kim Sung. Du hast ein Boot, und ich werde damit zur Flußmündung fahren...«

»Nein! Er soll herkommen. Laß mich mit ihm sprechen. Was hast du ihm auszurichten?«

»Die Lastwagen kommen mit der letzten Fähre bei Jerantut über den Fluß. Sie warten im Dschungel bis eine

Stunde vor Sonnenaufgang, dann fahren sie die Straße bis zum Anlegeplatz hier in der Nähe, Kim kennt den Weg. Das Ufer dort ist wie ein Pier. Kim weiß, was zu tun ist. Sobald die Dschunken entladen sind, sollen sie wieder ablegen. Inzwischen wird es hell sein, aber flußabwärts können sie ohne Motoren fahren.«

»Und auf der Herfahrt? Da müssen sie doch ihre Motoren benutzen, oder? Was ist, wenn man sie hört?«

»Das letzte Mal hat man sie auch nicht gehört. Außerdem fahren noch andere Schiffe auf dem Fluß.«

»Deine Dschunken haben Dieselmotoren, das klingt ganz anders. Paul, das ist mal wieder eine riskante Sache.«

»In diesem Spiel muß man oft Risiken eingehen.«

»Ach ja«, sagte De Vorwooerd, und es klang wie ein Seufzer. »Gib mir doch einen Schnaps, einen kleinen. Und was ist mit Kim? Du willst dich diesmal nicht mit ihm treffen?«

»Nicht nötig. Alles ist vorbereitet. Ich möchte, daß er hinausfährt, sich aber nicht Pulao Tioman nähert. Das japanische Schiff ist dort vielleicht schon gesehen worden. Er soll die Insel weiträumig umfahren. In zehn Tagen soll er mit seiner Dschunke nach Singapur kommen und dort vor Anker gehen. Er kann in mein Büro hochkommen. Falls Polizisten dort herumlungern, soll er sich nichts daraus machen. Kannst du das alles behalten?«

»Natürlich. Ich glaube, er wird sich freuen, daß die Geschäfte wieder normal abgewickelt werden. Diese Zusammenkünfte auf dem *pagar* deines Bruders haben ihm nicht gefallen.«

»Mir auch nicht. Was ich noch fragen wollte, De Vorwooerd, kann ich morgen eine Freundin von mir mitbringen?«

»Eine Freundin? Was ist los? Ist das hier ein Vergnügungsausflug?«

Er sah fast zornig aus, der Bart streckte sich mir entgegen.

»Gewissermaßen. Ich glaube, sie wird dir gefallen.«

»Himmelherrgott! Eine Frau! Nein! Für Parties bin ich zu alt.«

»Ich werde mit ihr zum Mittagessen kommen. Dann ist die Sache schon längst vorbei. Du kannst uns einen richtig scharfen Curry auftischen.«

Im Hotel empfing mich großer Lärm. Die Bergleute saßen im Speisesaal beim Essen, sie hatten die Musikbox angestellt, die ihre Melodien in die heiße Nacht hinausplärrte. Nirgendwo würde man diesem Krach entgehen können. Und offensichtlich waren die drei Männer auf der Suche nach einer Frau. Sie würden den Abend vermutlich herumbrüllen und sich dann in den Basar verziehen. Nicht ganz die Atmosphäre, die ich mir vorgestellt hatte.

Ich ging langsam die Treppe hoch, den Flur entlang, klopfte an Kates Tür. Keine Antwort. Ich klopfte wieder und drückte dann die Klinke. Die Tür ging auf, vor mir lag ein leeres Zimmer.

Zuerst glaubte ich an eine Verwechslung. Es konnte gar nicht ihr Zimmer sein, das Bett war gemacht, von ihren Sachen keine Spur, kein Koffer stand da, der Toilettentisch leer. Ich trat ein und schloß die Tür.

Sie konnte natürlich umgezogen sein. Vielleicht hatte

sie sich wegen des Lärms, der heraufdrang, ein Zimmer weiter hinten gesucht. Irgend etwas ließ mich den Kopf umdrehen.

In der Badezimmertür stand ein Mann. Er war klein und kompakt, schwarzes Haar, weißer Anzug, dunkle Haut. Die Pistole in seiner Hand war auf mich gerichtet. Er lächelte sogar. Dann hörte ich seine Stimme, er sprach leise, ein wenig näselnd und monoton.

»Ich glaube, Mr. Harris, wir können sagen, wir haben Sie eingeholt.«

Er hob die Hand ein wenig, die mit der Pistole.

»Keine Bewegung bitte! Keine Dummheiten! Ich bin nicht allein. Ich habe einen Assistenten dabei.«

Aus den Augenwinkeln sah ich ihn, eine Gestalt trat hinter einem Vorhang hervor. Ich wußte, daß auch er bewaffnet war. Sie hatten sich gut vorbereitet.

»Wir wollen keinen Lärm, wenn es sich vermeiden läßt, Mr. Harris. Aber wir würden uns auch nicht davor scheuen, Sie verstehen?«

»Wer zum Teufel sind Sie?«

Er trat ein wenig in das Licht, das aus einer Deckenbeleuchtung fiel, als wollte er mich selber sehen lassen. Er hatte die Gelassenheit eines trainierten Killers, jedenfalls war das mein Eindruck in dem Moment.

Ein Malaie? Javaner? Schwer zu sagen. Etwas europäisches Blut möglicherweise, aber nicht zu viel, gerade so viel, daß er es nie vergaß und in seiner Welt, in der dies ein Manko war, immer gut aufpaßte. Ich wußte, woher er kam, und auch, woher der andere kam, ein Schlägertyp mit professionell lädiertem Gesicht, ohne Lächeln und ohne Manieren. Die Manieren hatte der Boss, er sprach leise und höflich.

»Ich möchte, daß Sie mir gut zuhören, Mr. Harris. Wir gehen jetzt in Ihr Zimmer, und Sie werden Ihre Sachen einpacken.«

»Wo ist meine Freundin?«

»Ich kann versprechen, daß Sie das bald herausfinden werden. Bis dahin hören Sie mir gut zu. Ich habe gesagt, daß ich keinen Krach haben will, mich aber auch nicht davor scheue. Wenn es sein muß, werde ich Sie in diesem Haus erschießen. Das heißt, daß viele Personen in die Sache hineingezogen werden. Es wird dann ein Fall für die Polizei von Malaya sein. Ich glaube, das kann nicht in Ihrem Interesse sein, Mr. Harris, wenn Sie es sich recht überlegen. Da ist zum Beispiel Ihr Freund, Mr. De Vorwooerd. Ein alter Mann. Es täte mir leid, ihn mit hineinzuziehen.«

»De Vorwooerd ist ein privater Freund, mehr nicht.«

»Sie unterschätzen uns, Mr. Harris. Der Holländer ist ein Bindeglied in Ihrer Kette. Doch im Augenblick interessiert er uns nicht besonders, jedenfalls nicht, wenn wir die Dinge auf unsere Weise regeln können, das heißt in aller Stille. Sehen Sie, wir wollen niemand hier in die Sache hineinziehen, das wäre im Moment wirklich gegen unsere Interessen. Und vielleicht auch gegen die Ihren?«

»Wo ist Kate? Was haben Sie mit ihr gemacht?«

»Bitte nicht so laut! Gewiß, unten wird ein ziemlicher Lärm gemacht, aber einer der Hotelboys könnte draußen vorbeigehen, und es wäre bedauerlich, wenn er Sie brüllen hörte. Wir möchten den Eindruck erwecken, daß hier alles ganz normal läuft, daß Sie nur eben vorzeitig abreisen, weil sich Ihre Pläne geändert haben. Das ist das beste für uns ... und für Sie. Haben Sie mich verstanden? Sie werden jetzt hinuntergehen und die Rechnung verlangen. Wir werden die ganze Zeit neben Ihnen stehen, Mr. Harris, Freunde von Ihnen, aber bereit, jeden Moment abzudrükken.«

Die beiden blieben mir die ganze Zeit auf der Pelle, aber nicht zu dicht. Ich tat wie befohlen und packte zusammen. Wir gingen hinunter zur Rezeption. Ich rechnete mit dem nervösen Chef ab, der gleichzeitig die lärmende Truppe im Speisesaal im Auge zu behalten versuchte. Selbst wenn ich ihm ein Zeichen hätte geben wollen, er hätte es nicht gemerkt.

Ich war unbewaffnet. Der ruhige Mann wußte das. Meine Sachen waren durchsucht worden, und es ist nicht leicht, eine Pistole zu verstecken, wenn man ein weißes Hemd und eine eng sitzende Hose trägt.

Während ich das Geld hinüberschob, dachte ich an Kate und an De Vorwooerd. Meine Besorgnis entwickelte sich langsam zu einer Art Panik, wie ich sie nur wenige Male zuvor verspürt hatte. Die Dinge hatten keine Konturen, nichts, wonach ich greifen konnte. Hatte man Kate gezwungen, genau wie ich zu packen und in die Nacht hinauszugehen?

»Fertig, Mr. Harris?«

Wir gingen durch die leere Eingangshalle, wobei ich den Schlägertypen hörte, aber nicht den anderen. Ich konnte nie ganz sicher sein, wo er gerade war. Ein Bergmann lachte schallend, und die Musikbox dröhnte vor sich hin.

Dann, von der Veranda aus, sah ich Kates Auto. Es stand am Fuß einer steinernen Treppe. Das Licht einer Lampe fiel auf eine Gesichtshälfte. Kate saß am Steuer.

»Kate!«

»Immer hübsch langsam!« befahl der ruhige Mann.

Aber ich nahm zwei Stufen auf einmal und war schon fast am Auto, als ich fühlte, wie sich ein spitzer Gegenstand in meinen Rücken bohrte.

»Dumm von Ihnen, Mr. Harris. Das wäre fast Ihr Ende gewesen!«

»Kate! Meine Güte, sieh mich doch an!«

Sie saß da, die Hände auf dem Lenkrad, sah mich aber nicht an. Dann schien etwas in meinem Kopf zu explodieren. Kuantan! Ich hatte ihr gesagt, wohin wir fahren wollten. Ich hatte ihr in Singapur davon erzählt, nur ihr!

»Kate! Sieh mich an! Sitz nicht so herum! Sag, daß du nichts davon gewußt hast. Sie haben dich in deinem Zimmer überrascht, stimmt's? Du sitzt am Lenkrad, weil sie dich gezwungen haben...« Ich atmete langsam und tief ein. »Sag schon!«

Sie schaute mich nicht an. Nur ihre Lippen bewegten sich. Ihre Stimme war ganz ruhig.

»Ich habe dir nichts zu sagen, Paul.«

In meinem Rücken fühlte ich den kalten Lauf der Pistole. »Steigen Sie ein, Mr. Harris!«

Die Fenster waren heruntergekurbelt. Als wir losfuhren, kam einer der Bergleute auf die Veranda heraus und rief:

»He, Jungs, das Mädchen verduftet. Ob wir es vertrieben haben?«

Ich saß zwischen dem Schläger und dem ruhigen Mann. Vorn neben Kate saß ein dritter. Niemand sprach. Ich schloß die Augen.

Kuantan. Ich hatte es ihr vor Tagen gesagt, viel Zeit also, den anderen einen Hinweis zu geben. Und der Vorschlag, wegzufahren, war von Kate gekommen, sie hatte es beschlossen, für sie war es so wichtig. Sie hatte den entscheidenden Schritt wagen müssen. Ganz sanft wurde ich angelockt. Selbst der gespielte Widerstand auf der Fahrt paßte ins Bild.

Kate war scharf auf die Story über Jeff und mich, wollte sie an ihre Zeitung schicken. Von wegen! Kate hatte mir aus Singapur herausgeholfen, und ich hatte geglaubt, sie ausgenutzt zu haben, und mich dabei sehr unwohl gefühlt.

Innerlich kochte ich vor Wut. Das hatte man also davon, wie sehr man sich auch immer wieder bemühte. Sogar dem kleinen Spießer konnte das passieren, dessen Frau, mit Lockenwicklern im Haar, den Kaffee einschenkt und auf den Toast aufpaßt und ihren Mann beobachtet, der wieder einmal mit dem Zug acht Uhr zehn hinausfährt, um für sie draußen in der Welt zu kämpfen. Sie könne nicht mitansehen, wie er sich so abrackere, sagt sie, und dabei denkt sie nur die ganze Zeit daran, wieviel die Versicherung einbringen würde, wenn man sie mit fünf Prozent Abzug verkaufte. Das war Liebe, das war es, was sie einem gaben.

Ich hatte etwas mehr Glück gehabt, keine meiner Frauen hatte in Gelddingen herummäkeln müssen. Aber in meiner Umgebung hatte ich es erlebt, überall. Es war eine Seuche in Singapur, all die kleinen Männer mit großen

Gehältern, die nie reichten, immer knapp am Bankrott vorbei, während die Frauen Bridge spielten. Ihre Frauen sprachen über Geld, an der Bar, bei Tanztees im Club, eine Art Titelmelodie, die überleitete zu Haarausfall und Thrombose.

Das war es, was sie einem boten. Im Innern schrie ich es heraus. Lieber betrogen werden und ein für allemal Schluß machen, als sich weiter quälen und den eigenen kleinen Hoffnungen immer wieder Nahrung geben. Lieber gleich exekutiert werden.

Sie hatte mich ja auch clever hingehalten, dieses Mädchen aus Cape Cod, wo alle unverheirateten Frauen Jungfern sind.

Und dann wurde mir übel, vor Wut und wegen all der Dinge, die ich in Gedanken gesagt hatte.

Wir erreichten den ersten Fähranlegeplatz, das Schiff war noch nicht da, wir mußten warten, fünf Leute in einem Auto, schweigend, der Motor war abgestellt und das Standlicht eingeschaltet, um uns herum Dunkel. Der Mann vorn bot Kate eine Zigarette an, sie nahm sie und zündete sie an. Die Fähre näherte sich. Man sah eine winzige Öllampe und hörte ein schwaches Kettenrasseln. Im Auto war es heiß, obwohl die Fenster heruntergedreht waren, kein Lüftchen ging, und drei Leiber saßen eng aneinandergepreßt.

Meine Dschunken würden in der Morgendämmerung an dieser Stelle vorbeituckern, das heißt, wenn sie es überhaupt bis hierher schafften. Niemand konnte Kim warnen oder den alten Mann in seinem Haus, das er sich als Zuflucht gebaut hatte. Vielleicht war eine Warnung gar nicht nötig, und Kim würde es schaffen. Vielleicht wollten sie es so, wollten sehen, wie wir vorgingen, wollten hinterherfahren und beobachten, alles herausfinden.

Vielleicht würden sie De Vorwooerd in Ruhe lassen. Es war nicht ausgeschlossen.

Die Fähre legte an unserem Ufer an. Kate ließ den Motor an und fuhr langsam hinunter. Die Japaner hatten diese Fähre einmal aus der Luft angegriffen, es war so dunkel gewesen wie jetzt, aber sie hatten genau gezielt, uns eine halbe Stunde lang die Hölle heiß gemacht, während ich mich in einem Graben versteckt hatte. Viele von uns hatte es erwischt. Darüber konnte man ins Grübeln kommen, die guten Männer starben, während man selbst weiterlebte, jahrelang, und herumstümperte.

In diesem Moment war mir, als sei mit Jeff auch mein Glück dahingegangen, als hätte er den Schlüssel zu allem besessen, der mir erlaubt hatte, Risiken einzugehen und davonzukommen. Jetzt lebte ich ganz allein, ohne Kate, ohne alles. Und vielleicht war das gut so, es machte einen nicht so verwundbar.

Wir fuhren von der Fähre herunter, hinauf zur Straße. Ich war sicher jetzt, daß der kleine Mann neben mir nur schießen würde, wenn es sich überhaupt nicht vermeiden ließ. De Vorwooerd hatte recht gehabt: Sie hatten etwas vor mit mir, etwas ganz Großes. Die Pistole, die sich in meine Rippen bohrte, würde nur bei einer richtigen Provokation losgehen. Es bestand eine gewisse Hemmung, abzudrükken, die ich mir möglicherweise zunutze machen konnte.

Der Mann vorn befahl Kate abzubiegen. Sein Englisch war nicht sehr gut, offensichtlich war er nicht in den Genuß der Bildung gekommen, die wir in diesem Teil der Welt so großzügig unters Volk gebracht hatten. Es konnte natürlich sein, daß er gut Holländisch sprach.

Ich sah hinaus, während wir einen holprigen Weg entlangfuhren. Diese Gegend hatte sich meinem Gedächtnis wie eine Landkarte eingeprägt, und ich erinnerte mich wieder an den Behelfsflugplatz und die zerstörte Straße, die dorthin führte. Um uns herum standen jetzt keine Bäume mehr, nur das Lalang-Gras, das teilweise so hoch war wie das Auto.

Viele dieser Flugplätze, die wir in Malaya aufgegeben hatten, waren inzwischen vom Dschungel attackiert, aber nicht völlig aufgefressen worden. Sie lagen inmitten einer merkwürdigen Wildnis, gesäumt von den zerfallenen strohgedeckten Baracken, die früher als Unterkunft gedient hatten. Alles, was aus Metall war, wie die grüngestrichenen Hangars, war weggeschafft worden. Doch die Autoscheinwerfer fielen auf einen Feuerwehrwagen, der mit verfaulten Reifen vor sich hinrostete. All die fünfzehn Jahre, in denen ich ein so geschäftiges Leben geführt hatte, muß er dort gestanden haben.

Ich erkannte das Flugzeug. Im Rahmen der britischen Exportoffensive waren viele Exemplare dieses Typs verkauft worden, der einen sagenhaften Steigwinkel hatte und praktisch überall landen konnte. Die Scheinwerfer offenbarten, daß das Flugzeug dschungelgrün gestrichen war, aber keine Erkennungszeichen trug. Dieses Modell hatte fünfzehn Sitze. Ich überlegte, ob es vollbesetzt gelandet war und wenn ja, wo all die anderen Männer jetzt waren. Neben dem Flugzeug standen nur drei.

Wir kamen näher. Kate fuhr wie jemand, der keine Befehle braucht, sondern gelegentlich nur einen Hinweis, wo er abbiegen soll. Sie fuhr das Auto ganz dicht heran, fast genau vor eine geöffnete Tür im Flugzeugrumpf.

Ich brauchte ein Ablenkungsmanöver, mußte mir selbst etwas ausdenken. Der ruhige Mann hatte sich schon hinausgezwängt und wartete mit der Pistole in der Hand auf mich. Ich legte meine Hände auf Kates Rücklehne und zog mich nach vorn, sah auf ihren Hinterkopf und brüllte:

»Soll dich doch die Schlaflosigkeit heimsuchen, wenn du wieder in Cape Cod bist! Vielleicht brauchst du viele schlaflose Nächte, um das hier auszuschwitzen!«

Vielleicht lag es an der Wut in meiner Stimme, der echten Wut, daß der ruhige Mann genau das tat, was ich wollte. Er beugte sich herein und setzte mit dem Griff der Pistole zum Schlag an, und obwohl ich mich schnell wegduckte, bekam ich noch die Hälfte des Schlags ab, es krachte in meinem Nacken. Aber das bedeutete, daß er nicht den Finger am Abzug hatte. Ich boxte ihm, so weit oben wie nur möglich, in den Bauch.

Dann lief ich auf das Lalang-Gras zu. Ich machte mir die Überraschung zunutze, denn bevor sie reagierten, entstand ein Moment, in dem nur gebrüllt und wild durcheinandergelaufen wurde. Falls einer von ihnen eine Taschenlampe dabei hatte, war meine Chance gleich null, das wußte ich. Doch ich erreichte das Gras, ließ mich hineinfallen, ehe die Lichter aufflammten.

Man ballerte nicht wie verrückt hinter mir her. Diese Typen vergeudeten ihre Munition nicht, oder vielleicht wollten sie keinen Lärm. Dort im Gras war ich fürs erste einigermaßen sicher, ich kämpfte mich in meinem Versteck weiter vor.

Wenn man nicht aufpaßt, schneidet man sich an Lalang-Gras, denn die langen Halme sind fast so hart wie eine Messerschneide und ritzen einem übel die Haut auf. Sobald man die Hände benützt, fühlt man die Wunden.

Nach einer Weile blieb ich stehen, denn mich umgab tiefe Stille. Sie kamen nicht hinter mir hergelaufen, sondern verfolgten meine Spur nur anhand der Geräusche, die ich verursachte. Das löste eine Art Panik in mir aus – der Flüchtling, dessen Verfolger nicht in der erwarteten Weise reagieren. Ich versuchte, wieder normal zu atmen und einen Plan zu entwickeln.

Bis in die Nähe der Straße würde Lalang-Gras stehen, daran anschließend ein kleines Mangrovenwäldchen, durch das ich waten konnte. Ich würde die Straße überqueren und mich in Richtung Süden durcharbeiten, dann das Flußufer unterhalb der Anlegestelle erreichen. Mit etwas Glück würde ich Kims Dschunken auf ihrer Fahrt flußaufwärts anhalten können.

Dieser Plan müßte vorerst reichen. Sollen sie doch ihre verdammten Ohren aufmachen! Hier konnte ich mich genauso schnell bewegen wie sie, vielleicht noch schneller. Und ich hatte einen guten Start erwischt.

Es war sehr still und dunkel, doch in der Entfernung war der Fluß zu hören, eine Art Orientierung. Die Strömung ist hier schon stark und erzeugt ein ständiges leises Murmeln. Ich zog den Kopf ein und ging weiter, arbeitete mich mit geballten Fäusten durch das Gras, ohne wirklich zu sehen, wohin ich meine Schritte setzte, es war mir egal.

Noch immer war hinter mir kein Lärm zu hören, keine Rufe, und das war irgendwie beunruhigend, auch wenn ich versuchte, nicht daran zu denken.

Das Gras hörte auf, und ich stolperte. Ich hatte nicht an den Bewässerungsgraben gedacht, der praktisch parallel zur Startbahn verlief, über die gesamte Länge. Ich fiel ungeschickt zu Boden.

Irgendwo ging ein Licht an, und die Stimme des ruhigen Mannes sagte:

»Wenn Sie sich bewegen, Mr. Harris, feuere ich das ganze Magazin auf Sie ab.«

Ich bewegte mich erst, als sie über mir standen, herunterschauten und mich hochwinkten. Ich stand auf, kroch hoch, und als ich den Graben entlanghumpelte, fühlte ich Wut über meine eigene Dummheit.

Ich weiß nicht, wo Kate sich befand, als ich am Auto vorbeigeführt wurde, sie saß jedenfalls nicht hinter dem Lenkrad. Im Flugzeug wurde ich auf einen Fensterplatz gefesselt, und zehn Minuten später hoben wir ab, im Scheinwerferlicht von Kates Ford, das über die rissige Rollbahn fiel.

6

Im Flugzeug war viel Zeit zum Nachdenken, zu viel Zeit. Ich dachte an Jeff und De Vorwooerd und Booney und Ruth, tauchte in mein Leben zurück, jenseits des Punktes, an dem Kate erschienen war. Sie durfte nicht wiederauftauchen. Von ihr war nichts mehr geblieben, nicht einmal der Zorn auf sie. Bei dem, was auf mich zukam, so sagte mir mein Gefühl, war es besser, nicht allzuviel an mich herankommen zu lassen, sondern alles mit Gleichgültigkeit zu betrachten. So konnten sie eigentlich nur dem Körper etwas anhaben, und damit rechnete ich inzwischen. Es blieb die Hoffnung, daß die Seele nicht zur Sklavin des Körpers wurde, eine dünne Hoffnung manchmal.

Ich saß, gefesselt an Füßen und Händen, festgeschnallt auf meinem Sitz, dessen Sicherheitsgurt von einem simplen Vorhängeschloß gesichert war. Mein Sitz befand sich vorn in der Kabine, in der Nähe der Cockpit-Tür. Hinter mir waren vier Mann beim Kartenspielen. Es klang wie Poker, ein Spiel, das trotz seiner europäischen Herkunft offenbar nicht verschmäht wurde.

Das Flugzeug brummte mit etwa dreihundert Stundenkilometern dahin, über den Gebirgszug und dann in den Mondschein über der sich anschließenden Ebene, einem zinnfarbenen Meer entgegen, auf dem sich Dschunken bewegten, die so unschuldig aussahen wie meine. Allmählich tauchte Sumatra vor uns auf, eine riesengroße Insel mit einer Ausdehnung von anderthalbtausend Kilometern. Wir überflogen das flache Land hinter der Küste, einem Bergzug entgegen, nach meiner Vermutung in Richtung Toba-See.

Wir waren nie höher als sechstausend Fuß geflogen, doch als wir anfingen, auf Sinkflug zu gehen, wurde mit dem Pokerspiel aufgehört. Auch die Gespräche verstummten. Ich spürte eine gewisse Spannung in der Kabine, und als ich meinen Kopf zur Seite drehte, sah ich jeden der vier Männer an einem Fenster kleben und zur Erde starren.

Ich wußte auch warum, als ich den Landeplatz sah. Es handelte sich um eine Schneise im Dschungel, die offenbar erst vor kurzem geschlagen worden war. Verglichen mit diesem Acker war die löchrige Piste bei Kuantan eine ganz brauchbare Landebahn.

Für unseren Flugzeugtyp wurde ja damit geworben, daß er auf jeder vernünftigen Grasnarbe landen konnte, doch da unten wartete kein Gras auf uns, sondern nur die frisch aufgeworfene rote Erde, auf der noch halbverbrannte Baumstrünke herumzuliegen schienen. Zweimal kreiste der Pilot, wobei er jedesmal in eine schauderhafte Schräglage geriet, dann ging er runter, als wüßte er genau, was er tat, doch für ein Flugzeug mit geringer Landegeschwindigkeit kam es mir viel zu schnell vor. Vielleicht hatte er gelernt, daß man Schubkraft brauchte, um wieder abheben zu können, falls der Aufprall zu heftig war.

Wir spürten es jedenfalls ganz deutlich, als wir den Boden berührten. Es war, als führe man in einem Autobus mit Karacho in einen Straßengraben. Jede Niete kreischte auf. Ich versuchte, den Kopf gegen die Rückenlehne zu pressen, hätte mir aber fast einen gebrochenen Hals eingehandelt. Ein, zwei Momente, halb betäubt, merkte ich nur, wie das Flugzeug durchgeschüttelt wurde. Dann schrie eine dünne, hohe Stimme. Es war die reinste Todesangst.

Funken stoben an meinem Fenster vorbei. Ich sah in dem Moment hinaus, als eine Tragfläche den Boden berührte und auseinanderbrach. Das ganze Flugzeug schien wieder abheben zu wollen, es drehte sich um die eigene Achse, dann war das Geräusch von reißendem Metall zu hören, und das konnte nur bedeuten, daß irgendwelche Teile auf einen zugeflogen kamen.

Ich schloß die Augen und preßte den Kopf auf die Brust, so tief herunter wie möglich, spürte abermals, wie die Maschine sich aufbäumte, das Gewicht meines Körpers wurde jäh gegen den Gurt gedrückt. Dann gab es einen furchtbaren Stoß, einige der hinteren Sitze lösten sich aus ihrer Verankerung, einer davon war besetzt, nach dem Geschrei zu urteilen, das in meiner Nähe anfing.

Dann fielen nur noch kleinere Gegenstände zu Boden, und ich wußte, wir waren gelandet, auch wenn man es nicht als eine gelungene Landung bezeichnen konnte. In der plötzlich einsetzenden Stille war ein klägliches Wimmern zu hören. Jemand rief laut auf malaiisch:

»Feuer!«

Die Leute im hinteren Teil der Kabine trommelten an die Tür, und der Wimmernde kroch zu ihnen, neben mir den Gang entlang, der eine Steigung wie ein Gebirgspfad hatte.

»Holt mich hier raus!« brüllte ich auf malaiisch.

Der Wimmernde sah mich an. Er zog ein Bein nach, benutzte die Hände, schwitzte. Er schüttelte den Kopf, höflich fast, als wollte er sich entschuldigen.

Ich kenne eine ganze Reihe malaiischer Flüche und benutzte sie. Aber keiner der vier hörte zu. Ich hörte, wie sie sich entfernten, während ich wartete. Ich erinnerte mich, wie es klingt, wenn ein Benzintank explodiert, zuerst ein Knall wie ein Granateinschlag, dann das Donnern. Darauf wartete ich jetzt.

Es kam mir wie eine Ewigkeit vor. Keine Stimme war zu hören, nur hin und wieder ein Metallteil, das scheppernd herunterfiel, doch abgesehen davon herrschte eine Stille, die so tief war, daß ich einen Vogel im Dschungel rufen hörte. Alle warteten wohl, in sicherer Entfernung stehend, auf den großen Knall.

Ich fing an zu brüllen, mir die Wut, die sich angestaut hatte, aus dem Leib zu schreien. Angeschnallt hing ich in meinem Sitz und schrie. Es erleichterte mich irgendwie, doch ich stellte fest, daß sich hinter meiner Angst Gedanken an Kate verbargen.

Schließlich kam der ruhige Mann und befreite mich aus meinen Fesseln, auch er schwitzte, aber selbst jetzt schaffte er es, erstaunlich gelassen zu wirken.

»Sie haben Glück, Mr. Harris, das Feuer ist ausgegangen.«

General Sorumbai überraschte mich. Ich kannte ihn als denjenigen, der für die Regierung die unangenehmen Dinge erledigt. Er war jener Offizierstyp, der, noch jung an Jahren, während der Errichtung einer Volksdemokratie auf den Plan tritt und dessen Karriere mit einem interessanten Register an Greueltaten einhergeht. Ich wußte, daß er politisch gefährlich war und daß die Zentralregierung ihn am liebsten in den entferntesten Winkeln des Landes sah. Ich wußte auch, daß er, wenn er irgendwo eine Rebellion niedergeschlagen hatte, in der betreffenden Gegend sein eigenes Regime einführte und dazu neigte, Anweisungen aus der Hauptstadt, die ihm nicht gefielen, zu mißachten.

In gewissem Sinne, allerdings sehr vermittelt, war ich schon lange sein Feind, denn meine Aktionen, die sich in dreitausend Kilometern Entfernung abspielten, waren auch gegen ihn gerichtet. Anscheinend hatte er mich kennenlernen wollen.

Unsere Begegnung konnte auch fast an einen Höflichkeitsbesuch erinnern. Allerdings wäre diese Atmosphäre noch deutlicher gewesen, wenn ich nicht Handschellen getragen hätte, doch der General machte keine Anstalten, sie mir abnehmen zu lassen, er ignorierte meine kleine Behinderung einfach. Immerhin saß ich in einem bequemen Stuhl, eine Flasche Whisky stand in Reichweite. Der General, ein Moslem, der seine Pilgerreise absolviert hatte, trank Limonade aus einem geeisten Glas.

Sorumbai war groß für einen Mann aus diesem Teil der Welt, hatte Fett angesetzt, aber nicht zuviel. Er trug ein gestärktes, kurzärmeliges Hemd ohne Rangabzeichen, und an einem Gürtel um seine Mitte hing ein Revolver. Das dunkle Haar fiel ihm tief in die Stirn, er trug es ziemlich lang, wodurch sein Kopf massiv und kräftig wirkte. Er hatte eine kleine Nase und fast negroide Lippen, und er lachte viel, wobei er strahlend weiße Zähne offenbarte. Der General sprach Englisch, nicht sehr gut, aber eigensinnig, in einem eigenen Rhythmus und Tempo, ein wenig in der Tradition britischer Kolonialbeamter, die sich einer fremden Sprache bedienen.

»Soso, Mr. Harris, Sie sehr gefürchtet, hä? Flugzeug machen bumms! Sie geglaubt, Sie sterben, ja?«

Er wartete auf meine Reaktion, also nickte ich.

»Jetzt ich habe kein Flugzeug mehr«, sagte der General.

Das war ungeheuer lustig. Er schüttelte sich vor Lachen. Für einen militärischen Befehlshaber, der beweglich sein mußte, war es vermutlich eine ziemliche Katastrophe, doch die Vorstellung, daß ein Mann in seiner Position auf eine Annehmlichkeit verzichten mußte, hatte auch etwas unendlich Komisches. Sorumbai reagierte auf dieses Problem mit der gleichen guten Laune, die er auch dann zeigte, wenn es erforderlich war, den Befehl zur Massakrierung eines aufständischen Dorfes zu geben. Es war ein kleiner Zwischenfall in dem großen Ganzen, dessen Mittelpunkt der General war.

»Sie jetzt okay? Ich befohlen, viel Essen bringen. Sie bekommen? Auch Whisky.«

»Der Whisky schmeckt sehr gut.«

»So. Eingießen! Viel!«

Der General hoffte, der Whisky würde ihm sein Vorhaben erleichtern, und ich hoffte, ihn für meine Zwecke einsetzen zu können. Mir schien ziemlich klar zu sein, daß Sorumbai schon bald keine Lust mehr haben würde, den perfekten Gastgeber zu spielen. Er sah wie ein Mann aus, den es ständig nach Abwechslung verlangte. Ich dachte an das, was kommen mußte, und wollte mich ein wenig betäuben. Ich schenkte mir ein, was gar nicht so schwer war, ich konnte sogar das Glas an meine Lippen halten und daraus schlürfen.

Mein Anblick machte den General durstig. Er leerte sein Glas und entdeckte in einem Eiskübel neben seinem Sessel eine zweite Flasche. Er nahm einen langen Schluck daraus und stand dann auf, um einen Ventilator, der die Luft zu mir gequirlt hatte, in seine Richtung zu stellen. Er grinste, als er sich wieder setzte und den Revolver ein wenig zurechtschob.

Überraschenderweise seufzte er plötzlich und begann, das Gesicht zu einer gewichtigen Miene erstarrt, eine kleine Predigt zu halten. Es war eine langweilige Predigt, die zum größten Teil davon handelte, daß ich ein imperialistischer Agent und ein Feind der Demokratie sei. Immer wieder suchte er nach den richtigen Ausdrücken, prüfte sie und ersetzte sie durch solche, die ihm geeigneter erschienen. Tränen standen in seinen Augen, als er von den Dingen sprach, die ihm heilig waren.

Ich saß da und hoffte, er möge nie die alleinige Macht erringen, nach der er so offensichtlich strebte. Er betrachtete sich als eine Art Messias für das einfache Volk, der über den Politikern steht und über all den Emporkömmlingen, die einander um Macht und Einfluß in der neuen Gesellschaft bekämpften. Sorumbai gedachte, sie alle beiseite zu fegen, wenn die Zeit gekommen war, und ich hatte den Eindruck, er glaubte, daß dieser Moment nicht mehr weit sei.

Er zeigte mit dem Finger auf mich. Das Fleisch unter dem starren, maskenhaften Gesicht zitterte ein wenig. Ich war der Feind, das Böse schlechthin, und er der Kreuzritter.

Und dann hörte dieser ganze Spuk auf. Er sagte etwas, wie zu seiner eigenen Erheiterung, es schaffte den Weg aus seinem Denken in dieses eigenartige Englisch nur halb, bewirkte aber, daß er sich lachend zurücklehnte und dabei aussah wie Jizo, der fröhliche Gott der Kinder. Man konnte ihn sich gut als liebevollen Vater vorstellen, der sich auf dem Boden wälzt und mit den Kindern herumtollt. Er hatte großen Durst und fand noch mehr Limonade, schenkte sich ein und beobachtete mich, während er trank.

»Sie erledigt! Sie alle erledigt!«

Mir war nicht klar, ob er mich meinte oder das, was ich als Waffenschmuggler zu repräsentieren schien. Vermutlich beides. Alles deutete darauf hin, daß ich wirklich erledigt war. Das, was Sorumbai mit der Ermordung meines Bruders angefangen hatte, sollte mit mir fortgesetzt werden, nur würde es in meinem Fall ein wenig länger dauern.

Im Flugzeug, mutterseelenallein, hatte ich Zeit gehabt, über ihre Methoden nachzudenken. Es schien bei ihnen keine Zufälle zu geben. Sie hatten Jeff umgebracht, als sie es wollten, und ich war gefangengenommen worden, als sie es beschlossen hatten. Ich sollte benutzt werden, und ich ahnte schon, wie, vor allem seit meinem Tête-à-tête mit dem General.

Sorumbai war der heldenhafte Kämpfer gegen die imperialistischen Teufel, aber einen von ihnen hatte er lebend erwischt, um ihn zurückzubringen und seinem Volk zu präsentieren. Schon jetzt genoß er Popularität als Mann der Tat, als starker Mann, der zahlreichen Gegnern aufs Haupt geschlagen hatte, und wahrscheinlich wollte er sehr bald und sehr plötzlich in die Hauptstadt zurück, mit mir sozusagen als Trumpf.

Sehr bald würde ein Schauprozeß um einen Bösewicht

stattfinden, die tropische Variante dessen, was anderswo schon tausendmal zu politischen Zwecken veranstaltet worden war. Ich würde bekennen, das übliche freiwillige Geständnis des zerknirschten Missetäters ablegen, der nur imstande sein mußte, ein paar Worte zu murmeln und aufrecht auf einem Stuhl zu sitzen. Mittlerweile war ich mir ziemlich sicher, daß Sorumbai die Ermordung meines Bruders und meine eigene Gefangennahme betrieben hatte, wahrscheinlich ohne Wissen oder Unterstützung der Zentralregierung.

Er beugte sich etwas nach vorn.

»Trinken! Whisky!«

»Danke. Das ist genug.«

»Mehr!«

»Wollen Sie, daß ich heute nacht gut schlafe?«

Das gefiel ihm.

»Ja, ja. Ich will, Sie gut schlafen. So! Alles okay? Jetzt Sie sprechen zu mir. Was Sie tun in Malaya? Alles. Ich habe Mann, er wird schreiben.«

»Ich werde es selbst aufschreiben.«

Er wirkte überrascht. Er sah mich eine Weile unverwandt an, erhob sich schließlich und trat an einen Tisch. Er nahm ein paar Blatt Papier, ein Heft als Unterlage, einen Bleistift und brachte alles zu mir. Mit gefesselten Händen zu schreiben war nicht einfach, aber ich schrieb, langsam, mit dem Bewußtsein, ein wenig Zeit gewinnen zu können, ein erster Schritt eines Hinhaltemanövers, bei dem am Ende wohl Sorumbai als Gewinner dastehen würde, doch soweit war es noch nicht.

Der General, der dastand und mir zusah, mußte denken, wie schwach wir eigentlich waren, wie schnell wir unter Druck sofort nachgaben. Vielleicht spielte er sogar mit dem Gedanken, mich am Leben zu lassen, eine großartige Demonstration der neuen Gnade. Ich sah einmal zu ihm auf, er lächelte.

Ich schrieb etwa zwanzig Minuten lang, eine Erklärung über die rechtmäßigen Aktivitäten von Harris & Co., eine Liste unserer Dschunken und des jeweiligen Einsatzgebietes sowie ein paar statistische Zahlen über den Handel mit Kopra, Palmöl und Vogelnestern.

Sorumbai nahm die Bögen, trat in das Licht, das auf den Tisch fiel, blieb stehen, um zu lesen, ein kräftiger Mann, die Beine etwas gespreizt, die eine Hand am Gürtel, an dem der Revolver hing. Er las langsam, formte die Wörter teilweise mit den Lippen nach. Der Schein des weißen Lichts lag auf seinem Gesicht. Dann war er fertig, und er legte die Blätter auf den Tisch.

»Ja?« sagte er seelenruhig.

Er trat heran und schlug mir dreimal ins Gesicht. Beim dritten Mal quoll Blut aus meiner Nase. Dann brüllte er, aber es galt nicht mir. Drei Soldaten kamen in den Raum gestürmt. Was dann passierte, war offenbar Routine, jedenfalls nichts, worum Sorumbai sich im Moment persönlich zu kümmern brauchte.

Die Soldaten banden mich an die Stuhllehne und rissen mir die Hose herunter. Dann zündeten sie sich Zigaretten an. Sie nahmen sich zuerst meine Fußsohlen vor, dann meine Schenkel, nur ein paar Stellen wurden verbrannt, diese aber immer wieder.

Schon nach kurzer Zeit fing ich an zu brüllen, was mir

eine gewisse Erleichterung verschaffte. Ich wußte auch, daß es meinen Peinigern ein Erfolgsgefühl gab. Und indem ich so brüllte, wich ich vor etwas aus, ließ es nicht an mich heran. Das sagte ich mir immer wieder.

Nach einer Weile gab ich überhaupt nicht mehr die Laute von mir, die man von einem vernünftigen Menschen erwarten konnte. Und plötzlich, auf Befehl Sorumbais, zündeten sich die Soldaten keine neuen Zigaretten mehr an.

Ich lag in einer Hütte, durch deren Strohdach der Wind fuhr, und wartete auf die tropische Morgendämmerung. Ich lag mit dem Bauch auf meinen gefesselten Händen, die Füße hatte man mir ebenfalls zusammengebunden.

Die Reaktion auf Folter und die Erholung von ihr spielt sich im Kopf ab. Das entscheidende ist nicht der ständige Schmerz, sondern der Schock darüber, daß da eine Schwelle überschritten wurde, was man, tief in seinem Innersten, nie für möglich gehalten hat. Gewiß, man hat davon gehört, aber man hat nicht erwartet, es selbst zu erleben – diese verschwitzten Gesichter von Männern, die sich über einen beugen und mit tatsächlicher oder aufgesetzter Gefühllosigkeit einen Job erledigen. Es waren auch keine brutalen Gesichter gewesen, keine besonders ausgewählten Schläger, eher Milchgesichter. Einer der Männer hatte die Augenbrauen eines Kindes gehabt, dünn und fein, und zartgliedrige Hände, keineswegs die Hände eines Soldaten. Die ganze Zeit hatten sie mich mit einem gewissermaßen professionellen Interesse beobachtet, als wollten sie meine Schmerzempfindlichkeit testen und den Geruch, der ziemlich penetrant wurde.

Ich sah ihre Gesichter noch vor mir, als sie mich längst in die Hütte geworfen hatten und fortgegangen waren.

Als es dämmerte, entstand draußen Bewegung, ich hörte Stimmen, Rufe, Kommandos, ja sogar ein Trompetensignal. Als es richtig hell geworden war und die Hitze wieder anfing, kam jemand in die Hütte gepoltert und sah mich an. Ich drehte mich nicht um. Der Mann hustete und spuckte aus.

Ich bekam kein Essen, hätte auch gar nichts essen können, hatte aber furchtbaren Durst, meine Mundhöhle fühlte sich wie Pergament an. Die einzige Wohltat war, daß ich allein war und mich nicht gegen meine Umgebung wehren mußte. Ich konnte einfach daliegen, die Ruhepause nutzen, um mir über meine Lage und meine Chancen klarzuwerden.

Sie sahen nicht sehr rosig aus. Auch wenn ich es schaffen sollte, zu fliehen, so war die Küste von Sumatra, die Malaya gegenüberliegt, doch mindestens hundertfünfzig Kilometer weit entfernt, und der Weg dorthin führte größtenteils durch Dschungel. Die einzigen Verbündeten, auf die ich zählen konnte, waren die Aufständischen, die auf einer Insel, tausendfünfhundert Kilometer lang und mitunter dreihundert breit, in kleinen Gruppen gegen General Sorumbai kämpften. Ich wußte nicht genau, wo diese Gruppen operierten, es hatte nicht zu meiner Aufgabe gehört, darüber Bescheid zu wissen.

Es mußten schon einige Stunden vergangen sein, als vier Mann in die Hütte kamen und mich hinaustrugen. Das plötzliche grelle Licht blendete mich, ich konnte nicht sehen, wohin ich gebracht wurde. Man bugsierte mich in ein großes Auto, auf den Boden zwischen Fahrer- und Rücksitz. Ich trug inzwischen mein Hemd als eine Art Lendenschurz um die Hüfte, sonst nichts, und sie befahlen mir, die Beine anzuheben, um die Tür schließen zu können. Ich lag da und blickte zur Decke, wollte nicht meine Beine sehen, fand aber bald eine Möglichkeit, wie ich sie gegen den Fahrersitz lehnen konnte.

Später kletterte ein Mann zu mir herein und nahm grunzend neben mir Platz. Er war dick, trug Zivilkleider und hatte eine Zeitung und einen Fächer bei sich, den er ständig benutzte. Ich beobachtete ihn lange, doch er würdigte mich keines Blickes. Er murmelte etwas vor sich hin, als wollte er gegen die Warterei protestieren.

Als es schließlich losging, erkannte ich an den Geräuschen, daß wir in einer Art Konvoi fuhren. Lautes Hupen drang durch die heiße Luft, und Staub kam durch die Fenster. Der Passagier in seiner Ecke wedelte mit dem Fächer und zog bei dem, was er draußen sah, ein verdrießliches Gesicht.

Später wurde es kühler, und ich sah das dichte Grün des Dschungels. Es ging auch nicht mehr so holprig zu, wir fuhren anscheinend auf einer asphaltierten Straße. Ich schloß die Augen und versuchte, mich in jenes innere Unbeteiligtsein zurückzuziehen, das eine Art Schutz bieten kann. Dies hatte ich vor langer Zeit oft genug praktiziert, doch diesmal wollte es mir nicht gelingen. Ich war außerstande, kurze Momente zu nutzen, um zur Ruhe zu kommen, obwohl ich wußte, daß ich mir diese Methode in den nächsten Tagen wieder zur Gewohnheit würde machen müssen. Ich mußte unbedingt erreichen, etwas von mir intakt zu halten, einen kleinen Teil meiner selbst, der frei von Angst und Schmerzen blieb.

Mehr würde ich wahrscheinlich nicht schaffen, und vermutlich selbst dies nicht einmal ganz. Es müßte auch nicht für Außenstehende unbedingt erkennbar sein, solange ich selbst nur imstande wäre, es zu erkennen.

Der Mann in der Ecke fing an, eine Papaya zu essen, die auf dem Sitz neben ihm gelegen haben mußte. Er viertelte die längliche Frucht und lutschte laut schmatzend an den Stücken.

»Geben Sie mir auch ein Stück«, sagte ich auf malaiisch.

Er sah mich an, grunzte und aß weiter. Ich existierte für ihn gar nicht, war nur irgendein Gegenstand auf dem Boden. Ich fragte mich, wer er war, und versuchte noch immer, meine Gedanken angestrengt auf diese Überlegung zu richten, als die Schießerei begann.

Ich hatte noch nie eine derartige Ballerei gehört. Mir schien, als würde aus kürzester Entfernung geschossen. Das Auto geriet ins Schleudern. Die halbgeöffneten Fenster zersplitterten, erst auf der einen Seite, dann auf der anderen. Der Fahrer brüllte. Der Mann mit der Papaya ließ sein Stück fallen. Er hatte das feiste Gesicht halb dem Fenster zugewandt, überrascht und ungläubig. Dann fiel er vornüber, auf mich. Ich schrie.

Das Auto fuhr gegen irgend etwas und stürzte um. Die Kugeln schlugen gegen das Metall wie große mechanische Insekten. Der Dicke lag schwer auf meinen Beinen und drückte sie nach unten. Er stöhnte, und dann merkte ich, daß er tot war. Es wurde noch immer geschossen, aber an uns vorbei, die Straße entlang. Ich hörte Schreie, wütendes Gebrüll, Fetzen von Befehlen. Und dann war auch das vorbei.

Ein, zwei Augenblicke herrschte Stille, nicht einmal Echos waren zu hören, als hätte sich eine Glocke über uns gelegt. Dann hörte ich Schritte und schallendes Gelächter. Ich nahm an, daß sie, wenn sie mich lebend fänden, keine langen Fragen stellen, sondern mich ebenfalls sofort erledigen würden. Und so lag ich da, in Schmerzen, halb begraben unter einem Toten, und mucksmäuschenstill.

Zuerst nahmen sie sich ein anderes Auto vor. Das war mein Glück. Der Moment der ausgelassenen Freude, des Triumphs war schon vorbei, als sie die Tür neben meinem Kopf aufrissen. Ich sah ein Gesicht unter einer Uniformkappe, das zu mir herunterschaute, mit überraschten Augen. Ich bekam die Hände frei und hielt sie hoch, zeigte die Handschellen.

»Ich bin einer von euch!« rief ich immer wieder, ohne recht zu wissen, was ich damit meinte. »Ich bin einer von euch!«

Kurz darauf stand eine ganze Traube von Männern neben dem umgestürzten Auto, andere kamen herbeigelaufen. Mit ihren dünnen asiatischen Bärten sahen sie aus, als hätten sie schon eine ganze Zeit im Dschungel verbracht. Sie zogen mich heraus und sahen meine Füße und Beine.

Ich wurde zu einer grasbestandenen Böschung getragen. Sie zerschnitten die Stricke, mit denen meine Füße gefesselt waren, konnten bei den Handschellen aber nichts ausrichten. Jemand schaffte einen Autositz herbei und hob mich darauf.

Ich fing an, auf malaiisch zu reden, hastig und wirr, und

sie traten näher, um mir zuzuhören. Ich redete so lange, bis ich nicht mehr konnte. Jemand gab mir aus einer khakifarbenen britischen Feldflasche zu trinken.

Sie begriffen allmählich, wer ich war und warum sie mich in diesem Auto als Gefangenen entdeckt hatten. Es waren Aufständische, die mit jenen, die ich beliefert hatte, in Verbindung standen. Später erzählten sie mir, daß sie verantwortlich seien für die Bruchlandung des Flugzeugs, in dem ich transportiert worden war – sie hatten ein Loch in die Landebahn gegraben und es mit Schlamm aufgefüllt. Jetzt wußte ich, daß meine Glückssträhne noch andauerte.

Wir hatten keine Zeit zu verlieren, und einer der Aufständischen gab einen Befehl. Die Menge, die mich umringte, ging auseinander. Ich sah die zerstörten Autos auf der Straße und die herausgeschleuderten Leichen.

Neben dem Auto, das vor mir gefahren war, lag der Körper eines Mannes, zerknautscht wie eine Stoffpuppe, die Augen starr. Es war General Sorumbai.

Ein bedeutender Faktor in jedem Krieg, ob groß oder klein, sind die Neutralen, die, während um sie herum gekämpft wird, zumindest eine Andeutung von normalem Alltagsleben aufrechterhalten. Eine Woche nach dem Hinterhalt ging ich an der Küste von Sumatra vor Mondaufgang an Bord eines neutralen Schiffs, einer alten Dschunke im Reishandel nach Kra in Südthailand.

Überall auf meinem Weg quer durch die Insel hatte man mir geholfen, mich nach asiatischen Begriffen ausgesprochen verhätschelt, immer gab es jemand, der für mich schon alles organisiert hatte. Man half mir auf alte Lieferwagen, die über nächtliche Straßen dahindonnerten, auf Dschungelstrecken wurde ich auf einer Trage von vier schwitzenden Männern transportiert, denen das nichts auszumachen schien, so, als wäre ich etwas sehr Wertvolles für sie, was ich möglicherweise auch war. Auf der Dschunke war ich aber wieder auf mich gestellt und merkte sehr deutlich, daß ich von argwöhnischen Neutralen umgeben war.

Kapitän des Schiffes war ein Halbchinese namens Soo Fin, der für meine Überfahrt nach Malaya eine hübsche Summe bekommen haben mußte, sich aber noch immer überlegte, ob es das Risiko wert war. Ich wurde auf dem Achterdeck in eine Hundehütte aus Strohmatten gesteckt und dort alleingelassen, während wir uns aus dem Mangrovensumpf in Richtung offenes Wasser schlichen.

Auf einem derart langsamen Schiff war ich schon lange nicht mehr gefahren, und die nächtlichen Winde waren entsetzlich schwach. Eine ganze Weile wurden wir mehr von der Strömung vorwärtsgetragen als durch sonst etwas, und ein-, zweimal hörte ich das Klatschen des großen gerippten Segels. Der Rudergänger hinter mir murmelte ständig auf kantonesisch vor sich hin. Es gab keinen Motor, den man anwerfen konnte, und überhaupt schien dieser Hulk der tiefen Apathie längst pensionierter antiker Götter anheimgefallen zu sein.

Ich verspürte noch immer ziemliche Schmerzen, und nachdem ich eine Woche lang gewissermaßen VIP-Behandlung genossen hatte, fiel es mir schwer, wieder für mich selbst zu sorgen, wenngleich ich wußte, daß es mir nicht erspart bleiben würde. Falls es Schwierigkeiten gäbe, würde die Besatzung dieses alten Kahns mir wahrscheinlich eins über den Kopf geben und mich den Haien zum Fraß servieren. Ich fühlte mich keineswegs wie ein Erster-Klasse-Passagier.

Und ich ahnte schon, wie diese Schwierigkeiten aussehen würden. An der ganzen Küste patrouillierten schnelle kleine Boote, die in England, Italien und Hamburg gebaut worden waren und wie Schwimmkäfer hin und her schossen und nur eines suchten: Waffenschmuggler. Soo Fins Fracht mochte harmlos sein, sein Deckpassagier war es nicht.

Da im Stroh meiner Hundehütte Flöhe saßen, wollte ich mich auf das relativ saubere Deck hinausrollen, doch ich hielt es für besser, unsichtbar zu bleiben und meine Anwesenheit nicht groß herauszustellen. Die Besatzung bekam von dem Geld für meine Passage bestimmt nichts ab, und mein Anblick hätte Unzufriedenheit schüren können. Ich beschloß aber, wenigstens die Seitenmatte etwas hochzurollen; so konnte ich sehen, wie der Mond aufging, das weiße Glitzern auf der Wasseroberfläche immer größer und damit unsere Anwesenheit da draußen noch auffälliger wurde.

Die Dschunke fuhr offenbar auf nordwestlichem Kurs vor der Küste von Sumatra; es wurde kein Versuch unternommen, hinaus in die offene See zu kommen. Hier in dieser Gegend neigen Dschunkenkapitäne dazu, jedenfalls solche, die ein gutes Gewissen haben, sich so lange wie möglich in Küstennähe aufzuhalten und dann auf kürzestem Weg zu ihrem Bestimmungsort auf der anderen Seite zu fahren. Unter den gegebenen Bedingungen wäre es jedoch klüger gewesen, diese Gewässer, technisch gesehen indonesisches Hoheitsgebiet, zu verlassen, und wenn Soo Fin hier oben gewesen wäre, hätte ich ihm das auch vorgeschlagen. Aber er hielt sich unten auf und rauchte wahrscheinlich eine Pfeife, um seine Nerven zu beruhigen.

Auch ich hätte etwas für meine Nerven vertragen können. Die Geschwindigkeit, mit der wir vorankamen, war wie in einem Traum, in dem man das Ziel deutlich vor Augen sieht, aber unerbittlich festgehalten wird. Dort drüben, hinter dem Glitzern, lag Malaya, aber unerreichbar, abgeschirmt von einer Mauer unschöner Möglichkeiten. Ich konnte mich des Eindrucks nicht erwehren, daß ich mein Glückskonto auf diesem Ausflug schon erheblich überzogen hatte und mit weiteren Darlehen nicht mehr rechnen durfte.

Ich hatte ein Päckchen dieser Zigaretten dabei, die hauptsächlich aus Kuhfladen gemacht werden – eine der Ursachen für die häufigen Unruhen auf Indonesien –, und obwohl man beim ersten Zug immer einen gewissen Ekel verspürt, rauchte ich sie, sog dieses zweifelhafte Beruhigungsmittel tief in die Lunge. Es half nicht viel. Noch immer konnte ich nichts anderes denken, als daß ich ein Idiot gewesen war, die Heimreise auf diesem Weg anzutreten, statt bei den Aufständischen an der Küste von Sumatra zu warten, bis sich einem meiner Dschunkenkapitäne eine Botschaft hätte übermitteln lassen. Das Problem war nur, daß ich nicht wußte, ob ich noch über irgendwelche Dschunken verfügte oder über einen Kapitän, der nicht im Gefängnis saß. Es gab überhaupt sehr wenig, dessen ich sicher sein konnte.

Eine bestimmte Theorie besagt, daß das Schlimmste nicht eintreten wird, wenn man es sich nur entschieden genug vorstellt. Also stellte ich mir vor, in jedem Moment ein Patrouillenboot daherpreschen zu sehen, eine mächtige, im Mondschein silbrig aufleuchtende Bugwelle aufwerfend und ganz vorn ein Geschütz. Dann sah ich, durch die nackten, muskulösen Beine des Rudergängers, hinter uns das Boot. Im ersten Moment wollte ich meinen Augen nicht trauen. Ich hatte ja eine Art Versicherung gegen dieses Ereignis abgeschlossen, indem ich es mir ganz deutlich vorgestellt hatte.

Dann kam ruckartig die Panik. Ich war in einer ziemlich schlechten Verfassung, an den Beinen mächtige Geschwüre, die offen waren und sich immer tiefer fraßen. Ich konnte mich zwar bewegen, doch jeder Schritt tat höllisch weh. Eine Woche lang war ich das Objekt fürsorglicher Aufmerksamkeit gewesen, die zwar oft ungeschickt, aber ehrlich gemeint war. Ich sah das Boot unter dem glänzenden Mond todbringend und sehr schnell auf uns zukommen. Schon spürte ich durch die Holzplanken der Dschunke das Stampfen seiner Dieselmotoren.

Das führte dazu, daß sich der Rudergänger umdrehte. Er stieß einen Schrei aus, als hätte er einen heftigen Schmerz verspürt, und kurbelte dann an dem großen Steuerrad, auf dem seine Hände lagen. Unter uns rasselten Ketten. Wieder schrie der Mann auf. Wir lagen plötzlich fast quer zum Patrouillenboot, das genau auf uns zukam, ohne die Geschwindigkeit zu drosseln. Meine letzte kleine Hoffnung war, daß ich, wenn das Boot als Reaktion auf unser törichtes Manöver seinen Kurs änderte, den Union

Jack am Heck flattern sähe. Doch nichts dergleichen. Bei unserem immer geringer werdenden Einfluß in dieser Region scheint heutzutage nur eins von etwa zwanzig Patrouillenbooten diese ermunternden Farben zu führen. Ich erkannte die Flagge sofort. Sie versprach keine Verbesserung meiner Aussichten.

Auf der Dschunke wurde es lebendig. Chinesen reagieren auf Unglücksfälle, indem sie möglichst viel Krach machen, und die meisten Besatzungsmitglieder hatten Verwandte in Kanton. Sie brüllten. Ich konnte nichts heraushören, was irgendwie nach Befehl klang.

Trotz Mondschein konnte das Patrouillenboot jeden Moment einen Scheinwerfer anstellen, und meine Hundehütte oben auf dem Achterdeck war sehr auffällig. Ich rollte mich heraus und begann zu der Treppe zu kriechen, die zum Welldeck hinunterführte. Ich hatte sie fast schon erreicht, als plötzlich Soo Fins Gesicht von unten her auftauchte, auf gleicher Höhe mit meinem.

Es war kein schönes Gesicht, rund, narbig, winzige Augen, ein Gesicht, auf dem jetzt die Sorge des Mannes um seine materielle Sicherheit stand. Ich war ziemlich sicher, daß er nach oben gekommen war, um den Plan, den er für den Notfall ausgedacht hatte, in die Tat umzusetzen. Ich konnte nicht sehen, ob er etwas in den Händen hielt.

»Ich komme«, sagte ich. »Runter von der Treppe!«

Er war überrascht. Das verschaffte mir einen Vorteil, doch ich glaubte nicht, daß er lange dauern würde.

Auf dem Welldeck standen wir einander gegenüber, für das Patrouillenboot im Moment nicht zu sehen. Soo Fin hatte eine Pistole in der Hand gehabt, sie beulte die Tasche seiner engen Hose unschön aus. Es war ein Augenblick, der eine rasche Verständigung zwischen uns erforderte. Ich war froh, daß Soo Fin immerhin so unsicher gewesen war, die Pistole wegzustecken.

»Wenn mir irgend etwas passiert, Soo Fin, werden Sie vielleicht aus dieser Geschichte ungeschoren herauskommen. Aber meine Leute in Malaya und auf Sumatra werden Sie finden. Sie werden Ihnen zuerst die Ohren abschneiden.«

Die Botschaft war angekommen. Man konnte es in seinen winzigen Augen lesen.

»Gibt es in einem der Laderäume einen doppelten Boden? Ein vernünftiges Versteck?«

Er schüttelte den Kopf und murmelte etwas, das besagen sollte, daß er ein ehrlicher Geschäftsmann sei, aber es klang nicht allzu überzeugend.

»Sie werden längsseits gehen und an Bord kommen«, sagte ich. »Und das Schiff durchsuchen. Ich darf nicht gefunden werden.«

»Das ist unmöglich.«

Ich erinnerte mich an das Rasseln der Ketten, die zu einem großen Ruder führten, das wie ein gerippter Fächer unter dem Poop-Überhang hervorragte. Wenn ich es schaffte, dort hinunterzuklettern, ins Wasser, und mich festzuhalten, dann würde man mich von oben kaum sehen können. Das Ruder selbst wäre eine Art Schutzschild, und bei dem schwachen Wind machten wir kaum Fahrt, seit unserer plötzlichen Halbdrehung eigentlich gar keine.

Das Patrouillenboot verfügte über eine Sirene wie ein

amerikanisches Polizeiauto. Es war das erste Mal, daß ich so etwas auf See hörte, ein sehr unangenehmes Geräusch. Es versetzte Soo Fin einen derartigen Schrecken, daß sein Widerstand gegenüber meinen Vorschlägen nachließ. Er fürchtete sich vor dem Patrouillenboot, aber auch davor, seine Ohren und andere Dinge zu verlieren.

»Sagen Sie Ihren Männern, sie sollen sich etwas beruhigen«, schlug ich vor.

Er tat es, brüllte dabei so laut, daß er auf dem anderen Schiff zu hören sein mußte. Wie erwartet, wurde der Scheinwerfer eingeschaltet, er tauchte uns in gelbes Licht, das im Mondschein eigentümlich warm wirkte. Ich wich dem suchenden Lichtstrahl aus, zog mich an das Deckhaus zurück und war froh darüber, mich anlehnen zu können, denn das Stehen fiel mir noch sehr schwer. Soo Fin sah mir zu, als hätte er sich noch nicht endgültig entschieden. Ich grinste ihn an, und er wackelte komisch mit dem Kopf.

»Sagen Sie Ihren Leuten, sie sollen den Mund halten«, warnte ich ihn. »Das ist wichtig.«

Die Besatzung stand herum und beobachtete das Patrouillenboot, der Krach war inzwischen verstummt. Die Männer standen plötzlich ganz reglos, wie Seeleute aus alter Zeit, die im Begriff waren, tot umzufallen, weil ein Vogel sie verflucht hatte. Wohl niemand außer Soo Fin sah, daß ich zur anderen Seite hinüberging, zu der dem Patrouillenboot abgewandten Seite. Das Boot arbeitete sich heran, das Licht war sehr gelb und sehr nah, und die Sirene heulte noch immer.

Der Aufbau einer Dschunke bietet, fast bis zur Wasserlinie hinunter, ein paar ausgezeichnete Stellen zum Festhalten für Füße und Hände; meine Beine taugten zwar nicht viel, doch die Arme konnte ich normal benutzen. Während des Hinunterkletterns dachte ich nicht an Haie, sondern nur an kleine bewaffnete Männer, die nach einem imperialistischen Agenten suchten. Der Wunsch, diesen Hütern einer speziellen Sorte von Ruhe und Ordnung nicht zu begegnen, war immerhin so stark, daß ich mich über all die Botschaften heftigen Schmerzes, die mein Gehirn erreichten, einfach hinwegsetzte.

Als Salzwasser in meine Geschwüre kam, wäre ich beinahe in chinesisches Gebrüll ausgebrochen. Für einen Moment ließ ich los und wurde von einer kleinen Welle, hervorgerufen durch die schwache Bewegung der Dschunke, weg- und dann wieder zurückgetragen. Ich krallte mich an Planken fest, spürte, wie an meinem Körper gezerrt wurde. Dann bekam ich die rostige Ruderkette zu fassen, klammerte mich fest, nur Kopf und Arme ragten aus dem Wasser, befanden sich aber in einem kleinen Versteck von Mondschatten.

Das Festhalten war nicht leicht. Über mir war viel Lärm, Rufen, aber alles merkwürdig entfernt. Ich befürchtete, das Patrouillenboot würde ein Prisenkommando an Bord setzen und sich dann womöglich zurückfallen lassen, mit noch immer suchendem Scheinwerfer, und mich entdecken. Ich dachte auch an Haifische, aber vielleicht regen Geschwüre nicht ihren Appetit an. Es war keine Flosse zu sehen, obwohl man in diesen Gewässern oft ganze Schwärme tanzen sah, fast so fröhlich wie Delphine, aber planvoller. Bis in seichtes Wasser dringen sie vor und reißen einem das Bein ab, wenn man im Wasser steht und angelt, hungrige Haifische, die den Druck ihrer eigenen Bevölkerungsexplosion spüren.

Ich muß etwa vierzig Minuten im Wasser gewesen sein, während die Dschunke durchsucht wurde, und die Schmerzen in den Beinen ließen nicht nach. Ein-, zweimal war ich nahe daran loszulassen, die friedliche See entbot mir eine beinahe schläfrige Einladung, auf die leichteste Art in Vergessenheit zu geraten. Ich klammerte mich weiter an die Kette, hörte um mich herum das leise Glucksen von Wasser, das gegen alte Holzplanken klatscht.

Dann hörte ich etwas anderes, das Stampfen von Dieselmotoren, die angelassen wurden, und ein immer schnellerer Rhythmus übertrug sich auf meinen Körper. Ich hatte Glück, daß der Kapitän des Patrouillenboots ein Angeber war, denn er preschte in einem großen, weiten Bogen davon, was Soo Fin die Möglichkeit gab, mir ein Tau hinunterzuwerfen und mich hochzuhieven wie einen erschöpften Fisch, der sich längst nicht mehr wehrt. Als ich schließlich auf Deck stand, stellte ich fest, daß Soo Fin den kleinen Trick, der mir das Leben gerettet hatte, vor der Besatzung als eigenen Einfall ausgab. Mir war es egal, ich wollte mich nur wieder in meine Hundehütte legen. Aber ich konnte noch sagen:

»Weg von der Küste! Hören Sie? Weg von der Küste!«

Um Mitternacht kam plötzlich eine Sturmbö mit schwarzen Wolken auf, und die alte Dschunke ächzte merkwürdig vor lauter Anstrengung, sich durch das Wasser zu arbeiten.

7

Ich erreichte die Insel Penang kurz nach Sonnenaufgang, nachdem ich von einem Mann in einem kleinen Boot, das auf dem Welldeck der Dschunke verstaut war, an Land gerudert worden war. Die spiegelglatte See reflektierte das erste Morgenlicht. In meiner ausgeleierten japanischen Armeehose, dem alten grünen Hemd und der Schirmmütze sah ich aus wie jemand, der auf der Flucht war, vor einem längst beendeten Krieg vielleicht. Ich spürte die Kälte auf dem Wasser, zitterte unablässig und klapperte mit den Zähnen.

»Sie werden bald in Sicherheit sein, Tuan«, sagte der Ruderer plötzlich mit munterer Höflichkeit, die ihm wohl zu einem Trinkgeld verhelfen sollte.

Ich nickte, aber er würde nichts bekommen.

Ich überlegte, wie sicher ich jetzt war, ob unten in Singapur vielleicht große Aufregung war und eine ganze Reihe von Leuten nach meinen Überresten suchte. Wenn Sorumbais Leute Kim beim Ausladen beobachtet und dann unsere Route quer durch Malaya verfolgt hatten, dann konnte ich gewiß damit rechnen, bald im Gefängnis zu landen. Dazu bedurfte es nur einer offiziellen Anklage und des Beweismaterials. Es war durchaus möglich, daß ein Teil meiner Leute schon saß.

De Vorwooerd hatte natürlich recht gehabt; daß ich darauf bestanden hatte, den Landweg zu nehmen, war idiotisch gewesen. Ich hatte es nun mit zwei Staaten zu tun, nicht bloß mit einem, und in dieser Sache würde man gewiß nicht kooperieren; zwei separate Anklageerhebungen wären gar nicht ausgeschlossen. Kang würde mit einem fein säuberlich zusammengesetzten Puzzle auf mich warten. Das wäre natürlich das Ende von Harris & Co. und vielen anderen Dingen auch.

Ich konnte mir nicht vorstellen, daß Ruth in Singapur oder sonstwo auf ihren einsitzenden Mann warten würde. Russell Menzies würde ihre Angelegenheiten regeln, es wäre noch genug Geld übrig, das war ein Trost, genug auch, um sich um meine Leute zu kümmern, die geschnappt worden waren. Sie würden vermutlich mit relativ leichten Strafen davonkommen, wenn die Hauptperson der ganzen Sache zur Verfügung stand und Russell sich ein wenig anstrengte.

Das Boot stieß gegen das äußerste Ende einer langen, steinigen Mole. Der Mann legte die Ruder ein, und mit jenem dienstfertigen Lächeln, das ein Hoteldiener bei der Abreise eines Gastes produziert, suchte er unter den Sitzen nach den beiden Hartholzstöcken, die die Aufständischen für mich angefertigt hatten. Das Salzwasser hatte meinen Geschwüren nicht gutgetan, ich brauchte die Stöcke. Ich arbeitete mich hinaus auf die Steine und stemmte mich dann mit Hilfe der Stöcke hoch. Das glückliche Lächeln auf dem Gesicht des Ruderers war beinahe schön anzusehen.

»Ich habe kein Geld. Nicht einen Cent.«

Wie ich schon vermutet hatte, kam das Lächeln nicht aus seinem fröhlichen Herzen. Er sagte etwas auf kantonesisch, tief in der Kehle, und stieß sein Boot dann wieder hinaus auf das Wasser.

Auf der steinigen Oberfläche der Mole, die das äußere

Hafenbecken einfaßte, kam ich nur mühsam voran. Bis zur Uferpromenade brauchte ich ganze zwanzig Minuten; dort mußte ich über ein kleines Mäuerchen klettern, und vor lauter Anstrengung kam ich ins Schwitzen. Dann setzte ich mich auf die Straße, vornübergebeugt, wie ein zerlumpter Bettler mit Krückstöcken.

Immerhin sah einiges ganz gut aus. In dieser erwachenden Stadt mit ihren blühenden Bäumen würde ich mir Geld besorgen können, und es würde Menschen geben, die mich erkennen würden. Ich würde mir ein Bett leisten können. Das war ein angenehmer Gedanke.

Ein Ochsenkarren kam heran, mit einem Mann, der das Tier führte. Er sah mich genauso an, wie ich ihn ansah, und mir fiel auf, wie verblüfft er war. Ich riß mir die Mütze vom Kopf und warf sie über die Mauer hinter mir.

»Ich brauche deine Hilfe«, sagte ich.

Er reagierte nicht sofort. Er war ein chinesischer Kuli, und sein Zögern war verständlich. Wahrscheinlich hatte er in den frühen Morgenstunden unten am Hafen schon betrunkene Weiße gesehen, bevor sie weggeschafft wurden.

»Ich brauche ein Taxi. Wenn du in die Stadt kommst, schick mir ein Taxi her.«

Der Kuli nickte nicht, zog bloß an seinem Zügel, und der Ochse begann, mit dem quietschenden Karren davonzutrotten. Ich legte den Kopf wieder auf die Knie und wartete.

Ich hatte vergessen, daß ich mich auf einer Insel befand, auf der es ordentlich und diszipliniert zuging. Mein Kuli hatte die Polizei geschickt.

Die Beamten stiegen aus ihrem Auto und kamen auf mich zu, ein Chinese und ein Malaie, in makellosen neuen Uniformen, die sie noch nicht lange anhatten und die ein wenig an die Tage der Briten in dieser hübschen kleinen Kolonie erinnerten, an der so viel vorübergegangen war. Auch ein wenig verlegen waren sie, wie es ihre Kollegen in Singapur nie gewesen wären. So unappetitlich ich auch aussehen mochte, ich gehörte zu jenem großen Verein, der noch viel Macht hat. Beide Polizisten machten den Eindruck, als wollten sie die Sache am liebsten einem Vorgesetzten überlassen, und darüber war ich nicht böse.

Auf der Militärakademie von Virginia hatte man uns beigebracht, mit welcher Stimme man befiehlt, und ich hatte mein Wissen während längerer Aufenthalte in England, wo dieser Stimme noch gehorcht wird, vertiefen können. Ich erinnerte mich.

»Ich habe eine Reihe von Unfällen gehabt. Ich benötige ärztliche Hilfe. Würden Sie mir bitte aufhelfen?«

Der Chinese glotzte nur, der Malaie erkannte die Stimme.

»Wer sind Sie ... Sir?« fragte der Chinese.

»Ich bin verletzt. Meine Identität kann später überprüft werden. Aber mein Name ist Harris, Paul Harris.«

Ich sah sie an, wartete auf eine Reaktion. Es passierte jedoch nichts. Entweder funktionierte ihr Gehirn zu dieser frühen Stunde noch nicht, oder es lag gar kein Haftbefehl gegen mich vor.

»Wie sind Sie hierher gekommen ... Sir?«

»Das ist eine lange Geschichte. Gestatten Sie mir, daß ich zunächst einen Arzt aufsuche, bevor ich sie Ihnen erzähle. Und ich wäre Ihnen dankbar, wenn Sie mir aufhelfen könnten. Meine Beine wollen noch nicht so recht.«

Der Chinese trat ganz dicht an mich heran, ich roch eine Whiskyfahne. Er dagegen roch bloß einen schwachen Knoblauchgeruch und den undefinierbaren Gestank meiner Klamotten und der eitrigen Geschwüre. Er wich zurück.

Der Malaie half mir dann auf. Ich schob mir die Krückstöcke zurecht und begann, in Richtung Polizeiauto zu humpeln, noch ehe sie mich dazu aufgefordert hatten. Der Malaie ging neben mir, der Chinese vor mir, mit unfreundlichem Gesicht, aber er hielt mir die Tür auf. Ich stieg nach hinten und war dankbar für die weichen Sitze. Überall auf der Welt stattet sich die Polizei mit erstklassigen Wagen aus. Wir fuhren los, vor mir zwei kurzgeschorene Hinterköpfe. Die Polizisten sagten kein Wort.

»Mir wäre es lieb, Sie würden mich nicht sofort zur Wache bringen«, sagte ich. »Ich glaube, ich werde gleich ohnmächtig. Wenn Sie an mir interessiert sind, können Sie ja einen Mann zum Krankenhaus schicken. Wie Sie sehen, bin ich nicht imstande, sehr weit zu laufen.«

»Sind Sie von Malaya herübergekommen?« fragte der Chinese.

»Ja«, log ich.

»Warum sind Sie denn nicht auf dem Festland in ein Krankenhaus gegangen?«

»Ich dachte, hier würde ich besser versorgt.«

»Sind Sie mit der Fähre gekommen?«

»Sie wissen doch, daß um diese Tageszeit keine Fähre unterwegs ist. Ich bin mit einem Sampan rübergekommen. Ich war im Dschungel, es war ziemlich anstrengend. Das kann ja vorkommen, nicht wahr?«

Sie brachten mich zum Krankenhaus. Der Malaie half mir die Treppe hoch, ich bewegte mich sehr langsam. Mein Atem ging schwer. Der junge Polizist sah besorgt drein, wie ein Kommissar, der noch immer keine Aussage bekommen hat und nervös wird. Vielleicht benutzte der Chinese jetzt sogar sein Sprechfunkgerät, aber es war mir egal. Alles war mir egal, Hauptsache, ich konnte mich waschen und irgendwo hinlegen, wo ich nicht nachdenken mußte.

Es gab viel nachzudenken, doch ich konnte nur ein Minimum davon ertragen. In der kühlen Eingangshalle mit ihrem schwachen Desinfektionsgeruch setzte ich mich hin und beugte mich nach vorn, auf die Krücken gestützt. Der Malaie stiefelte davon. Ich hörte ihn nicht zurückkommen, nur eine Stimme, die erfreulicherweise irisch gefärbt war.

»Ach du meine Güte! Was haben wir denn hier?«

Ich blickte auf. Vor mir stand eine Krankenschwester in blütenweißer, raschelnder Tracht. Sie hatte ein Gesicht, das nicht nur für den irischen Akzent, sondern auch fürs Lachen geschaffen war.

»Die Flut hat mich angespült, Schwester.«

»So sehen Sie aus, ich muß schon sagen. Kommen Sie, hier herein, dann werde ich einen Arzt rufen.«

»Könnte ich vorher wohl mal telefonieren?«

»Nur mit Erlaubnis der Oberschwester, und die hat gerade keinen Dienst.«

»Ich muß aber mal telefonieren, verdammt nochmal.«

»Bitte nicht solche Ausdrücke!«

»Meine Angehörigen wollen doch Bescheid wissen.«

Sie lachte.

»Wer's glaubt, wird selig. Ich hätte vermutet, daß sie schon längst die Geduld verloren haben.«

»Ich bin doch nicht als Betrunkener in der Gosse aufgelesen worden, Schwester!«

»Ach ja? Es hat schon bessere Lügner gegeben als Sie.«

Ich zog meine Hosenbeine hoch und zeigte ihr ein Geschwür oberhalb des Knies.

»Und das ist bloß eines«, sagte ich.

Die Schwester zeigte keine Reaktion, aber es überzeugte den malaiischen Polizisten. Er drehte sich um und marschierte quer durch die Eingangshalle.

»Bitte lassen Sie mich telefonieren!«

»Ein Ortsgespräch?«

»Nein. Nach Singapur.«

»Können Sie bezahlen?«

»Erkundigen Sie sich bei der Chartered Bank of India, Australia and China. Der Filialleiter heißt Wilson.«

»Ich weiß. Wir haben seinen Blinddarm rausgenommen. Also gut...«

Ich ließ mich mit Russell Menzies' Privatnummer verbinden. Zitternd wartete ich darauf, daß jemand abnahm. Auch der Raum, in dem ich inzwischen saß, strahlte Hygiene aus. Ich hockte in der Mitte wie ein Krankheitsherd.

»Hier Menzies.«

»Russell? Ich bin's. Paul.«

Er machte ein Geräusch, das wie Schnarchen klang.

»Wo zum Teufel steckst du?«

»In Penang. Russell, bitte, hör mir gut zu. Ich glaube, ich habe nicht viel Zeit. Ich bin in einem Krankenhaus. Ich werde wohl eine Zeit hier sein müssen. Ich bin ein Wrack. Ich möchte wissen, wie die Situation aussieht. Die Bullen haben mich hierhergebracht. Sie sind wieder fort, aber sie werden wohl zurückkommen. Gibt es für sie irgendeinen Grund, sich in meiner Nähe herumzutreiben?«

»Paul, ich schlafe noch halb. Ich habe nicht damit gerechnet, deine Stimme schon vor dem Frühstück zu hören.«

»Ich weiß. Jetzt hörst du sie aber. Ich bin wieder da, falls das irgendwie wichtig ist.«

»Ich denke, es gibt noch ein paar Leute, die dieser Meinung sein könnten.«

»Russell! Ist in Singapur alles in Ordnung?«

»Wie? Ach, ich verstehe. Ja!«

»Bestimmt?«

»Ich bin dein Anwalt, du Dussel. Was willst du denn noch am Telefon besprechen?«

»Nur soviel, daß ich mich hinlegen und schlafen kann.«

»Kannst du. De Vorwooerd ist bei mir.«

»Was...?«

»Kim hat ihn hergebracht. Meinte, die Luft hier sei gesünder für ihn. Es geht ihm gut, außer daß er glaubt, du bist tot.«

»Kannst ihm ja Bescheid sagen... Gott sei Dank!«

»Gut zu wissen, daß du besorgt warst.«

»Ich habe die Hölle erlebt.«

»Du gehst einfach hin und klopfst an, stimmt's? Keine Sorge, ich werde ihm Bescheid sagen. Und Ruth auch.«

»Ja, Ruth auch.«

»Willst du sie nicht selbst anrufen?«

»Ich glaube, ich habe jetzt keine Chance mehr. Der Arzt wird jeden Augenblick hier sein. Sag Ruth, daß ...«

»Daß du dich ein bißchen verspätet hast, daß aber alles in Ordnung ist.«

»Russell ... ich ...«

»Schon gut, ich komme. Ich nehme das Flugzeug.«

»Kannst du das machen?«

»Eigentlich nicht, aber egal. Ruth werde ich erst auf dem Weg zum Flughafen Bescheid sagen, sonst will sie noch mitkommen.«

»Bloß nicht!«

»Dachte mir schon, daß du so reagieren würdest. Ruth hat mir sehr leid getan. Weißt du, jemand namens Kate Raine war bei ihr und hat ihr ein paar Dinge erzählt.«

»Kate... was hat sie?«

Es war zuviel für mich.

»Sag dem Doktor, er soll dir ein starkes Beruhigungsmittel geben. Ein extra starkes. Und wenn du wieder aufwachst, bin ich bei dir. Was ist los mit dir?«

»Bißchen durcheinander. Wegen Kate ...«

»Wart's ab. Und sprich mit niemandem. Keiner hat das Recht, dir irgendwelche Fragen zu stellen. Sag, dein Anwalt ist schon unterwegs. Ich werde das Krankenhaus selbst anrufen. Du sollst nicht gestört werden und ein Einzelzimmer bekommen. Leg dich hin und halt den Mund!«

»Ja, Russell. Es ist gut ...«

»Ich tue das nur aus Liebe«, sagte er und legte auf.

8

Ich wachte auf, sauber gewaschen, in ein frisch bezogenes Bett gepackt. Ich spürte die festen Verbände an den Beinen und erinnerte mich wieder, daß ich, als man mich in den OP fuhr, noch die Sachen trug, die ich im Dschungel getragen hatte. Sie müssen dort jede Menge Licht gebraucht haben, um mir ein halbwegs menschliches Aussehen zu geben. Jetzt befand ich mich wieder in einer angenehmen Welt, mit sanftem Licht und einem leise brummenden Ventilator, in einem Zimmer, das offenkundig für wohlhabende Patienten gedacht war. Draußen vor einem Rundbogen hatte es eine eigene Veranda. Es war Nacht.

Draußen auf der Veranda war Licht.

»Schwester«, sagte ich.

Durch den Rundbogen kam Russell Menzies.

»Es ist der große Bruder. Was möchtest du?«

»Etwas zu trinken.«

»Was willst du, Wasser oder Limonade?«

»Wasser. Wie lange bist du schon hier?«

»Lange, sehr lange. Ich habe dort draußen auf der Veranda gesessen und ein wenig zeitgenössische Literatur nachgeholt. Ich habe eine Flasche Whisky mitgebracht, aber davon bekommst du nichts ab.«

»Du hättest doch im Hotel warten können!«

»Hier ist es genauso gemütlich. Ich habe für dich die Suite reservieren lassen, in der die Rajahs mit Prostatabeschwerden untergebracht werden. Es ist dein Geld, und ich gebe es für dich aus. Wie geht es dir?«

»Großartig.«

»So ist's recht. Ich habe mit dem Arzt gesprochen. Er findet es erstaunlich, daß du nicht tot bist. Eines der Geschwüre war schon einen Zoll tief.«

»Das habe ich gemerkt.«

»Er sagt, mit einer Blutvergiftung ist jetzt nicht mehr zu rechnen und daß du in etwa drei Wochen wieder laufen kannst. Bislang mußte nichts amputiert werden.«

»Danke! Ich wußte, ich hatte keinen Wundbrand.«

»Er hat mich nach diesen Geschwüren ausgefragt. Ich habe gesagt, es waren Blutegel. Habe ich das richtig gemacht?«

»Ja.«

»Und was war es wirklich?«

Ich sagte es ihm. Dann erzählte ich ihm, was ich auf meinem Ausflug alles erlebt hatte. Russell setzte sich auf einen kleinen Stuhl und kippelte so sehr, daß ich glaubte, er würde jeden Moment hintenüberfallen. Er zündete sich eine seiner Zigarren an, was hier nicht erlaubt war, und hörte mir zu, Rauchringe in die Luft blasend.

»Du glaubst also, Sorumbai hat deinen Bruder umgebracht?«

»Ich glaube, er hat den Befehl dazu gegeben«, sagte ich.

»Und? Bist du zufrieden? Du hast den Mörder erwischt.«

»Nicht ich, sondern meine Freunde.«

»Deine Freunde! Ach Gottchen!«

»Erzähl mir von De Vorwooerd.«

»Gibt nicht viel zu erzählen. Dein Kim ist klüger als du. Er hat den Braten gerochen. Etwas an der Kuantan-Geschichte hat ihm nicht gefallen. Vielleicht, daß du eine

Freundin mitgenommen hast. Er selbst sieht nicht so aus wie jemand, der Arbeit und Vergnügen durcheinanderbringt.«

»Er hat mit dir gesprochen?«

»Klar. Habe alle Karten auf den Tisch gelegt. Agent der Firma in deiner Abwesenheit und so. Ich habe mich um deine Geschäfte gekümmert.«

»Danke.«

»Ich werde dir eine Rechnung schicken. Kim ist ein schlaues Bürschchen. Er hatte den Eindruck, daß in Kuantan plötzlich zu viele Menschen waren. Also hat er sich umgesehen. Er hat nicht selbst gesehen, wie du vom Hotel wegfuhrst, aber er hat Wind davon bekommen. Also schnappte er sich den alten De Vorwooerd praktisch mit Gewalt und verduftete. Auf seinen hübschen Dschunken. Das Zeug ist versteckt.«

»Oh.«

»In Johore, genau gesagt. Siehst du, wieviel dein Anwalt weiß? Eigentlich gibt es nicht viel, was er nicht weiß. Ich habe De Vorwooerd ausgequetscht. Der Alte hat geglaubt, daß alles zu Ende ist, daß du draufgegangen bist. Deine Frau hat das auch geglaubt, und Kate auch.«

»Darauf hab ich schon gewartet, daß du mir das sagst.«

»Zuerst das Geschäft, dann die privaten Angelegenheiten. Strengt es dich an?«

»Quatsch nicht, Russell.«

»Diese Kate kehrte in Begleitung eines Mannes nach Singapur zurück. Dieser Mann war die ganze Strecke bei ihr. Sie saß am Steuer. Er hat ihr Zigaretten angeboten, ihr aber verboten, unterwegs Pause zu machen. Fuhr mit ihr geradewegs zu ihrem kleinen Bungalow auf dem Hotelgelände und verabschiedete sich dann. Sie wußte nicht, ob er draußen wartete oder nicht. Sie wußte nicht, was sie davon halten sollte. Aber so schnell wie möglich ging sie zu Ruth. Eines dieser Frau-zu-Frau-Gespräche. In diese Geschichte mußt du noch Klarheit bringen. Versuch also nicht, dich mit einer Blutvergiftung aus der Affäre zu ziehen.«

»Ich verstehe nicht, warum Kate zu meiner Frau gegangen ist. Kate hat mich doch verraten.«

»Was? Mal langsam, mein Lieber. Du bist sehr krank.«

»Hör zu, ich phantasiere doch nicht! Das mit den Jungs, die uns ihre Pistole auf die Brust gesetzt haben, das ist eine prima Story. Nur, sie paßt nicht zu den Tatsachen, wie ich sie erlebt habe. Vergiß nicht, ich bin dort gewesen. Ich habe Kate beobachtet. Sie hat ihnen geholfen.«

»Aber, aber! Wahnvorstellung! Stehst selbst unter Streß. Willst du behaupten, die Kleine steckt mit Sorumbai unter einer Decke?«

»Jawohl.«

»Dies ist einer dieser Momente, wo ich mich räuspere und als dein Anwalt zu dir spreche. Ich weiß nicht, wer dir diesen Floh ins Ohr gesetzt hat, aber es ist ein gefährlicher. Es könnte kostspielig werden, falls es zu einer Verleumdungsklage kommen sollte. Und bei deiner wirtschaftlichen Situation bist du anfällig für derlei Sachen. Was in Kuantan deiner Ansicht nach auch passiert ist, ich rate dir, den Mund zu halten.«

Es war sinnlos, mit Russell weiter darüber zu diskutieren. Ich lag da, bemüht, ihn nicht anzufunkeln, doch das

Schweigen zwischen uns schien ihm überhaupt nichts auszumachen. Er wartete, bis ich es brechen würde, und schließlich sagte ich:

»Wie hat Ruth reagiert, als Kate bei ihr war?«

»Vernünftigerweise ist Ruth sofort zu mir gekommen, und zwar mit Kate. Wir haben Kriegsrat gehalten und beschlossen, einfach abzuwarten. Es war nicht leicht für mich, die Frauen davon zu überzeugen, aber es war der einzige Weg. Offenbar hatte man dich per Flugzeug außer Landes geschafft. Ich vermutete, daß sie dich vor Gericht stellen wollten, sonst hätten sie dich wohl kaum lebend haben wollen. Und falls wir von deiner Verhaftung hörten, sollte ich tätig werden und tun, was in meinen Kräften steht. Mehr hätte ich oder jeder andere nicht tun können. Außer, ich hätte mich auf die Socken gemacht und nach dir gesucht. Aber ein so aufopferungsvoller Anwalt bin ich nicht.«

Ich sah zur Decke, dann sagte ich:

»Was ist mit Kang?«

»Och, er hat mich einmal besucht. Ich sagte ihm, du bist geschäftlich unterwegs. Er sah aus, als hätte er Lust, mich in einer Polizeistelle ein bißchen in die Mangel zu nehmen, doch dann ging er wieder. Ach, und Kim hat er auch erwischt. Kim war aber mit völlig legaler Fracht nach Singapur gekommen. Wenn dieser Bursche nicht schon Kommandeur deiner Flotte wäre, dann würde ich ihn dazu ernennen. Ist er eigentlich am Gewinn beteiligt?«

»Ja.«

»So hält man die Menschen bei Laune. Du kannst mich auch an Harris & Co. beteiligen. Ist dir jetzt schwindlig?«

»Ich denke über Ruth nach.«

Russell kippelte noch mehr und brüllte vor Lachen.

»Verzeih einem alten Junggesellen.«

Die irische Schwester kam herein.

»Was ist denn hier los?«

Sie schüttelte das Thermometer und schob es mir in den Mund. Russell sah zu.

»Er hat hohe Temperatur, Schwester. Neununddreißig drei. Ein Fieber, das Ehemänner befällt, wenn sie schwer nachdenken. Schauen Sie sich den Ärmsten an. Er hat mein Mitgefühl.«

»Ich glaube, es wird Zeit, daß Sie in Ihr Hotel zurückgehen, Mr. Menzies«, sagte die Schwester.

Russell erhob sich ächzend.

»Na schön. Der Tee hier hat nicht geschmeckt. Zwei Scheiben Brot, dünn gebuttert, und ein Stück Kuchen vom Basar. Einen Profit müssen die hier machen! Oder kriegen Sie ein tolles Gehalt, Schwester?«

»Nein, absolut nicht.«

»Es ist ja eine Berufung.« Er wies mit dem Daumen auf mich. »Erhalten Sie ihn am Leben. Eine Belohnung für Sie liegt drin.«

Und dann ging er.

»Was für ein Mann«, sagte die Schwester. »Ihm ist wohl nichts heilig. Wie fühlen Sie sich inzwischen?«

»Ich genieße es, dazuliegen und mich nicht zu bewegen«, murmelte ich.

»Machen Sie so weiter! Niemand wird Sie heute verlegen. Sie werden ein leichtes Abendessen bekommen. Mr. Menzies sagt, Sie sind reich.«

»Ach ja?«

»Aber exzentrisch, sagt er. Stimmt das?«

»Vielleicht, ein bißchen.«

»Sie haben ziemlich schlimm ausgesehen, heute morgen. Gut, daß Sie nicht gehört haben, was im OP alles gesagt wurde. Was haben Sie denn gemacht, eine Schürfexpedition unternommen?«

»So etwa.«

»Was Männer alles machen, um zu mehr Geld zu kommen. Nie sind sie zufrieden. Und dann sterben sie jung.« Sie zog das Thermometer heraus. »Er hatte recht, die Temperatur ist gestiegen. Ich werde den Doktor rufen.«

»Bloß nicht! Ist schon nicht so schlimm.«

»Ich muß dem Doktor aber Bescheid sagen.«

Dr. Blane war einer dieser gutaussehenden jungen Ärzte, deren Patientinnen sogar mangelnde fachliche Qualifikation übersehen. Bei mir schien er sich eher zu langweilen.

»Lange Unterhaltung mit Ihrem Anwalt gehabt, Mr. Harris?«

»Na ja... mittellang.«

»Das hätten Sie nicht tun sollen. Was diese Geschwüre angeht, mir ist da eine Verbrennung aufgefallen.«

»Ich habe versucht, die Blutegel mit einer Zigarette zu vertreiben.«

»Und sind dabei ausgerutscht.«

»Genau.«

»Ich erwähne das nur, weil die Polizei mir Fragen gestellt hat. Auch mit Ihnen wollen sie sich unterhalten, sobald Sie in der Lage dazu sind. Ich glaube, sie suchen nach dem Mann, der sie vom Festland herübergeschippert hat. Ein Inspektor ist hier.«

»Wie heißt er?«

»Kang. Alter Freund von Ihnen?«

»Ein Bekannter.«

»Ich habe ihm gesagt, Sie können heute noch niemand empfangen. War das so in Ihrem Sinn?«

»Vielen Dank, Doktor.«

Ich atmete auf, als der Doktor gegangen war, ohne noch einmal meine Temperatur gemessen zu haben.

Also war Kang aus Singapur heraufgekommen. Es stand kaum zu bezweifeln, daß er Russell beobachtete, womöglich auch Telefone anzapfte. Er wußte, wohin er zu kommen hatte. Russell mußte gewarnt werden. Ich würde die Schwester bitten, es für mich zu tun.

Vielleicht stand es mir nicht zu, aber ich verbrachte eine angenehme Nacht. Nach der Vormittagsvisite erfuhr ich, daß ich eine Viertelstunde Besuch empfangen durfte, und Russell erschien mit Kang. Der Inspektor wie aus dem Ei gepellt, wie immer, eine Frische ging von ihm aus wie von einer Wolke Eau de Cologne. Neben ihm sah Russell wie ein dicker Mann aus, der die Bürde des weißen Mannes zu tragen hat, doch bei seinem ständigen Schwitzen wußte man nicht, wie weit es mit dieser Situation zu tun hatte.

Russell schob Stühle zurecht, wie ein Anwalt, der in seiner Kanzlei Klienten empfängt. Kang lächelte.

»Wie geht es Ihnen, Mr. Harris?«

»Besser.«

»Nach all den schrecklichen Dingen, die Sie durchgemacht haben? Ich hatte die Hoffnung schon aufgegeben.«

»Oh.«

»Eigentlich ging es mich natürlich nichts an, da Sie Ihre Bewacher ausgetrickst und die Insel verlassen hatten.«

»Eigentlich.«

»Aber ich suche nach wie vor einen Mörder, Mr. Harris. Den Mann, der Ihren Bruder umgebracht hat.«

»Er ist tot«, sagte ich, Kang direkt in die Augen sehend.

Russell fingerte an seinem Taschentuch herum, und ich hatte das Gefühl, daß er mich absichtlich nicht ansah.

»Sie meinen General Sorumbai?« fragte Kang höflich.

»Ich muß schon sagen, Sie sind gut informiert, Inspektor. Aber ich meine tatsächlich den General. Ich sage nicht, daß er persönlich meinen Bruder umgebracht hat, natürlich nicht, sondern einer seiner Schläger. Ich bin aber nicht so blöd und bilde mir ein, daß wir jemals einen angeheuerten Killer finden werden. Meiner Ansicht nach ist die Schuld beglichen. Die Akte kann geschlossen werden.«

Kang schüttelte den Kopf.

»Ich fürchte, ich muß Ihnen da widersprechen, Mr. Harris. Ich bin überzeugt davon, daß der Mörder Ihres Bruders noch frei in Singapur herumläuft.«

Mir blieb, gelinde gesagt, die Luft weg. Ich wußte mittlerweile, daß Kang etwas Derartiges nicht um des Effektes willen sagen würde. Doch das hier war absurd. Es ergab überhaupt keinen Sinn. Die Leute, die hinter Jeffs Ermordung standen, mußten politische Motive gehabt haben. Ein anderes Motiv war nicht denkbar. Und das sagte ich Kang.

Kang zog ein Päckchen seiner stinkenden Zigaretten

hervor, sah sich um, als suche er ein »Rauchen-Verboten«-Schild, und zündete sich dann eine an. Er inhalierte und blies den Rauch durch die Nase wieder aus. Dann sah er mich mit einem Ausdruck an, der wohl Nachsichtigkeit andeuten sollte, als lerne man Geduld im Umgang mit Schwachköpfen.

»Politische Motive können wir ausscheiden«, sagte er. »Ich habe damit schon angefangen.«

»Aber warum?«

»Weil ich die Pistole gefunden habe, mit der Ihr Bruder erschossen wurde.«

»Was wollen Sie damit sagen?«

»Es tut mir leid, Mr. Harris. Ich wollte Sie nicht aufregen, in Ihrem Zustand. Ich dachte nur, es könnte Sie interessieren. Mr. Menzies hier war ebenfalls der Ansicht, daß Sie davon wissen sollten. Wir haben Rücksprache gehalten.«

»Sie haben die Waffe gefunden... Woher wollen Sie wissen, daß es die Tatwaffe war?«

»Ooch... ballistische Untersuchungen. Kann vor jedem Gericht bewiesen werden. Die Waffe, die sich jetzt in unserem Besitz befindet, ist diejenige, mit der Ihr Bruder getötet wurde. Ich frage mich, ob das uns, und Sie, nicht auf eine neue Idee bringen könnte. Mir ist nämlich nicht klar, warum ein professioneller Attentäter sozusagen sein Handwerkszeug wegwerfen sollte. Das leuchtet doch nicht ein, Mr. Harris, oder? Waffen sind teuer in Singapur, selbst auf dem schwarzen Markt. Aber all das brauche ich Ihnen nicht zu sagen.«

Russell sah mich noch immer nicht an. Er war die ganze

Zeit auffallend neutral, und irgendwie paßte mir seine Haltung nicht. Wieder einmal führte Kang mich sanft dorthin, wo er mich haben wollte.

»Wo haben Sie die Waffe gefunden, Inspektor?«

»Ah. Im Botanischen Garten.«

»Im... Wo? Wie sind Sie denn darauf gekommen?«

»Gute Frage. Wir haben wieder mal Glück gehabt. Wissen Sie, Polizisten haben wirklich oft Glück. Manchmal frage ich mich, was wir ohne Glück machen würden. Man braucht sehr viel Geduld, aber auch Glück. Wir wissen also, daß der Mörder, nachdem er Ihren Bruder umgebracht hat, in den Botanischen Garten ging und dort die Waffe wegwarf. Warum? Das frage ich mich selbst. Eine plausible Antwort habe ich noch nicht gefunden. Vielleicht muß ich wieder einmal viel Geduld aufbringen und auf noch mehr Glück warten.«

»Warum sind Sie gekommen und erzählen mir das alles, Inspektor?«

»Ich bin gekommen, weil ich Sie noch einmal bitten wollte, mich bei meinen Ermittlungen rückhaltlos zu unterstützen.«

»Sie meinen, das habe ich bisher nicht getan?«

Inspektor Kang nickte.

»Genau das meine ich, Mr. Harris.«

Ich starrte hinaus auf die Meerenge, auf das glitzernde Wasser, das durch den Rundbogen zu sehen war, neben Russell, der an einer Zigarre hantierte und furchtbar lange brauchte, um sie zurechtzuschneiden. Er machte keine Anstalten, mir zu helfen, und er hatte es auch nicht vor.

»Na schön, Inspektor«, sagte ich, »ich bin bereit mitzuspielen.«

»Vielen Dank. Ich möchte noch etwas sagen, Mr. Harris. Es ist einfach so: Ich bin zur Zeit auf der Suche nach einem Mörder. Wenn ich mich für Sie oder die Firma Harris & Co. interessiere, dann hat das ausschließlich damit zu tun. Sie sind nicht die einzige Firma in Singapur, die über eine vollständige Offenlegung aller Geschäftsaktivitäten nicht glücklich wäre, keineswegs die einzige. Tatsache ist jedoch, daß ich in dieser Angelegenheit mit Dingen, die sich außerhalb von Singapur abspielen, ob legal oder illegal, nicht befaßt bin. Habe ich mich verständlich ausgedrückt?«

»Ja.«

»Sie haben Ihre eigenen Ansichten darüber, wer Ihren Bruder umgebracht hat. Sie sind meinen Polizeibeamten vielleicht deswegen davongelaufen, weil sie selbst etwas unternehmen wollten. Sie haben mir praktisch gesagt, daß es Ihnen egal ist, was ich in dieser Sache unternehme. Gilt das noch immer?«

»Nein«, sagte ich. Mir war nicht sehr wohl.

»Gut. Ich finde, die Lage ist klar. Ich habe Ihnen vorhin gesagt, daß hinter dem Tod Ihres Bruders zu viele Motive stehen, zu viele Gründe, warum man ihn umgebracht haben könnte. Jedes dieser Motive könnte der Grund für seinen Tod gewesen sein, aber ich glaube es nicht. Ich glaube, wir müssen etwas viel Einfacheres suchen als einen Konflikt außerhalb von Singapur. Und genau an diesem Punkt brauche ich Ihre Hilfe.«

»Aber ich kann Ihnen nicht helfen! Ich ... ich habe nie

an eine andere Möglichkeit gedacht. Es gibt kein lokales Motiv, wenn Sie das meinen, jedenfalls kann ich mir keines vorstellen. Jeff hatte keine persönlichen Feinde. Ich wüßte nicht, wen.«

Inspektor Kang erhob sich. Er fing an, im Zimmer auf und ab zu gehen; an der Verandatür blieb er stehen, drehte sich um und schaute zu mir herüber.

»Mr. Harris, derjenige, der Ihren Bruder ermordet hat, hat die Waffe weggeworfen, weil er glaubte, sie nicht mehr zu benötigen. Ist das nicht einleuchtend? Es war ein Beweisstück, dessen er sich nach getaner Arbeit entledigen mußte. Lange Zeit hatte ich das Gefühl, daß Sie das nächste Opfer auf der Liste wären. Seitdem die Waffe gefunden wurde, glaube ich das jedoch nicht mehr. Der Mord war nicht Teil irgendeines Plans, die Firma Harris & Co. geschäftlich zu ruinieren. Das scheint für mich festzustehen. Aus diesem Grund glaube ich auch, daß ein persönliches Motiv vorliegt, verstehen Sie?«

»Ja, ich verstehe. Aber ich kann Ihnen nicht weiterhelfen, Inspektor. Wirklich nicht. Mir fällt einfach nichts ein. Außer...«

»Ja?«

»Diese Miss Feng, mit der Sie gesprochen haben...?«

»Ich habe sie nicht vergessen, Mr. Harris. Sagen Sie, warum sind Sie in Begleitung einer Miss Kate Raine nach Kuantan gefahren?«

»Sie wissen es also?«

»Natürlich, ich bin ja nicht blöd.«

»Wenn ich jemals den Eindruck erweckt habe, das Gegenteil zu glauben, dann bitte ich um Entschuldigung.«

Er lächelte, er schien das wirklich witzig zu finden.

»Sie haben meine Frage nicht beantwortet, Mr. Harris. Warum haben Sie gerade Miss Raine gebeten, Ihnen aus Singapur herauszuhelfen? Weil Sie mit ihr intim sind?«

»Nicht in diesem Sinne.«

»In welchem denn?«

»Sie war eine sehr gute Freundin von mir.«

»Nur eine Freundin?«

»Ja.«

»Und Sie sind nach Kuantan gefahren und im selben Hotel abgestiegen, weil Sie einer Ausländerin Malaya zeigen wollten, war es das?«

»In gewissem Sinn ... ja.«

»In gewissem Sinn? Mr. Harris, ich glaube, Sie verheimlichen mir etwas. Wenn es in dieser Angelegenheit Dinge gibt, die Sie vertraulich behandelt wissen wollen, dann seien Sie versichert, ich werde Ihnen so weit wie möglich entgegenkommen. Ich kann Ihnen ja ruhig sagen, daß wir wissen, daß Miss Raine Ihren Bruder an einem der letzten Abende vor seiner Ermordung aufgesucht hat. Es gibt keinen Hinweis darauf, daß sie ihn gut gekannt hat, aber an jenem Tag war sie in seiner Wohnung zum Dinner und blieb bis Viertel vor elf. Fest steht auch, daß Sie zu dem Zeitpunkt, als Ihr Bruder ermordet wurde, in Kuala Lumpur mit Miss Raine dasselbe Hotel bewohnt haben.«

»Ja, das stimmt. Also sind Ihre Ermittlungen über Miss Raine doch sinnlos, oder?«

»Ich behaupte ja nicht, daß Miss Raine Ihren Bruder umgebracht hat. Ich will nur wissen, in welchem Verhältnis sie zu Ihnen stand.«

»Wir waren befreundet, basta.«

»Mehr wollen Sie dazu nicht sagen?«

»Es gibt nicht mehr dazu zu sagen.«

»Gut, Mr. Harris. Sie haben mir geholfen. Mehr, als Sie wissen. Und jetzt muß ich los, ich habe Sie schon viel zu lange beansprucht, die Ärzte werden böse mit mir sein. Nur eines noch: Ihre Bewachung ist natürlich ab sofort aufgehoben. Meine Jungs, wie Sie sie nennen, werden Ihnen nicht mehr die ganze Zeit auf den Fersen sein. Es ist unwahrscheinlich, daß Sie auf irgendeiner Todesliste der nächste Kandidat sind, es sei denn, der Mörder verfügt über ein ganzes Arsenal von Waffen.«

Wir hörten ihn den Korridor hinuntergehen, und dann erstarb auch dieses Geräusch. Ich guckte Russell an.

»Warst ja eine tolle Hilfe!«

»Es gibt Situationen, mein Lieber, da hält ein kluger Anwalt die Klappe. Und vorhin war so eine Situation.«

»Worauf will dieses Männchen denn hinaus?«

»Wenn ich es bloß wüßte, Paul, wenn ich es bloß wüßte.«

»Er stand einfach da und lachte über mich Vollidioten, der umsonst fast draufgegangen wäre.«

»Du warst also auf der Suche nach Jeffs Mörder?«

»Na ja, sozusagen. Ich hatte angenommen, das übliche Spiel würde mich früher oder später zu ihm führen. Ich erinnere mich, daß ich das als Gefangener im Flugzeug gedacht habe. Ich würde zumindest in die Nähe des Mannes kommen, der Jeffs Ermordung befohlen hatte. Und als ich Sorumbai gegenübersaß, verlor ich alle Zweifel. Ich war mir ganz sicher. Jeffs Tod schien mir Teil eines ganz simplen Plans zu sein, an dessen Ende mein Tod stehen würde.«

»Vielleicht ist es nach wie vor ein simpler Plan. Nur nicht derjenige, den du gesucht hast.«

»Jeff von jemand aus Singapur ermordet? Das verstehe ich nicht, Russell, nicht einmal ansatzweise. Ich sehe keinen Anhaltspunkt dafür.«

»Na ja, überlaß das alles Kang. Er scheint ja sehr emsig zu sein. Hör zu, Paul, zerbrich dir nicht den Kopf. Du kannst nichts unternehmen, du mußt hier noch wochenlang liegen, und es ist gar kein schlechter Ort für dich. Was ist mit Ruth?«

»Sie wird natürlich heraufkommen. Aber halte sie so lange wie möglich hin. Eigentlich möchte ich niemand sehen. Und Ruth ... tja, es ist für uns beide nicht einfach. Vielleicht hat sie es gar nicht so eilig, mich zu sehen, ich wäre gar nicht überrascht, wenn das der Fall wäre.«

»Ich fahre nach Singapur zurück«, sagte Russell. »Ich nehme die Nachmittagsmaschine. Ich habe so eine Ahnung, daß es dort viel für mich zu tun gibt. Ein Auge auf Harris & Co. haben, unter anderem. Habe ich deine Vollmacht und so weiter?«

»Selbstverständlich. Du bist der einzige, dem ich sie gebe.«

»Fein. Na, dann bleib so liegen und ruh dich aus und mach dir keine Gedanken. Lies ein paar Krimis. Gibt jede Menge davon in der Krankenhausbibliothek, genau das Richtige für Patienten. Die Hauptsache ist: nicht nachdenken, sonst erholst du dich nicht schnell genug. Überlaß das Nachdenken mir. Eines möchte ich aber noch sagen:

Wenn Kang sich erkundigt, werde ich ihm offen antworten, außer was bestimmte Geschäftsaspekte betrifft. Aber ich glaube nicht, daß seine Fragen in diese Richtung gehen werden.«

»Kang weiß mehr, als er sagt, Russell.«

»Ja. Genau das finde ich auch. Darum nehme ich ja das Nachmittagsflugzeug.«

Sie brachten mir Krimis, einen hübschen kleinen Stapel, den sie auf meinen Nachttisch packten. Ich lag da und dachte über mögliche Motive für Jeffs Ermordung nach, quälte mich mit diesem und jenem Gedanken herum, und lange Zeit kam überhaupt nichts dabei heraus. Dann bekam ich meinen Tee. Draußen legten sich die ersten Schatten auf das Meer. Ich nahm ein Buch, knipste das Licht an und begann zu lesen. Im ersten Kapitel gab es neun Mordverdächtige, und jeder einzelne konnte von der Tat irgendwie profitieren.

Wer außer mir konnte von Jeffs Tod profitieren? Miss Feng nicht. Ich hatte alles bekommen, jeden Penny, von kleineren Verbindlichkeiten abgesehen. Nicht einmal indirekt profitierte jemand. Nichts hatte sich geändert.

Und dann blieb ein Gedanke in meinem Kopf stehen, als hätte eine rote Ampel aufgeleuchtet. Es stimmte nicht ganz, daß niemand profitierte. Eine Art von indirektem Vorteil hatte nämlich Russell Menzies!

Bei dem Gedanken wurde mir übel. Ich schob ihn von mir, doch er kam wieder. Zu Jeffs Lebzeiten war Russell der Anwalt gewesen, der in die Firmenangelegenheiten nicht eingeweiht war, vieles erraten mußte und sehr geschickt auch wirklich erriet. Aber in der Firma Harris & Co. hatte er nichts zu sagen, er kam, wenn er gerufen wurde, und basta. Jetzt war Russell mit Geschäftsvollmacht weggefahren. De Vorwooerd war bei ihm, und der Alte hatte geredet. Sie kannten sich schon lange, denn Russell hatte sich um die juristische Seite gekümmert, als wir De Vorwooerd eine Aufenthaltserlaubnis für Singapur verschaffen wollten. Russell war auch in meinem Büro gewesen, bevor ich wegfuhr, wollte wissen, was ich vorhatte. Ob er und De Vorwooerd in Verbindung standen ...?

Ich klappte das Buch zu und löschte das Licht, als wollte ich kein Licht haben. Im Dunkeln fiel mir dann noch etwas ein. Russell war eigentlich ein unsportlicher Typ, nie sah man ihn in Singapur im Schwimmclub, beim Squashspielen, aber abends, kurz bevor die Farben ganz verschwanden und die meisten Leute ihren ersten Drink nahmen, ging er im Botanischen Garten spazieren, um die Affen zu beobachten.

9

Ich verbrachte keine angenehme Nacht, sie war lang und dunkel, und ich fühlte mich allein. Die Beruhigungsmittel, die man mir gab, wirkten nicht. Ich lag da, suchte nach einem festen Halt, fand aber nichts; statt dessen mußte ich alle Gedanken immer wieder von neuem durchgehen.

Vielleicht verdiente Russell als Anwalt nicht genug. Er hatte sich zwar einen gewissen Zugang zu Harris & Co. verschafft, aber würde ein Mann um einer vagen Spekulation willen einen Mord begehen? Vielleicht, wenn er fand, daß er gute Karten hatte. Russell hatte sich ein Bild über mich gemacht, wußte, daß ich jemand im Büro brauchte, jemand, der zumindest teilweise Jeffs Platz einnehmen konnte.

Allerdings konnte ich mir nicht vorstellen, daß er mich ausschalten wollte und Sorumbais Leuten einen entsprechenden Tip gegeben hatte. Ohne mich stünde er mit leeren Händen da. Vielleicht hatte er mich deswegen so nervös angesehen, als ich ihm erzählte, daß ich Singapur verlassen wollte.

Dieser Vorfall in Kuantan deutete nach wie vor auf Kate. Ich sah sie in ihrem Auto sitzen, mich keines Blickes würdigend, mit kalter Stimme erklärend, sie habe mir nichts zu sagen. Ich wußte, sie hatte es so gemeint. Ich war mir meines Eindrucks sicher, und nichts würde ihn ändern. Sie hatte sich in jenen Augenblicken, als wir in Richtung Flugfeld fuhren, von mir zurückgezogen, nicht weil neben ihr ein bewaffneter Mann saß, sondern aus eigenem Antrieb. Sie wollte es so, sie wollte Schluß machen.

Wen hatte ich jetzt noch? Das Gefühl, daß es niemand gab, war schlimmer als die körperlichen Schmerzen, die mich noch immer plagten. Ich lag da, wollte meine Hand ausstrecken, jemand sollte sie berühren, doch es gab niemand, der sie hätte nehmen können, niemand, an den ich mich wenden konnte.

Jetzt beneidete ich den kleinen Mann in seinem Einfamilienhaus, den kleinen Mann, über den ich mich in meiner Phantasie lustig gemacht hatte, den Mann, dessen

Frau, mit Lockenwicklern im Haar, auf den Toast achtgibt. Es war nicht so, wie ich es in meiner Verbitterung hingestellt hatte, jedenfalls nicht immer, manchmal gab es Liebe, etwas, an das man sich halten konnte, beide sich halten konnten. Das hatte mir gefehlt.

Dann dachte ich an Ruth, die so allein war wie ich und sich mit allen möglichen Tricks gegen eine Leere wehrte, die wir zwischen uns hatten entstehen lassen und die wir nicht mehr füllen konnten. Schuld an dem, was geschehen war, hatten wir beide, zu etwa gleichen Teilen, und das war das einzig Positive, was uns noch geblieben war. Ruth fühlte es und ich auch. Von den zwei gegenüberliegenden Seiten eines Grabens sahen wir einander an und bedauerten es.

Eine lange Zeit hatte ich aber Jeff gehabt und sie nichts. Womöglich war die Schuld doch nicht so gleichmäßig verteilt.

»Der Patient schläft nicht, Herr Doktor. Ich habe es beobachtet.«

Es war die Nachtschwester, eine Chinesin, lebhaft, in Amerika ausgebildet. Der junge Arzt kam mit diesem gelangweilten Blick herein.

»Was gibt's? Schmerzen?«

»Nein. Vermutlich ruhe ich schon zu lange. Ich bin einfach nicht müde.«

»Trotzdem, Sie sollten noch weiter ruhen. Ich werde Ihnen eine Spritze geben.«

»Doktor, wie lange muß ich noch liegen?«

»Drei Wochen.«

»Sie meinen, selbst hier in diesem Zimmer kann ich nicht eher herumlaufen?«

»Hören Sie, diese Geschwüre haben sich teilweise bis auf die Knochen gefressen. Ich hätte nicht gedacht, daß Wunden von Blutegeln sich so schnell zu etwas so Schönem entwickeln können.«

»Wenn Sie's unbedingt wissen wollen, es waren Brandwunden.«

»Ja, ich weiß, ich habe mit diesem chinesischen Inspektor gesprochen.«

»Ach so. Könnte man mich nicht per Krankenwagen nach Singapur verlegen?«

»Nein.«

»Wieso nicht?«

»Es gibt gute medizinische Gründe. Sie haben einen großen Schock erlitten und sind geschwächt vom Denguefieber. Ich werde einen Transport nicht erlauben. Und die Polizei hat auch was dagegen.«

»Die Polizei?«

»Der Inspektor fand offenbar, daß es das beste sei, Sie hierzubehalten. Er hat mich gefragt, ob ich mich darum kümmern könne. Ich habe ihm gesagt, daß ich ihm den Gefallen gerne tun werde.«

»Heißt das... er hat Sie unter Druck gesetzt?«

»Nein, Mr. Harris, das heißt es nicht. Geben Sie mir bitte Ihren Arm!«

Die Spritze saß. Kang wollte nicht, daß ich mich einmischte.

»Es ist noch Zeit, ihm eine heiße Milch zu geben«, sagte der Doktor, aber seine Stimme war schon weit weg.

Tags darauf fühlte ich mich merkwürdig entfernt von allem, als hätte man mich gezwungen zu kapitulieren. Ich lag einfach da und blickte auf das Meer hinaus, kämpfte nicht, strengte mich nicht an. Alle Fragen waren da, doch ich suchte keine Antworten.

»Na, wir machen ja Fortschritte!« sagte die irische Schwester, nachdem sie meine Temperatur gemessen hatte.

Wie die meisten Krankenschwestern verhielt sie sich so, als lebten ihre Schutzbefohlenen zu Hause in einer Art Schwachsinn, aus dem sie vorübergehend erlöst worden seien. Sie verfügte über einen erstaunlichen Vorrat an Floskeln, die durch den Dialekt einen gewissen Reiz bekamen. Und zweifellos war mein Zimmer, als das teuerste, ein Ort, an dem es sich angenehm plaudern ließ. Die Schwester plauderte mehr, als ich in einem solch hektischen Betrieb für möglich gehalten hätte.

Ich erfuhr alles über ihr Zuhause im County Cork und auf welch verschlungenen Wegen es sie nach Penang verschlagen hatte. Sie war ein nettes Mädchen, aber nachdem der Charme ihres Dialekts nachgelassen hatte, merkte ich, daß ich nur noch auf ihr ständiges Lachen hörte und die Häufigkeit registrierte. Und irgendwie gelangweilt begann ich, mir interessanteren Besuch zu wünschen.

Mein Wunsch ging in Erfüllung. Ruth erschien in der Tür und sah mich an.

Die äußere Erscheinung meiner Frau hat mich immer wieder aufs neue überrascht. Ruth besaß jede Menge Kleider und konnte aufgrund einer raffinierten Rotationsmethode den Eindruck erwecken, daß sie, wie eine bessere

Königin, nie dasselbe zweimal trug. Selbst zu Hause war das so. Auch ohne bestimmten Anlaß pflegte sie sich in Schale zu werfen. Sie war fast immer schön, sogar am Morgen.

Und jetzt war sie wirklich sehr schön. Sie trug etwas aus bedruckter chinesischer Seide, in warmen Farben, die ihre bleiche Haut aufleuchten ließen. Sie schminkte sich nur sparsam, und das war in den Tropen an sich schon erstaunlich.

»Hallo, Paul!«

Die irische Schwester warf ihr einen langen Blick zu und flüchtete dann, die Tür hinter sich schließend. Das fand ich eigentlich schade, es wäre spannend mitanzusehen gewesen, wie sie sich begrüßten.

»Überrascht, daß ich da bin?«

»Ein bißchen. Hast du dich mit Russell in Verbindung gesetzt?«

»Nein. Ich bin mit dem Nachtzug gekommen, ohne ihn gesprochen zu haben.«

Ruth kam nicht ans Bett, sondern ging im Zimmer auf und ab, zog ihre Handschuhe aus, legte sie auf einen Tisch.

»Ich sollte wohl fragen, wie es dir geht, Paul.«

»Ganz gut.«

»Ich habe lange mit dem Doktor unten gesprochen.«

»Hoffentlich hat er nur Gutes gesagt.«

»Er hat furchtbare Sachen gesagt.«

Sie drehte sich um, die Hände fest an die Seite gelegt.

»Paul, das ist einer meiner Alpträume gewesen, so etwas.«

Es war, als hätte sie sich vorgenommen, hier keine Gefühle zu zeigen, es aber nicht schaffte.

»Ruth, die ganze Sache tut mir furchtbar leid.«

»Weil sie schiefgegangen ist?«

»Nein. Ich bin froh, daß sie schiefgegangen ist.«

»Ich weiß nicht, was du meinst.«

»Ganz einfach. Ich dachte, ich hätte etwas mit Kate. Aber ich habe festgestellt, daß es da nichts gibt.«

»Nimm's mir nicht übel, aber ich bin ein bißchen verwirrt. Wann und wie hast du das denn herausgefunden?«

Ich erzählte ihr, was passiert war und was sich meiner Meinung nach dahinter verbarg. Ruth setzte sich hin und starrte mich an.

»Du glaubst also, Kate hat dich verraten?«

»Niemand sonst hätte den Hinweis auf Kuantan geben können. Kate hatte ich gesagt, daß wir dorthin fahren würden, und keiner Menschenseele sonst.«

»Vielleicht ist dir jemand gefolgt.«

»Nein. Kangs Polizisten waren nicht in der Lage, uns zu folgen, und andere Leute auch nicht, wenn man bedenkt, wie wir aus Singapur herausgekommen sind. Niemand ist hinter uns hergefahren, das weiß ich genau, und wir haben nur einmal angehalten, und zwar in Gemas. Von dort hätten wir nach K. L. oder sonstwohin in Malaya fahren können. Der Tip mußte von Kate sein.«

»Wieso ist sie dann zu mir gekommen?«

»Das war ein kluger Schachzug. Zu irgend jemand mußte sie ja gehen. Als anständiger Mensch konnte sie nicht einfach so tun, als wäre mir nichts passiert. Immerhin wußte sie nicht genau, ob ich tot war.«

»Ach, Paul. Das klingt, als würdest du sie jetzt hassen.«

»Vielleicht hasse ich sie wirklich.«

Lange Zeit schwieg Ruth. Sie sah nicht mich an, sondern die Wand über meinem Bett, als wollte sie sich über viele Dinge klar werden und hätte ihre Mühe damit. Doch sie sah ruhiger aus, als hätte die Spannung etwas nachgelassen.

Dann stand sie auf und ging durch den Rundbogen hinaus auf die Veranda, sah auf das Wasser, eine Hand auf dem Geländer. Ich wußte, was ich getan hatte und noch immer tat, seit sie zu mir ins Zimmer gekommen war. Ich versuchte, meine Frau wieder für mich zu gewinnen. Und meine Worte hatten ihr das gezeigt. Ruth stand da und überlegte, ob wir aus dem Trümmerhaufen, den wir beide verursacht hatten, etwas Neues aufbauen konnten. Ich mußte ihr Zeit lassen, sie mußte in aller Ruhe nachdenken können.

»Paul, angenommen später stellt sich heraus, daß Kate diese Leute doch nicht informiert hat, daß sie unschuldig ist?«

»Es täte mir leid, diese Dinge gegen sie aufgebaut zu haben.«

»Ach so. Es täte dir leid. Du würdest also nicht zu ihr laufen und... und...?«

»Nein.«

Ruth wirbelte herum.

»Woher nimmst du diese Sicherheit?«

»Ich liege hier schon eine ganze Weile. Ich habe nachgedacht. Zum Teil hat es damit zu tun, daß du meine Frau bist. Vielleicht ist es altmodisch von mir, aber ich weiß jetzt, daß ich immer daran festhalten werde. Mit Kate wollte ich davor flüchten. Und ich bin froh, daß es nicht geklappt hat.«

Ruths Hand fuhr die Krümmung des Rundbogens entlang.

»Ich war so eifersüchtig auf sie. Auf dich auch. Ihr hattet etwas Gemeinsames, was ich nicht mehr habe. Eine kleinliche Eifersucht, nicht wahr? Kleinlich und gemein. Aber so war es eben. Eigentlich bin ich deswegen gekommen. Ich wollte herausfinden, was deine Gefühle sind. Nicht um dir zu helfen oder so. Es war bloß eine Art Neugier.«

»Ich bin froh, daß du gekommen bist. Wie lange bleibst du?«

»Ich wollte so lange bleiben, wie du hier bist, auch wenn es dir nicht gefallen hätte.«

»Ich bin froh darüber.«

Da kam sie zu mir, fast lief sie.

»Paul, das klang so, als ob es dir ernst ist.«

»Ich meine es wirklich ernst.«

Sie stand da, biß sich auf die Unterlippe.

»Ach, Lieber! Was habe ich nur getan?«

»Du hast nichts getan, Ruth.«

»Sag nicht so was. Es stimmt doch. Nie, nie ... Ich ... Ich weiß nicht, ob ich es schaffe. Selbst wenn du es willst. Selbst wenn du es wirklich willst, Paul.«

»Wir müssen gemeinsam wieder anfangen.«

Sie schüttelte den Kopf, setzte sich dann auf das Bett und nahm meine Hand, betrachtete sie.

»Nimm deinen Hut ab!«

Eine einzige einfache Bewegung, und der Hut landete sanft auf meinen verbundenen Beinen. Mit der freien Hand schüttelte sie ihr rotes Haar ein wenig, und mehr war nicht nötig. Noch immer sah sie mich nicht an.

»Ist schon komisch«, sagte sie leise.

»Was?«

»Ich hatte mit Streit gerechnet, weil ich gekommen bin. Ich dachte, selbst jetzt, wo du im Bett liegen mußt, würdest du allein zurechtkommen. Das kannst du ja, Paul, das kannst du wirklich gut.«

»Ja, es tut mir leid.«

»Was ist mit dir passiert?«

»Vielleicht habe ich auch Angst bekommen.«

»Draußen im Dschungel?«

»Nein, hier im Bett. Ich habe mich allein gefühlt.«

»Ach, Paul, hoffentlich ist es nicht zu spät.«

»Wieso?«

»Ich weiß nicht. Ich meine bloß, alles hat seine Zeit. Du kennst doch das Wort – eine Zeit zu singen, eine Zeit zu tanzen, zu lieben und zu hassen. So. Es ist wirklich so.«

»Man kann immer wieder anfangen.«

»Nicht immer. Und nicht, nachdem so viel passiert ist.«

Sie begann zu weinen. Ich hielt ihre Hand fest.

»Schatz, ruinier nicht dein Make-up!«

»Hast du eins von deinen großen Taschentüchern, Paul?«

»Ja, hier, unter meinem Kopfkissen.«

Sie lächelte, ihre Lippen zitterten.

»Ich kann mir die Nase putzen, wann ich will.«

»Sicher. Früher hat es mir Spaß gemacht, dir zu sagen,

wann du etwas tun solltest. Bei jeder Kleinigkeit. Weißt du noch?«

»Ja, du hast mich in Watte gepackt. Ich war das Mädchen aus den Südstaaten, dem das gefiel. Ich mußte nie etwas tun. Aber du, du bist einfach losgegangen und hast es getan. Das hat mich ganz kirre gemacht. Wie kannst du es mit so einer dummen Gans aushalten?«

»Ruth, ich glaube, wir haben einen neuen Weg vor uns.«

»Schwöre, daß du das nicht mir zuliebe sagst! So hast du es nämlich immer gemacht. Wenn du gesehen hast, daß ich etwas unbedingt haben wollte, hast du wirklich versucht, mir zu helfen. Ich konnte dich immer ein bißchen dazu bringen und habe das auch getan.«

»Ich möchte mir selber helfen. Reiner Egoismus.«

Sie nahm meine Hand und küßte sie, drückte sie an die Lippen. Dann rieb sie ihre Wange an meinen Fingern.

»Paul, wie wird es mit dir und Kate weitergehen?«

»Gar nicht.«

»Aber sie muß dir doch eine Menge bedeutet haben. Sie ist klug und gewandt. Sie ist ganz allein soweit gekommen. So etwas hätte ich nie gekonnt.«

»Niemand verlangt es von dir.«

»Du meinst, wenn du nicht wärst, dann jemand anders?«

»Ja. Ich möchte nicht darüber nachdenken, aber... doch, ja.«

»Ich müßte bloß genügend viele Parties besuchen, um mein Schicksal zu finden, meinst du das?«

»So ungefähr.«

»Das klingt entsetzlich trivial. Als ob ich ein Verkaufsobjekt wäre, das man in ein Schaufenster stellt, und dann kommt ein Mann mit dicker Brieftasche vorbei und sagt, das da will ich haben.«

»So würde ich es nicht ausdrücken.«

»Es kommt dem aber ziemlich nahe. Ich habe keine Selbstachtung, Paul. Das ist mein Problem. Weißt du, was ich dachte, als Booney starb? Ganz tief im Innersten? Daß es doch eigentlich zu erwarten gewesen war. Das ist natürlich dumm. Aber es war da, dieses Gefühl. Weißt du, für eine Frau ist es das Schwerste auf der Welt, so auszusehen wie ich und doch eine Persönlichkeit zu sein. Ich bin nicht schamhaft. Ich sehe doch, was passiert, wenn ich einen Raum betrete. Ein ganzes Rudel Hunde fängt an, mit den Schwänzen zu wedeln. Aber es bedeutet überhaupt nichts. Es bedeutet nicht, daß ich etwas bin. Ich wußte, was dich zu Kate gezogen hat, in dem Moment, als ich sie zum ersten Mal sah.«

»Tja, das ist jetzt vorbei.«

»Es gibt vielleicht andere Kates.«

»Schatz, für unsere Zukunft müssen wir kämpfen. Ich sage nicht, daß es einfach sein wird. Aber wir sind jetzt besser vorbereitet, du und ich.«

»Du kannst nur für dich sprechen. Nicht für mich. Ich weiß nicht einmal, was ich jetzt im Moment habe. Mir ist, als hätte ich für vieles bezahlt, aber noch nichts dafür erhalten. Vielleicht werde ich auch nie etwas bekommen.«

»Ruth, ich brauche dich. Hörst du? Ich brauche dich.«

»Ja. Es macht mir angst. Wenn es schiefgeht … dann besteht überhaupt keine Hoffnung mehr.«

»Es wird nicht schiefgehen.«

»Sag es nochmal und immer wieder. Ach, Paul, ich bin müde und fühle mich elend.«

»Ich kenne das Gefühl. Ich habe es auch gehabt.«

»Glaubst du, wir werden bald Ruhe haben?«

»Ja, viel Ruhe.«

Sie legte meine Hand hin, wie um sie mir zurückzugeben. Sie lächelte.

»Schau, ich wollte bloß zehn Minuten bleiben. Ich werde mal losgehen und irgendwo etwas essen. Ich höre Geklapper da draußen, das wird dein Essen sein. Paul, du bist nie mit mir nach Penang gefahren. Es gefällt mir hier, es ist eine schöne Stadt. Warum können wir nicht hier leben?«

»Es ist ein bißchen weit weg von meinem Büro.«

»Du könntest dein Büro doch verlegen.«

»Möglich. Aber ich habe nie an Penang als Zentrale gedacht. Hier ist nie etwas los.«

»Und genau das gefällt mir. Vielleicht könnten wir uns ein Haus bauen. Nach unseren Vorstellungen. Wir haben das nie gemacht, stimmt's?«

»Immerhin eine Idee.«

»Du bist so verständnisvoll mit mir. Aber in unserem Haus in Singapur möchte ich nicht länger wohnen. Es ist zu groß. Man wird richtig nervös darin. Man sitzt da und überlegt, ob in den anderen Zimmern etwas los ist oder ob sie bloß leer stehen. Das klingt, als würde ich ein Beruhigungsmittel oder einen Psychiater brauchen oder etwas ähnliches. Vielleicht sollte ich ein Zimmer hier nehmen, gleich neben deinem.«

»Das ist eine Idee. Dann können wir die Tür offenlassen und einander zurufen.«

Sie stand da, lächelte. Sie beugte sich herab und gab mir einen Kuß, einen vorsichtigen Kuß auf den Mund.

»Am Nachmittag bin ich zurück, dann lese ich dir Dickens vor. Wird uns beiden guttun.«

Mein Mittagessen wurde von einem chinesischen Zimmermädchen serviert, allerdings unter den prüfenden Augen der irischen Schwester. Sie sah mich ernst an.

»War das Ihre Gattin, Mr. Harris?«

»Ja.«

»Aha«, sagte sie, irgendwie entmutigt.

Es verging noch fast ein Monat, ehe Ruth und ich in einem kleinen, weißen, klimatisierten Zug in Richtung Süden fuhren. Ich konnte zwar gehen, brauchte aber nach wie vor einen Stock, und auch mein früheres Gewicht hatte ich noch nicht wieder erreicht. Ruth mußte mir zur Hand gehen und tat das mit Bestimmtheit und Effizienz. Als meine Managerin war sie ein bißchen gehemmt, aber ich machte mich darüber nicht lustig, weil sie es überhaupt nicht komisch gefunden hätte.

Wir hatten ein hübsches kleines Abteil für uns allein, und der Zug brauste, ohne mit seiner ganzen Kraft zu protzen, an Reisfeldern und Gummiplantagen vorbei, hinter denen gleich der Dschungel begann.

Manchmal fand ich, daß Ruth sehr müde aussah. Sie hatte es lange Zeit vermieden, über Singapur, über die Zukunft oder die Vergangenheit zu reden. Eigentlich gab es nicht viel zu reden. Als wären wir in Penang in einem kleinen Kosmos eingeschlossen gewesen, alleingelassen, um ein wenig Frieden zu genießen. Und in gewisser Weise hatten wir ihn gefunden. Ruth hatte sich mehr oder weniger frei im Krankenhaus bewegen können, sie kam oft und saß lange draußen auf der Veranda, manchmal an einer Stelle, wo ich sie nicht sehen konnte, obwohl sie es gern hatte, gebraucht zu werden; wenn ich etwas trinken wollte, bediente sie mich gern.

Ich blieb dann noch fünf Tage bei ihr im Hotel, und sie mußte mir beim Aufstehen und Hinlegen helfen. Es war ein altmodisches Hotel mit einem altmodischen Bett, in dem wir gemeinsam schliefen. Ruth lag in meinen Armen, wenn wir hörten, wie ein einzelnes Schiff bei Nacht ablegte, wie das Echo der Sirene von den umliegenden Bergen zurückgeworfen wurde, und dann war wieder Stille.

Sie hatte viel für mich tun müssen und war müde. Ich dachte, es wäre gut, wieder Personal im Haus zu haben, Goldfisch würde das für uns organisieren.

Ruth, auf dem Sitz gegenüber, hatte die Beine hochgelegt, sie rauchte und las in einer Illustrierten, den Rücken der malaiischen Landschaft zugekehrt, die ich immer gern sehe.

»Paul, wie lange werden wir in dem Haus noch wohnen?«

»Tja, bis wir etwas anderes gefunden haben.«

»Das heißt, eine ganze Weile?«

»Wenn wir es selber bauen: Ja.«

»Dann laß uns doch eins kaufen statt bauen. Wir suchen uns etwas. Du hast beschlossen, daß wir in Singapur bleiben müssen, nicht wahr?«

»Ich glaube, ja. Es wäre kompliziert, Harris & Co. zu verlegen.«

»Du meinst also, Singapur ist für dich geeignet?«

»Nicht nur das.«

»Ich finde, es ist eine laute Stadt. Sie hat nie die Chance gehabt, zur Ruhe zu kommen. Sie ist immer zu groß gewesen für ihre Häuser und hat immer zu viele Einwohner gehabt.«

»In den meisten Großstädten sieht es ähnlich aus.«

»Nein, in London nicht. Und in New York geht es mir auch nicht so. Ich kann Singapur nicht leiden.«

»Das tut mir leid, Schatz.«

»Schon gut. Mittlerweile kann ich damit leben. Aber die Stadt ist mir zuwider. Vielleicht wird es ein wenig anders, wenn wir ein anderes Haus haben. Ein kleines Haus.«

»So klein, wie du willst.«

»Ich werde mich sofort auf die Suche machen. Noch etwas: Haben wir eigentlich noch Trauer wegen Jeff?«

»Ich glaube nicht. Ich habe nie das Gefühl gehabt, offiziell um ihn trauern zu müssen. Wieso?«

»Na ja, an Boxing Day geben wir doch immer eine große Cocktailparty. Ich frage mich, ob sie in diesem Jahr auch stattfinden soll.«

»Ich denke schon. Die Geschäfte.«

»Gut. Ich werde es organisieren.«

»Ruth, bisher haben wir doch immer einen Partyservice damit beauftragt.«

»Ich will es selbst machen.«

»Du kannst deinen Arbeitseifer auch übertreiben!«

Sie sah mich an und lächelte.

»Du bist komisch. Warte nur. Wirst sehen, wie ich in der Küche stehe und Canapés mache.«

»Das wird ein Tag sein!«

»Ich kann es. Das und Biskuitkuchen habe ich zu Hause gelernt. Einen Partyservice konnten wir uns nicht leisten. Wir konnten uns kaum den Gin leisten!«

»Hast du in der letzten Zeit von zu Hause gehört?«

»Eine Ewigkeit nicht. Ich weiß gar nicht, was sie so machen. Sie werden inzwischen von mir reden wie von einer Familienkuriosität. Armes Kind, soo weit weg, da unten in Singapur. Dann werden sie sich an dein Geld erinnern und sagen: ›Nun ja, sie hat alles.‹ Wenn wir zurückgehen, sollten wir einen Cadillac kaufen. Oder den Daimler mitnehmen.«

»Oder einen neuen Bentley kaufen.«

»Nach den Krankenhausrechnungen könntest du dir einen Bentley leisten?«

»Mmhh.«

Ruth lachte.

»Was bist du doch für ein treusorgender Ehemann! Ist es nicht schön hier? Es ist klein, aber du hast alles, was du brauchst. Ich glaube, ich werde ein bißchen schlafen.«

»Tu das.«

Mein Blick fiel hinaus auf das Land. Ich fühlte mich ein wenig wie jemand, der aus einem Traum oder von einem Ausbruch zurückkehrt und nun seinem wirklichen Leben wieder gegenübersteht. In den letzten vier Wochen hatte ich nichts angepackt, hatte alle äußeren Dinge Ruth überlassen und mich selbst einfach treiben lassen, sogar einen Mord vergessen. Ich hatte weder an Kate noch an Russell gedacht, hatte sie und all die Dinge, mit denen ich mich früher beschäftigt hatte, von mir geschoben. Russell hatte ein paarmal angerufen und geschrieben. Wenn ich mit ihm sprach, hatte sich nichts geändert, wir sprachen in demselben Ton miteinander. Wenn ich überhaupt darüber nachdachte, dann schien mir, als hätte sich nichts verändert, als hätte ich bloß eine dunkle Zeit durchgemacht, eine Art Fieber, in dem ich wirres Zeug gedacht hatte.

Alles schien sich nun gelegt zu haben, eine Ruhe war eingetreten, die mir zunächst trügerisch erschienen war, doch es war immer so weitergegangen, der Krankenhausalltag, keine Störungen von außen, keine Polizisten, nur Ärzte und Schwestern und Ruth, die mit einem Buch ins Zimmer kam, um zu lesen.

Ich konnte sogar, wenn ich alle Gedanken an Kang beiseite schob, mich mit der Idee anfreunden, daß auch der Mann tot war, der den Befehl zu Jeffs Ermordung gegeben hatte.

Ruth hatte es sich auf dem Sitz gegenüber bequem gemacht, ihr pastellfarbenes Reisekostüm war ein wenig zerknittert. Ihre Augen waren geschlossen, die Müdigkeit schien verflogen, sie schlief wie ein Kind, das Gesicht entspannt und nicht eingefallen, ohne Hinweis auf den Tribut der Jahre. Wir würden uns ein neues Haus suchen, ein kleines Haus, in dem wir einander nicht aus den Augen verlieren würden.

10

Drei Tage nach unserer Rückkehr nach Singapur stattete ich meinem Büro einen ersten Besuch ab. Russell Menzies erwartete mich unten in der Eingangshalle, sah, wie ich ihm entgegenkam, noch immer mit Stock, denn ein Bein war noch immer ein wenig steif.

»Wird dir das Hinken als ewige Erinnerung bleiben?« fragte er.

»Nein. Man hat mir gesagt, es wird sich legen. Das einzige, was bleiben wird, sind die Narben. Anscheinend vertragen sie keine Sonne. Im Schwimmclub werde ich noch lange Zeit eine unschöne Figur abgeben.«

»Als ich in deinem Alter war, Paul, hatte ich meine Eitelkeiten schon längst überwunden.«

»Bei deiner Intelligenz weißt du ja, daß sie unbegründet waren. Nett von dir, mir entgegenzukommen.«

»Ich dachte, ich sollte dich persönlich deiner Firma zurückgeben. Und dir erklären, was sich alles geändert hat.«

»Wie bitte?«

»Miss Flores ist nicht mehr da.«

»Russell, verdammt, was ist los?«

»Komm, wir setzen uns dort erstmal hin. Ich hätte es dir schon längst sagen sollen, habe mich aber davor gedrückt.«

»Was ist denn passiert?«

»Tja, sie hatte einen geradezu wütenden Haß auf mich. Ich dachte, sie würde sich bei dir beschweren. Hat sie dir nicht geschrieben?«

»Nicht eine Zeile. Ich fand es ein bißchen seltsam, wo sie doch sonst so gut ist im Formulieren von Kondolenzschreiben. Wann hat sie aufgehört?«

»Vier Tage, nachdem ich aus Penang zurückgekommen war.«

»Das ist fast fünf Wochen her!«

»Ja. Oh, mach dir keine Sorgen, sie hat einen anderen Job, bei Harrams. Scheint sich gut eingearbeitet zu haben.«

»Sieben Wochen Abwesenheit ist zu viel für einen Geschäftsmann.«

»Sei nicht so, Paul! Ich habe mir große Mühe gegeben.«

»Ja, ich weiß. Entschuldige!«

Meine Entschuldigung bereinigte die Situation nicht ganz. Russell und ich waren ein wenig befangen miteinander, aus Gründen, die schwer einzuschätzen waren. Ich hatte all meine wilden Vermutungen über Bord geworfen, aber es war eine Art Nachhall geblieben. Zwischen uns lag ein Brocken, den man nicht so einfach umgehen konnte, und unser Bemühen machte uns beide verkrampft.

»Hast du Ersatz gefunden?«

»Ja. Ich glaube, einen ganz guten. Wenn du sie nicht haben willst, nehme ich sie selber. Eine Mrs. Braddock. Frau eines Englisch-Dozenten an der Universität. Ihr erster Job in Singapur. Sie ist aber eine absolute Spitzenkraft, in London hat sie als Chefsekretärin eines Warenhauskonzerns gearbeitet.«

»Miss Flores hat mein Büro ganz gut geführt.«

»Mrs. Braddock wird es noch besser führen. Können wir?«

Wir fuhren hoch. Ich hatte noch immer dieses Gefühl, von dem ich gesprochen hatte, nämlich zu lange nicht in der Firma gewesen zu sein.

Mrs. Braddock war kühl und effizient, dunkel, jene allzu feine Erscheinung, die es nicht lange in den Tropen aushält. Sie wirkte auf mich wie jemand, dessen Lebhaftigkeit in der Londoner Chefetage mit ihren Druckmechanismen glattgebügelt worden war. Das Sekretariat von Harris & Co. hatte immer eine gewisse Lockerheit gekannt, die sie niemals billigen würde. So etwas roch nach Ineffizienz. Ich fragte mich, was die übrigen Mitarbeiter wohl von ihr halten würden.

Wir begrüßten einander recht förmlich und steif, und ich versuchte mir einzureden, daß die Frau vielleicht nervös war. Sie sah allerdings nicht so aus. Ich hatte das Gefühl, eingeschätzt zu werden, mit dem Chef dieses Warenhauskonzerns verglichen zu werden. Ein bißchen kam ich mir vor wie ein neuer Boy, der sich erst bewähren muß.

Das Sekretariat hatte auch ein neues Gesicht bekommen. Es war jetzt ein richtiges Empfangszimmer, der Schreibtisch der Sekretärin stand woanders, die Aktenschränke woanders, und von dem einen Mädchen, das hier unter Sylvia Flores' Augen getippt hatte, keine Spur. Dem konzentrierten Geklapper hinter einer Trennwand entnahm ich, daß die Mädchen, die dort an den Schreibmaschinen saßen, auf engstem Raum zusammengepfercht arbeiten mußten.

Mit Erleichterung stellte ich fest, daß in meinem Büro nichts verändert worden war, obwohl Mrs. Braddock ihre Vorschläge wahrscheinlich schon parat hatte. Plötzlich wurde ich wütend, nur ein wenig. Russell sah mich an und sagte:

»Vergiß nicht, es sind sieben Wochen gewesen. Ich bin mindestens zwei Stunden täglich hier gewesen.«

»Ich weiß. Und ich bin dir dankbar. Du kennst dich in der Organisation hier wahrscheinlich besser aus als ich. In diesem Zimmer war ich immer ein wenig hilflos.«

»Die laufenden Geschäfte sind in diesen beiden dicken Aktenordnern. Nordborneo ist ein bißchen weniger geworden, aber die Vogelnestersaison fängt ja bald wieder an. Die Kedah-Flotte schien untätig herumzuliegen, also habe ich sie im Öltransport von Medan nach Südthailand eingesetzt. Genehmigt?«

»Natürlich.«

»Ich denke, hier ist alles übersichtlich und klar. Mrs. Braddock ist ebenfalls im Bilde, aber wenn du irgendwelche Fragen hast, die sie nicht beantworten kann, dann ruf mich einfach an.«

»Ich bin dir dankbar, Russell, das weißt du.«

»Spar dir deine Sentimentalitäten für später, wenn du meine Rechnung bekommen hast. Übrigens, ich habe gehört, ihr wollt euer Haus aufgeben?«

»Ja. Wir wollen etwas Kleineres. Ruth sieht sich im Moment um, aber wir spielen mit dem Gedanken, uns was Eigenes zu bauen. Irgend etwas Kleines, vielleicht in Changi.«

»Du willst also unter die Pendler gehen? Changi? Dir gehört doch schon Land da draußen!«

»Du meinst Jeffs Grundstück. Hab gar nicht daran gedacht. Wie groß ist es?«

»Ungefähr anderthalb Acres. Zu klein?«

»Nein. Das bedeutet, wir könnten sofort anfangen. Ruth ist wild entschlossen. Russell, könntest du uns einen Architekten vermitteln? Wir werden Jeffs Haus abreißen und einen Betonbau hinstellen. Ich werde morgen mit Ruth hinausfahren. Wir könnten dir gleich anschließend sagen, wie wir uns entschieden haben.«

Er sah mich an. »Erst der große Ausbruch und jetzt die Rückkehr an den häuslichen Herd, oder was?«

Es war ein etwas halbherziger Versuch, mein Vertrauen zu gewinnen. Ich sagte »ja«, kälter, als ich es eigentlich gewollt hatte, woraufhin Russell bloß mit den Schultern zuckte und hinausschlurfte. Ich hörte noch, wie er mit ziemlich lauter Stimme zu Mrs. Braddock sprach, etwa eine Minute, und es gefiel mir nicht.

Der Blick aus dem großen Fenster hob meine Laune auch nicht. Ich hatte das Gefühl, es sei viel Zeit vergangen, seit ich das Entladen der *Misuni Maru* beobachtet hatte, und als sei das Kommando über Harris & Co., das ich an mich genommen hatte, mir irgendwie wieder entrissen worden. Meine Schiffe hatte jemand anders dirigiert, und der erste Brief, den ich diktierte, war an eine mir unbekannte Person gerichtet.

Das Telefon auf meinem Schreibtisch war tot. Ich drückte auf einen Knopf der Gegensprechanlage.

»Mrs. Braddock?«

»Ja bitte, Mr. Harris?«

»Würden Sie bitte mein Telefon anschließen?«

»Oh, ich dachte, alle aus- und eingehenden Gespräche sollten über meinen Apparat gehen.«

»Ich möchte, daß mein Apparat ständig angeschlossen ist, es sei denn, ich habe etwas anderes angeordnet.«

»Selbstverständlich, Mr. Harris. Soll ich Ihnen jetzt eine Verbindung herstellen?«

»Tun Sie den Stecker rein, wählen kann ich schon selbst!«

Es war kindisch, so dazusitzen und wütend zu sein, aber so fühlte ich mich eben. Ich hatte keine Lust, mich von Mrs. Braddock an die Kandare legen zu lassen. Ich bearbeitete die Wählscheibe.

»Hallo, Schatz!« sagte Ruth.

»Du warst aber schnell am Telefon!«

»Ich hab daneben gesessen, hab nachgedacht.«

Ich erzählte ihr von dem Grundstück in Changi und von meinen Vorstellungen. Sie gefielen ihr.

»Ach, Paul. Ich hatte den leisen Verdacht, daß du mich hinhalten wolltest. Daß du an diesem entsetzlichen Erfolgssymbol festhalten wolltest. Aber ich habe mich geirrt.«

»Bedeutende Magnaten wie ich brauchen keine Erfolgssymbole.«

»Ganz recht.«

»Nach dem Lunch brauche in den Daimler. Könntest du ihn mir mit Chauffeur herschicken, so gegen zwei?«

»Das heißt, ich kann mit dem Bristol zum Bridge fahren?«

»Untersteh dich, mein Auto anzurühren! Nimm dir ein Taxi. Worüber hast du denn gerade nachgedacht?«

»Och, über uns. Und was Inspektor Kang wohl gewollt hat.«

Meine Hand hielt den Hörer nicht fester. Ruhig sagte ich: »Was hat Kang denn gewollt?«

»Das weiß ich ja eben nicht. Es war fast so etwas wie ein Höflichkeitsbesuch. Er hat eine Tasse Kaffee bekommen. Mir schien, als wollte er mehr über Jeff erfahren. Eigentlich konnte ich ihm gar nichts sagen, aber er meinte, ich hätte ihm geholfen.«

»Wieso hast du nicht angerufen und mir davon erzählt?«

»Wollte ich ja gerade, du bist mir zuvorgekommen. Er ist vor höchstens einer Viertelstunde weggegangen. Komischer kleiner Kerl. Merkwürdig, irgendwie ist er mir sympathisch.«

»Mir nicht.«

»Er ist sehr höflich. Seinen Job möchte ich nicht haben. Das habe ich ihm auch gesagt.«

»Du wirst ihn noch zum Dinner einladen!«

»Vermutlich wäre er viel interessanter als einige unserer Freunde. Wäre es nicht vorteilhaft für dich, mit einem Polizeibeamten befreundet zu sein?«

»Nicht mit Kang.«

Um zwei kam Liu mit dem Daimler, um mich vom Club abzuholen. Er hielt mir die hintere Tür auf, nahm meinen Stock und stützte meinen Arm, während ich mich hineinarbeitete. Die ganze Szene hätte eine Pantomime zum Thema Senilität sein können, selbst die Art und Weise, wie ich mich auf den Sitz fallen ließ und mein steifes Bein ausstreckte. Die Muskeln, die im Laufe des Heilungsprozesses härter geworden waren, hatten noch nicht ihre frühere Geschmeidigkeit wiedererlangt.

Ich nannte ihm die Adresse, und in gemächlichem Tempo fuhren wir los. Liu war von Ruth dressiert worden, die selbst außerhalb geschlossener Ortschaften nie schneller als fünfzig fahren wollte. Sie war nie mit dem Flugzeug gereist, außer wenn wir mit Booney einen Arzt aufsuchen wollten. Aufgrund des Zeitfaktors war es normalerweise praktisch unmöglich für mich, mit ihr zu verreisen, und das bedeutete auch, daß wir die negativen Vorzüge modernen Reisens nicht gemeinsam genießen konnten.

Wir verließen die Stadt, kamen durch die Vorstädte, wo man für Singapurer Verhältnisse zwar billig wohnen konnte, aber eben auch keine gute Adresse hatte. Einige Straßen trugen Blumennamen, und die Häuser dort drängten sich nach Licht und Luft. Die meisten waren aus Holz, fünfzig Jahre alt und von einem ausgeblichenen Grau. Liu hatte Mühe, sich zurechtzufinden, denn wir waren weitab von seinen üblichen Strecken, und während ich seinen kurzgeschorenen Hinterkopf betrachtete, beschloß ich, meine Pläne mit dem einfachen Leben in Changi nicht allzu energisch zu betreiben. So sehr wir uns auch einschränken mochten, wir würden noch immer Goldfisch, die Nummer zwei, den Koch, einige Gärtner und Liu behalten müssen. Sie alle müßten untergebracht werden, und in vier Fällen auch die Familie. Ruth würde erkennen müssen, daß wir nicht allein, sondern mit einer großen Gemeinde umziehen würden, es sei denn, sie wäre bereit, selber die Wäsche zu waschen, und das hielt ich für sehr unwahrscheinlich.

»Diese Straße da, Liu. Dort oben!«

»Jawohl.«

Einmal im Jahr machte ich diese Pilgerreise zu Sylvia Flores' Mutter. Zu Weihnachten schickte ich ihr nicht ein Geschenk, sondern brachte es ihr persönlich vorbei, und es gab immer einen formellen Empfang, der zwanzig Minuten dauerte und bei dem Earl-Grey-Tee serviert wurde. Heute würde die Spitzendecke nicht auf dem Tisch liegen, denn meine Ankunft fiel in die Zeit der mittäglichen Siesta.

Liu half mir bis zum Tor, hinter dem einer dieser kleinen, sehr versteckten Gärten lag. Ich ging allein den Pfad hinauf und stieg langsam die Stufen zur Veranda hoch. Als ich klingelte, passierte lange Zeit überhaupt nichts, nur eine siamesische Katze in einem Korbstuhl auf der Veranda starrte mich an. Plötzlich ging die Tür auf.

Mrs. Flores hatte, wenn ich auf Besuch kam, immer ein Korsett getragen, und obgleich es ein ziemlich großes Modell war, hatte man immer eine gewisse Form erkennen können. Heute war nichts zu erkennen. Ihr Körper unter einem weiten, graubraunen Morgenmantel war unförmig. Sie hatte graues Haar mit ein paar schwarzen Strähnen, schwarze Augen und eine stumpfe, bräunliche Haut. Ihre Stimme hatte den Singsang der Waliser.

»Ach du meine Güte! Ach du meine Güte! Sie sind's, Mr. Harris. Ich bin nicht angezogen. Ich bin gar nicht vorbereitet.«

»Ich weiß. Ich bitte um Entschuldigung, daß ich unangemeldet vorbeischaue. Aber eigentlich wollte ich Sie unter vier Augen sprechen, ohne Sylvia.«

»Ohne Sylvia. Aber wieso ohne Sylvia?«

»Man könnte sagen, es geht um Geschäftliches. Müssen wir hier draußen stehen?«

»Um Gottes willen, nein. Treten Sie ein, Mr. Harris! Ich lasse Sie doch nicht auf der Veranda stehen, Mr. Harris. Die Leute hier sehen alles, wissen Sie. Immer beobachten sie einen. Es ist kein schönes Viertel, Mr. Harris. Keine Gegend für Sylvia. Besser wäre eines dieser kleinen Appartements in der Nähe des Zentrums. Sylvia sagt, sie sind zu teuer. Aber inzwischen denke ich, daß wir bald umziehen. Vielleicht ziehen wir ja bald um.«

Die Luft im Innern stand, als würde während der Hitze nie ein Fenster aufgemacht. Es roch schwach nach Essen, nach scharfen Curry-Gerichten.

»Hier entlang, Mr. Harris.«

Mrs. Flores öffnete einen Fensterladen, und Licht fiel in das Zimmer, vollgestellt mit Reminiszenzen eines unruhigen Lebens, jedes Stück wie ein kleines Symbol eines exzentrischen Ehrgeizes, der allmählich versickert war. Da war ein viktorianischer Schaukelstuhl, ein defektes Grammophon und ein Mahagoniklavier. Chinesische Vasen mit vertrocknetem Federgras standen herum, und in einer Ecke war eine Cocktailvitrine, die offenstand, so daß man die Gläser und die spiegelglatte Oberfläche sah.

»Setzen Sie sich auf das Sofa, Mr. Harris, ich glaube, das ist der beste Platz.« Sie selbst nahm den Schaukelstuhl, legte die gefalteten Hände in den Schoß und sagte, um nicht ängstlich zu erscheinen, beinahe pathetisch: »Nun?«

»Ich finde es sehr schade, daß Sylvia nicht mehr bei uns ist, Mrs. Flores.«

»Ja, ich weiß. Das hab ich auch gesagt. Nach all diesen

Jahren einfach wegzugehen. Ich hab gesagt, wie kannst du nur, Mädchen, wie kannst du nur! Ich bin ja eine alte Frau, sie hören nicht auf einen. Die jungen Dinger hören einem heutzutage nicht mehr zu. Sie hören nicht auf Alte. Ach Gott, was rede ich da. Sylvia ist so gut zu mir. Sie ist eine rücksichtsvolle Tochter, Mr. Harris.«

»Natürlich, Mrs. Flores. Aber Sylvia kann doch nicht einfach aufhören, ohne daß ich mich erkenntlich zeige für das, was sie in all den Jahren für Harris & Co. getan hat. Ich weiß, mein Bruder würde das nicht anders sehen.«

»Ihr Bruder! Ach, was für eine Tragödie! Sylvia hat geweint. Sie sagt, er ist ein Freund ...«

»Ja. Mrs. Flores, ich habe hier einen Scheck, er ist für Sie gedacht. Bitte betrachten Sie ihn als etwas, was von uns beiden kommt.«

»Ein Scheck? Sie meinen, Geld? Ach du meine Güte, Mr. Harris. Ich kann mir nicht vorstellen, daß Sylvia Geld annimmt. Was sie bekommt, das hat sie sich erarbeitet. Sie ist eben so. Sie ist immer ...«

»Ich habe ihn auf Ihren Namen ausgestellt. Ich dachte, Sylvia könnte Einwände haben. Ich möchte, daß Sie ihn behalten, als eine Art Reserve.«

»Ach, ich weiß nicht. Sehen Sie ... wir haben Geld, Mr. Harris.«

»Ich verstehe nicht ganz.«

»Tja, auch für mich kam es überraschend. Ich wußte gar nichts davon. Fünftausend Dollar, Mr. Harris. Sylvia hat sie heimlich für mich zusammengespart, in all den Jahren. Sie hat nie etwas gesagt, bis sie die fünftausend Dollar zusammenhatte. Ich sollte damit in die Heimat fahren, wissen Sie. Nach England, Mr. Harris. In Südengland wohnen Cousinen von mir. Ich habe sie lange nicht gesehen, lange, sehr lange nicht. Und ich sollte wegen meiner Gesundheit fahren. Singapur ist nicht gut für mich, verstehen Sie. Ich vertrage die Feuchtigkeit nicht. Es ist nicht wie in Indien. Ich war viele Jahre in Indien. Hier ist zuviel Meer, und deswegen ist es so feucht. Und darum hat Sylvia das Geld zusammengespart. Heimlich.«

»Na gut, Sie können den Scheck doch dazulegen.«

»Ach du meine Güte, ich weiß nicht, was sie dazu sagen würde, wenn sie es erfährt. Sehen Sie, Mr. Harris, Sylvia ist ein bißchen verbittert. Es gefällt mir nicht, wie sie manchmal redet. Sie hatte ja leider Pech mit ihrem Zukünftigen...«

»Mit wem?«

»Mit ihrem Freund, Mr. Harris. Ein junger Mann, in guter gesellschaftlicher Position. Aus Java. Sehr aufmerksam war er. Aber er ist weggegangen. Sie hat keine Briefe von ihm bekommen. Nicht einen Brief. Sie brauchte eine Veränderung, Mr. Harris. Deshalb hat sie bei Ihnen aufgehört. Ich glaube, ihr Herz war gebrochen.«

Aus Java! Im Zimmer war es sehr stickig. Nirgendwoher kam frische Luft. Sylvia hatte fünftausend Dollar, von denen ihre Mutter nichts wußte, und ein Mann, der sehr aufmerksam gewesen war, hatte sich plötzlich abgesetzt.

Ich saß ganz ruhig da, sah zum Fenster, die Spitzengardinen hingen ohne die leiseste Bewegung da. Sylvia hatte für Jeff und mich als Sekretärin gearbeitet, und es gab nicht viel, was sie nicht wußte oder sich nicht zusammenreimen konnte.

»Ach, Mr. Harris, vielleicht sollte ich von all diesen Dingen nicht sprechen. Von Sylvias Freund. Aber...«

»Stimmt, du hättest nicht von ihm sprechen sollen, Mutter!« sagte Sylvia.

Ich mußte den Kopf umdrehen, um sie zu sehen. Sie stand in der Tür, in der Hand eine Basttasche voller Obst und Konservendosen. Sie trug ein dunkelblaues Kleid, das ihr nicht stand, und ein bestimmtes Grau unter dem Make-up ließ sie irgendwie alt aussehen.

Sie stellte die Tasche auf einem Tisch ab.

»Mutter, laß uns bitte allein.«

»Sylvia, ich wollte doch nur...«

»Geh!«

Ich stand auf. Sylvia lehnte sich an die Tür, die sie zugemacht hatte, eine Hand noch auf dem Türgriff. Ihre Augen wirkten riesig im sehr schmalen Gesicht.

»Einen Teil habe ich noch gehört«, sagte sie. »Nicht alles. Das über meinen Freund. Schade, daß ich dazwischengekommen bin. Mutter hätte es Ihnen ruhig sagen können. Sie muß vergessen haben, daß ich heute nur halbtags arbeite. Was hat sie Ihnen denn sonst noch erzählt?«

»Ihre Mutter hat mir gesagt, Sie hätten ihr plötzlich mitgeteilt, daß Sie fünftausend Dollar zusammengespart hätten.«

Sylvia lächelte. Es war kein schöner Anblick.

»Und Sie glauben es nicht? Sie glauben nicht, daß jemand, der zwölf Jahre in Ihrer Tretmühle geackert hat, fünftausend Dollar zusammensparen kann?«

»Ich habe mich gefragt, welche Rolle der Mann aus Java dabei gespielt hat.«

Sie lachte und preßte die freie Hand an ihren Rock.

»Ach ja?«

»Sylvia...«

»Jetzt, wo ich bei Ihnen aufgehört habe, ist es also Sylvia. Danke vielmals, Mr. Harris!«

»Haben Sie diesem Freund erzählt, daß ich nach Kuantan fahren wollte?«

»Sie haben also mich im Verdacht? Ist das nicht komisch?«

Sie ging wieder zu dem Tisch, öffnete eine Schachtel, nahm eine Zigarette heraus und zündete sie mit einem silbernen Feuerzeug an, das sie, wie ich mich erinnerte, einmal von Jeff bekommen hatte. Ihre Hände zitterten, doch sie versuchte nicht, es zu verbergen. Sie sah mich an.

»Ja, ich habe es meinem Freund erzählt. Aber Sie werden kein schriftliches Geständnis bekommen, Mr. Harris. Und Sie haben keinen Beweis. Nicht den geringsten. Sie sehen enttäuscht aus, Sie können das bei einer langjährigen, treuen Mitarbeiterin nicht verstehen. Im Geschäftsleben muß man sich auf eine Sekretärin verlassen können, auf ihre Diskretion und Loyalität und so weiter, nicht wahr? So, wie Sie sich auf mich verlassen haben. Aber nicht wirklich, weder Sie noch Ihr Bruder. Glauben Sie, ich bin blöd? Glauben Sie, ich habe nicht gemerkt, daß Ihre Unterhaltungen aufhörten, wenn Sie mit Ihrem Bruder im Büro waren und ich plötzlich eintrat? Sie waren höflich zu mir. O ja, sehr höflich. Höflichere Chefs hätte ich mir nicht vorstellen können. Absolut nicht. Und zu Weihnachten immer ein Geschenk. Es war eine gute Stellung. Ich hätte dankbar sein sollen und euch weitere zwanzig Jahre loyal dienen sollen, euch miesen Typen!«

Ich stand bloß da. Ihr Gesicht war verzerrt.

»Glauben Sie, ich habe nicht Bescheid gewußt, Mr. Harris? Glauben Sie, ich weiß nicht, daß immer dann, wenn es um etwas Wichtiges ging, mir nichts gesagt wurde? Sie haben die Tür sorgfältig verschlossen. Eine große, dicke Tür. Es ist ein altmodisches Gebäude mit dicken Türen, hinter denen man ungestört reden kann. Die Architekten haben bestimmt gewußt, daß die Geschäftsleute dort eurasische Sekretärinnen beschäftigen, nicht wahr, Mr. Harris? Die Eurasierin ist so fremdartig, daß man selbst nach Jahren noch nicht weiß, woran man mit ihr ist. Man weiß nie genau, wo ihre Loyalitäten wirklich liegen, stimmt's? Am besten, man hat große, dicke Türen.«

Jetzt weinte sie, ohne es zu merken, Tränen rollten über ihre Wangen, aber sie kümmerte sich nicht darum. Ihre Wut hatte sich nicht allmählich entwickelt, dafür war keine Zeit. Ich fühlte mich fast hilflos bei dieser Attacke, dieser ungeheuren Verbitterung dahinter.

»Fünftausend Dollar. Wissen Sie, warum ich sie genommen habe? Weil ich Sie hasse. Und ich habe Ihren Bruder gehaßt und all die höfliche Freundlichkeit. Was glauben Sie, wer ich bin? Was glauben Sie, was für ein Leben ich hier in diesem verfluchten Haus mit meiner Mutter führe? Haben Sie sich das mal gefragt? Nein, nein. Warum auch. Was ist schon interessant am Leben eines Menschen wie mir. Meine Welt ist nicht Ihre oder sonst jemandes Welt. Wir haben keine Welt, wir Eurasier. O ja, wir können uns großartig etwas vormachen, wie meine Mutter. Ich habe sie gezwungen, Farbe zu bekennen. Ich habe gesagt, hier hast du Geld, jetzt kannst du zu deinen Verwandten nach England fahren, in deine Heimat. Und was sagt meine Mutter? Nichts sagt sie, Mr. Harris. Sie schaut mich erschrocken an, weil sie in Südengland gar keine Verwandten hat, keine Cousinen. Sehr viel wahrscheinlicher, daß ihre Cousinen in der Gegend von Madras leben, aber sie spricht nicht von ihnen. O nein! Sie fährt nirgendwohin mit dem Geld, Mr. Harris, weil sie nirgendwohin fahren kann. Weder sie noch ich. Nicht einmal in das neue Wohnviertel könnten wir ziehen. Wir sind dort unerwünscht.«

Sylvia Flores stand noch immer da, von Schluchzern geschüttelt, und sah mich an.

»Und da kam dieser Freund aus Java. Die ganze Zeit wußte ich, daß ich mir was vormachte. Wir sind in eine dieser Traumwelten hineingetanzt. Ein Holländer, habe ich mir gesagt. Ein bißchen holländisches Blut vielleicht, nicht viel. Aber genug für jemand wie mich. Sehen Sie, so dumm bin ich gewesen!«

Sie zog einen Stuhl heran und setzte sich.

»Was haben Sie da in der Hand, Mr. Harris? Geld für meine treuen Dienste? Darf ich mal sehen?«

»Sylvia, es ist für Sie.«

Sie lächelte.

»Oh, der Herr ist zu gütig!«

Sie nahm den Scheck, las, was darauf stand, und zerriß ihn dann in viele kleine Schnipsel, die sie in einen Aschenbecher legte. Dann sah sie mich wieder an, mit zerfurchtem, verbittertem Gesicht, an dessen Züge ich mich nicht erinnerte.

»Auf uns ist kein Verlaß, Mr. Harris. Wie klug von Ihnen, mir nicht Ihre Geheimnisse anvertraut zu haben. Wir sind zu emotional, glaube ich. Womöglich bilden wir uns bloß ein, daß wir schlecht behandelt werden. Vielleicht sollten wir Höflichkeit unbesehen akzeptieren. Ihr Instinkt war sicher ganz richtig. So ein Dummchen, das zuviel weiß, kann ja sehr gefährlich werden. Und jetzt verschwinden Sie! Hauen Sie ab!«

Erst als ich wieder im Daimler saß und das Viertel, dessen Straßen zum Teil nach Blumen benannt sind, verlassen hatte, war ich imstande, den Blick über Sylvia Flores' Schmerz und Verbitterung hinaus zu richten. Sie hatte mich beinahe in den Tod geschickt. Und sie muß sehr wohl gewußt haben, was sie tat. Und Jeff hatte sie auch gehaßt.

Dann fiel mir Kang ein. Der Inspektor würde sich eine Aussage schon zu verschaffen wissen. Aber ich konnte und wollte es nicht. Sollte Kang seine eigenen Spuren verfolgen.

Es war merkwürdig, wie erschöpft ich mich fühlte, als sei von all der Wut über Jeffs Ermordung nichts mehr übrig geblieben. Mehr oder weniger hielt ich noch immer an dem Gedanken fest, daß es reichte, daß Sorumbai erschossen auf der Straße lag, die Schuld war beglichen. Mehr brauchte es nicht, und was Kang im Krankenhaus von Penang gesagt hatte, war unrealistisch. Ich konnte nicht akzeptieren, was er vermutet hatte, und Gefühle in mir zulassen, vielleicht wegen der langen Zeit physischer

Hilflosigkeit. Ich war aus der Krankheit hervorgegangen mit dem Körperbewußtsein des Rekonvaleszenten, mit der leichten Verdrießlichkeit und Gereiztheit dessen, dem die Bewältigung des Alltags noch etwas schwer fällt. Das Minimum war genug, ich wollte nicht noch mehr davon.

Mittlerweile fühlte ich mich sogar in Ruths Daimler wohl, es war ungeheuer bequem, die Fenster waren geschlossen, die gewünschte Temperatur stellte ich an einem Knopf ein, und alles andere überließ ich dem Chauffeur.

Wir gewöhnen uns schneller, als wir für möglich halten würden, an den Tod eines Menschen, und in der Erinnerung wird auch die größte Liebe ein Stück weit weggerückt. Jeff war für mich schon zu einer Art Denkmal erstarrt, und wenn ich ehrlich war, dann wußte ich, daß ich es so wollte. Ich wollte an der Vorstellung festhalten, daß für seinen Tod bezahlt worden war und daß ich daher mit dem Alltag weitermachen konnte, mit dem Alltag, der sich zwangsläufig herstellt und alles überdeckt.

Ruth und ich hatten vor, uns in Changi ein Haus zu bauen. Bald würden wir die Pläne haben und dann beim Abstecken des Fundaments zusehen. Weder Ruth noch ich hatten jemals ein eigenes Haus gebaut, es war etwas ganz Besonderes für unser Leben, ein Anfang.

Da fiel mir ein, daß ich nicht wußte, ob Kang den alten Fischer entlassen hatte. Ich mußte mich unbedingt danach erkundigen.

Der Mann an der Rezeption war ein Chinese mit glattem, schwarzem Haar und amerikanischem Akzent.

»Miss Raine wohnt nicht mehr im Hotel, Sir. Sie wohnt

jetzt in einem unserer Gartenbungalows. Wenn Sie durch diesen Rundbogen dort gehen, den Weg entlang, es ist der Bungalow ganz hinten.«

Es war ein gepflegter Garten, ohne tropischen Wildwuchs, das blaugrüne Gras kurzgeschnitten, saubere Beete mit Canna-Gras, das jetzt, im dunstigen Licht der Nachmittagssonne, seine ganze bunte Pracht offenbarte. Ein Springbrunnen plätscherte vor sich hin, und zu jedem Bungalow führte ein schmaler, asphaltierter Pfad. Sie lagen weit auseinander, versteckt hinter Buschwerk. In einem plärrte ein Radio, und ein dicker Mann, schon jetzt mit einem Glas in der Hand, blickte mir von der Veranda entgegen. Dann hörte ich das Klappern von Kates Schreibmaschine.

Das Klappern hörte nicht auf, als ich anklopfte. Sie mußte etwas fertigschreiben. Dann wurde ein Stuhl gerückt.

»Herein!«

Sie war aufgestanden, das Licht auf ihrem Gesicht fiel durch ein Fenster ohne Markise. Das Zimmer war neutral, nur durch die Schreibmaschine und die Papiere auf dem Tisch bekam es etwas Persönliches.

»Darf ich hereinkommen und mich setzen? Das Stehen fällt mir noch immer schwer.«

Ich zeigte deutlich Stock und Humpeln, und Kate sah so aus, als wüßte sie es. Sie trug eine Hose und ein weißes Hemd. Ihr Gesicht war bleich, sie wirkte älter. Sie hatte den Lippenstift abgekaut.

»Ich mußte kommen, Kate, um etwas zurückzunehmen, was ich gesagt habe.«

»Wann denn?« fragte sie, als könne sie sich viele Situationen vorstellen.

»Am Flugzeug. Das Ablenkungsmanöver.«

»Ach das. Du hast es so gemeint, es war nicht bloß ein Ablenkungsmanöver.«

Ich setzte mich hin, streckte das steife Bein aus. Mir schien, als merke sie, daß ich Eindruck schinden wollte.

»Es war unverzeihlich. Es tut mir furchtbar leid.«

»Ist nicht mehr wichtig. Aber ein bißchen neugierig bin ich, warum du ausgerechnet jetzt damit ankommst.«

»Ich weiß, wer die Information über Kuantan gegeben hat. Heute nachmittag habe ich es herausgefunden.«

»Und bis heute mittag hast du angenommen, daß ich es war?«

»Ja.«

»Vielen Dank für deine Offenheit. Wenn ich es ihnen verraten hätte, wieso bin ich dann gleich nach meiner Rückkehr zu deiner Frau gegangen?«

»Vielleicht wolltest du ganz raffiniert sein.«

»Verstehe. Aber ich habe es nicht getan, um raffiniert zu sein.«

»Das weiß ich jetzt. Aber, Kate ...«

»Ja?«

»Sieh mich nicht so an, als hätte ich etwas völlig Idiotisches gesagt. Das war es nicht, und das weißt du auch. Du hattest mich schon aufgegeben.«

»Ja.«

»Warum?«

Kate drehte sich um, trat an den Tisch und griff nach einer Schachtel Zigaretten.

»Möchtest du eine?« fragte sie.

Als ich nickte, kam sie herüber. Ich zündete ein Streichholz an, versuchte aber, als sie sich herunterbeugte, sie nicht anzusehen. Sie ging zu einem Sessel, setzte sich, zog ihre langen Beine an und legte einen Arm um die Knie.

»Bist du hergekommen, um dich zu entschuldigen oder um mich zu verhören?«

»Vermutlich beides.«

»Na schön. Du sollst deine Antwort bekommen, ich will nicht so sein. Du sagst, ich hätte dich aufgegeben. Das ist wahr. Hast du nie überlegt, was der Grund dafür gewesen sein könnte?«

»Eigentlich nicht.«

Kate lächelte jetzt wie zu sich selbst, als hätte etwas, das sie schon lange wußte, sich nunmehr bestätigt. Sie dehnte die Finger der einen Hand, betrachtete sie. Mich wollte sie nicht ansehen.

»Paul, du hast doch wohl gemerkt, daß es mir nicht leichtgefallen ist, mit dir wegzufahren. Ich mußte mich ganz schön zusammennehmen. Dieses Etikett ›Jungfer aus Cape Cod‹ hatte ich mir selbst angehängt. Kein schlechtes Etikett für mich. Aber am Ende hatte ich mich entschlossen. Ich wollte dich, koste es, was es wolle. Und dann bekam ich wieder kalte Füße. Ich hatte den Eindruck, daß das, was mir so viel bedeutete, für dich einfach nicht wichtig war.«

Zum zweiten Mal an diesem Tag wurde mir ein Spiegel vorgehalten, und das erlebt man nicht alle Tage. Kate packte aus. Alles kam zur Sprache.

Kate hatte die Nacht vor unserer Abfahrt nicht geschlafen. Sie blieb zugeknöpft bis zu dem Moment in der Gummiplantage, als ich sie in die Arme nahm. Da löste sich alles, sie wußte, es würde gut werden. Sie hatte meine Versicherung, daß ich mit ihr gekommen sei, weil ich nichts anderes wollte und an nichts anderes dachte.

»Ich habe es geglaubt, Paul. In meinem Alter hätte ich wahrscheinlich wissen müssen, daß die Gedanken eines Mannes niemals ausschließlich einer Frau gelten. Aber ich hatte nicht daran gedacht, ich habe dir einfach geglaubt. Was später auch passieren würde, Kuantan würde etwas Besonderes für uns sein. Ich lag auf meinem Bett in dem Hotel und dachte über uns nach, als der Mann mit der Pistole hereinkam. Ich hätte erschrocken sein müssen, so sehr, daß alle anderen Gedanken aus meinem Kopf verscheucht worden wären. Aber ich war es nicht. Bevor der Mann ein Wort gesagt hatte, wußte ich, warum er da war. Intuition, vielleicht. Ich wußte, daß du mich hereingelegt hattest. Wir waren nicht unseretwegen nach Kuantan gefahren, sondern weil du dort etwas zu erledigen hattest. Wenn es zwischen uns wirkliche Liebe gegeben hätte, dann hätte ich in dem Moment vermutlich Angst um dich gehabt. Aber ich habe nichts dergleichen empfunden. Ich fühlte nur, daß ich verraten worden war. Von dir. Mir war klar, daß du mich benutzt hattest. Ich war ein praktisches Verkehrsmittel gewesen.«

»Das ist nicht fair, Kate!«

»Ob fair oder nicht, ich sage dir nur, was ich in dem Augenblick empfunden habe. Irgend etwas in mir schien abzusterben. Alles, was ich in meinem Herzen aufgebaut hatte. Du konntest mich in deinen Armen halten und mir erklären, daß du eine Sache wolltest, aber im Sinn hattest du eine andere Sache. Ich fühlte mich wie betäubt von dem Gefühl, etwas verloren zu haben und es nicht wiederzubekommen. Ich wollte es auch gar nicht zurückhaben, ich wollte bloß weg. Auch der Mann mit der Pistole und das, was er gesagt hat, war mir egal. Es schien mir nicht wichtig zu sein. Ich weiß noch, daß ich einfach in dem Auto saß, die Hände auf dem Steuer, und mich wie erstarrt fühlte. Und als du die Treppe herunterkamst, hatte ich nichts zu sagen, ich wollte auch gar nichts sagen. Wahrscheinlich war das schrecklich von mir, von unseren alten Gefühlen hätten noch ein paar Schnipsel herumliegen müssen, die ich hätte auflesen können. Aber es gab keine. Vielleicht werde ich hart, wenn ich tief verletzt bin, wie in dieser Nacht. So etwas ist mir noch nie passiert, in solchen Dingen habe ich keine Erfahrung. Ich weiß nur, daß es nicht einmal zu mir drang ... was du gesagt hast, als du aus dem Auto stiegst, jedenfalls nicht in diesem Moment. Später ja, aber nicht in diesem Moment. Ich habe mich noch lange ganz starr gefühlt, Paul. Kannst du mich jetzt verstehen?«

»Ja.«

»Vielen Dank.«

Sie lächelte wieder, steif und förmlich. Es ist erstaunlich, wie schnell eine Liebe durch allzuviel Zorn zu Ende gehen kann. Man hat nur diesen Zorn im Kopf. Das kommt vor, auch wenn die Gründe für den Zorn ganz oder teilweise falsch sein mögen. Es war uns beiden passiert.

Nach einer Weile stand ich auf, und Kate erkundigte

sich höflich, wie es meinen Beinen ging. Sie hielt mir die Tür auf und machte sie nicht allzu schnell wieder zu, während ich den Pfad hinunterging.

Eine Woche später sahen wir uns auf dem Weihnachtsball der Handelskammer. Ruth hatte Halsweh und wollte in letzter Minute doch nicht mitkommen. Also ging ich allein hin, aus Pflichtgefühl. Ich konnte noch nicht das Tanzbein schwingen, doch Kate war die ganze Zeit auf dem Parkett, bis ich sie in einer Pause erwischte und zu einem Drink einlud. Daraufhin wurde es fast eine Gewohnheit für mich, in den Pausen an der Bar auf sie zu warten. Wir gingen erstaunlich locker miteinander um, und als der Abend zu Ende war, fuhr ich Kate im Bristol nach Hause.

»Bemüh dich nicht«, sagte sie vor dem Hotel. »Ach, was ich dich noch fragen wollte... Hat Ruth eigentlich von deinem Verdacht gewußt, ich hätte deinen Freunden das mit Kuantan verraten?«

»Ja. Und als ich ihr sagte, daß es Sylvia Flores gewesen war, meinte sie, sie habe schon die ganze Zeit gewußt, daß du es nicht gewesen sein konntest.«

»Nett von ihr. Sie hat mich zu eurer Cocktailparty eingeladen.«

»Na dann, ich hoffe, du kommst!«

Kate lächelte.

»Ja. Vielen Dank.«

11

Weihnachten in den Tropen ist wie ein Wein, der den Transport nicht vertragen hat – ein bißchen sauer, man kann den Preis zwar bezahlen, bekommt aber nichts Anständiges für sein Geld. Wir gaben unsere große Party immer am Boxing Day, um allen Leuten die Möglichkeit zu geben, sich von den Strapazen der letzten Tage zu erholen, wenn alle Büros noch geschlossen waren und niemand etwas anderes zu tun hatte, als sich um den Durst zu kümmern, der größer war als sonst. Vielleicht genossen unsere Parties deswegen den Ruf, etwas ganz Besonderes zu sein. Ich bestand darauf, draußen im Garten einen Weihnachtsbaum aufzustellen, so daß man, wenn man die Auffahrt hochkam, ihn schon vom Auto aus sehen konnte. Wir schmückten ihn nie mit künstlichem Schnee, nur mit Lichtern und Lametta; der Baum selbst kam aus Australien, ein richtig schönes Stück von drei Metern Höhe, per Tiefkühlfracht importiert. Er kostete mich dreihundert Dollar.

Es würde die letzte große Party in diesem Haus sein. Jeffs quasi-malaiische Bruchbude draußen in Changi war schon abgerissen, nur noch ein Haufen Bauschutt, und an ihrer Stelle wurde schon ein neuer Grundriß abgesteckt, ein großes Wohnzimmer als Mittelpunkt, davor eine breite, geflieste Terrasse, die fast bis zu den Kasuarinen am Ufer reichte.

Der Gedanke an das neue Haus gefiel mir, doch ich hing auch an dem alten mit einer Art Nostalgie, die Ruth nicht kannte. Ich wußte, dieser Garten mitten im Zentrum einer

Großstadt würde mir fehlen, dieser Ort, versteckt hinter dem Botanischen Garten und abgeschirmt von den eigenen mächtigen Bäumen, so daß man den Lärm nur hörte, von der Stadt aber nichts sah.

Es war ein uneinheitlicher Garten, voller Reminiszenzen an frühere Besitzer, ein Rosengarten war von irgendeiner längst verstorbenen Engländerin mühsam angelegt worden, und dann gab es noch einen kompletten chinesischen Steingarten, der so groß war wie eine mittlere Baustelle. Ruth fand ihn nicht sehr schön, aber mir gefiel er.

In einem chinesischen Steingarten darf man keine seltenen Pflanzen erwarten, denn er besteht nur aus Steinen und Felsen. Diese Lavabrocken müssen irgendwann einmal aus Südchina herbeigeschafft worden sein, und dann hatte man sie mit Zement zusammengebaut, stellenweise bis zu drei Meter hoch. Zwischen diesem Felslabyrinth hatte man Kiespfade angelegt. Inmitten dieses steinernen Gartens gab es nichts Lebendes, weder einen Grashalm noch eine Blume, nur das Grau von zerklüftetem vulkanischem Gestein. Es gab auch kleine künstliche Höhlen, drei oder vier davon, die größte mit einer kühlen Sitzbank aus Marmor. Hoch oben in die Felsen, außer Reichweite, waren Nischen gehauen, in denen Gipsfiguren chinesischer Götter standen, und man konnte meinen, sie seien dort aufgestellt, um einen reichen Mann zur Meditation anzuhalten, über geschäftliche Fehler womöglich.

Ein Besucher hatte einmal gesagt, in unserem Steingarten könne man das Frösteln bekommen, was für Singapur eine merkwürdige Beschreibung ist. Doch es war tatsächlich kühl dort, es gab immer viel Schatten, und man kam sich wie in einem klimatisierten Raum vor. Durch diese Felslandschaft gelangte kaum ein Lüftchen, aber die Stille hatte nichts Bedrückendes. Man hörte auch kaum ein Geräusch.

Die Party fing schon lange vor der tropischen Dämmerung an, und um fünf Uhr war die Auffahrt schon vollgestopft mit Autos, bis hoch zum Haus. Im Salon und auf den Veranden davor herrschte das kontinuierliche Stimmengewirr von dreihundert Menschen, die alle tüchtig tranken und sich langsam nicht mehr darum kümmerten, was sie sagten.

Es machte mir Spaß, Gastgeber einer so großen Gesellschaft zu sein, das Exhibitionistische daran, die Überraschungen, die man sich jedesmal neu ausdachte. In diesem Jahr hatte ich mir ausgedacht, einen großen Teil des Verandageländers abzubauen, provisorische Treppchen hinzusetzen und japanische Lampions quer über den Rasen zu spannen, bis zu einem nierenförmigen Karpfenteich, der illuminiert werden konnte, so daß man die großen Fische in rot schimmerndem Wasser sich bewegen sehen würde. Der große Weihnachtsbaum stand ganz für sich allein auf einem kleinen Torfhügel und leuchtete.

Ich wußte, daß sich bei Einbruch der Dunkelheit das allgemeine Interesse auf den Garten richten würde; inzwischen würden die Damen gesehen haben, was ihre Freundinnen anhatten, und sie wären bereit, hinauszugehen.

Wir würden den Hauptgang draußen im Freien servieren, etwas Handfestes, sehr viel mehr als die Schnittchen, die Ruth vorbereiten wollte.

Am besten gefielen Ruth die großen Parties, auf denen

sie als Dame des Hauses automatisch Sonderstatus hatte, das heißt nicht allzu viele lästige Pflichten. Sie brauchte nur herumzuschlendern, ein wenig besser angezogen als alle anderen, und konnte sich zu einzelnen Grüppchen gesellen und wieder weitergehen, ganz wie sie wollte. Sie trug ein Kleid aus blaßgrünem Taft, das nach Balmain aussah, tatsächlich aber von Miss Lottie Woo in der Bintang Road angefertigt worden war. Das Kleid war am Hals locker drapiert, sonst enganliegend und knapp über den Knien plötzlich ausgestellt. Es war passend zu Ruths Smaragden entworfen worden, einem Ensemble aus Halskette, Ohrringen und Armband, das ich ihr zu Booneys Geburt geschenkt hatte, aber jahrelang nicht mehr gesehen hatte.

Offenbar hatte Ruth im letzten Augenblick Probleme mit ihrer Frisur, denn als ich anklopfte, um vor dem Eintreffen der ersten Gäste noch einen Drink mit ihr zu nehmen, hatte sie gerufen:

»Nein, nicht reinkommen! Alles ist schiefgegangen. Ich sehe aus wie eine alte Hexe.«

Ich nahm den Drink allein. Ruth kam, als ich die ersten Gäste begrüßte und die ersten Wagentüren zugeworfen wurden; sie schwebte die Treppe herunter, als hätten drei Zofen sie stundenlang bearbeitet.

Russell Menzies kam zusammen mit Kate. Er trug einen cremefarbenen Anzug aus Japanseide, in dem er aussah, als habe er gerade erst seine nachmittägliche Siesta in einem tiefen Sessel hinter sich, und Kate hatte den Fehler gemacht, den fast jede Amerikanerin einmal in Asien macht. Sie trug einen *cheongsam* aus weißem Brokat, der sie größer und knochiger aussehen ließ, als sie eigentlich war. Und Weiß ist keine geeignete Farbe für die Tropen. Plötzlich schien Kate das klargeworden zu sein, denn außer meinen Boys und den zehn gemieteten Kellnern trug sonst niemand hier Weiß.

»Wo ist der Champagner?« rief Russell. »Nur deswegen bin ich gekommen. Gibt es welchen?«

»Wir haben alles, mein Freund.«

Russell schaute Kate an.

»Ein neuer Geist herrscht im Ausland. Die Reichen schämen sich nicht mehr, ihren Wohlstand zur Schau zu stellen. Dieser Bursche hier ist ein absoluter Snob. Unter diesem Dach, meine Liebe, ist so viel Geld versammelt, wie man es anderswo in Asien wohl nicht finden wird, Hongkong vielleicht ausgenommen.«

»Und alles Chinesen!« flüsterte Kate.

»Und durchwegs Millionäre. Sonst würden sie gar keine Einladung bekommen. Eigentlich kann Paul sie nicht leiden.«

»Nicht so laut!« sagte ich. »Hast du getrunken?«

»Ich habe meinen üblichen Aufmunterungstonic getrunken, um die ersten fünf Minuten zu überstehen. Ich muß mir auch einen Klienten vorknöpfen. Kümmere dich mal um Kate.«

Sie sah mich an.

»Ich brauche wirklich jemand, der sich um mich kümmert, Paul. Als Journalistin sollte ich eigentlich mehr Leute kennen.«

Ihre Handtasche war zu groß für das enge Brokatdings. Sie trug sie abwechselnd am rechten und am linken Arm. Dann schaute sie zu Boden.

»Ich sehe aus, als wollte ich einkaufen gehen. Ich dachte, ich würde toll darin aussehen. Ich dachte, ich bin der Typ dafür, kleiner Busen, weißt du. Aber ich bin es nicht.«

»Kate, du brauchst einen Gin.«

»Danke, kann ich gut gebrauchen. Ich bin ein erwachsenes Mädchen, aber wenn ich auf eine Party gehe, habe ich immer dieses Gefühl, ich stehe am Rand und zittere.«

»Du mußt hineinspringen. Komm! Welcher Typ Millionär würde dich interessieren?«

»Ich habe mich mit der Palmölbranche beschäftigt. Hast du jemand anzubieten?«

»Ja. De Roocher. Er hat die französischen Interessen quasi in der Hand. Er steht auf Amerikanerinnen.«

»Brauchst mich nicht zu trösten. In ein, zwei Minuten geht es mir bestimmt viel besser!«

Ich spürte aber, daß sie mich in ihrer Nähe haben wollte, also blieb ich. De Roocher befand sich noch in Begleitung seiner Frau, die, wie so viele Französinnen der Oberschicht, ausgesprochen elegant angezogen war, aber unter einer Frisur, die ihr wie eine Perücke auf dem Kopf saß, ein überraschend häßliches Gesicht hatte. Doch schließlich heiraten diese Leute aus praktischen Erwägungen, nicht aus Liebe, und das wird auch nie vergessen. De Roocher war sofort charmant, hatte nicht die geringsten Gewissensbisse, in Gegenwart seiner Frau mit anderen Frauen zu flirten. In erstaunlich kurzer Zeit hatte er es irgendwie geschafft, Kates freie Hand zu halten. Ich nahm Madame beiseite und machte sie mit dem alten Wan Win Fung bekannt, einem liebenswürdigen Salbenfabrikdirektor. Es ist nie verkehrt, Franzosen mit Chinesen bekannt zu machen, dem einzigen Volk auf der Welt, das sie neben sich als kultiviert gelten lassen.

Ich achtete auf die Uhrzeit. Bald würden die Gartenlampions aufleuchten. Ich sah mich nach Ruth um, aber es standen viele Grüppchen herum, bei denen sie versteckt sein konnte, und dann, ganz der Gastgeber, der noch einmal das festliche Arrangement im Garten inspizieren will, ging ich die Treppe hinunter zum Rasen.

Niemand war draußen, die Karpfen tummelten sich noch ungestört in ihrem Teich, nur der Baum leuchtete. Gewiß sah mich niemand, als ich im Schatten in Richtung Steingarten lief.

Unter all den zusammengebauten Lavablöcken war es plötzlich still, die Geräusche im Haus waren nicht mehr zu hören. Die Sonne war untergegangen, und das graue Licht würde nicht mehr lange bleiben. Unter meinen Füßen knirschte der frisch geharkte Weg.

Kim Sung wartete schon auf mich. Er saß in der kleinen künstlichen Höhle auf einer Marmorbank, stand auf, ein kleiner Mann mit einer breiten Brust, in Khakihose und Hemd, mit einer komischen Mütze, gepflegter, als ich ihn in Erinnerung hatte. Er grinste.

»Tuan! Wir haben uns lange nicht gesehen!«

»Viel zu lange. Wie geht es dir?«

»Sehr gut. Ich bin ein anständiger Mensch geworden.«

»Du meinst, du langweilst dich?«

»Ein wenig.«

»Ich wollte mich schon längst bei dir bedanken, wegen De Vorwooerd.«

»Keine Ursache. Der alte Mann ist wieder in Kuantan, glücklich und zufrieden.«

»Wir werden diese Route nicht wieder benutzen, Kim.«

»Ich habe mir einen anderen Weg überlegt, Tuan. Den Isthmus von Kra, nicht sehr weit südlich von Singora.«

»Mit den Thais möchte ich aber nicht gern zu tun bekommen.«

Er grinste wieder. »Die Thai-Polizei ist noch unfähiger als die malayische. Besonders dort oben. Es ist eine unzugängliche Gegend. Wir würden Träger benötigen, aber wir könnten es schaffen.«

»Sprichst du von dem Zeug, das in Johore versteckt ist?«

»Nein, Tuan. Das werde ich mit dem Schiff transportieren. Mit den Patrouillenbooten sieht es im Moment ganz gut aus.«

Ich sah Kim an. Ich konnte ihn gut leiden, und er mich wohl auch.

»War es dumm von mir, daß ich dir vorgeschlagen habe hierherzukommen?«

»Nein, Tuan. Es war eine hervorragende Idee. Besonders, wenn ich an die Polizisten am Gartentor denke.«

»Was?«

»Ja, sie hängen dort herum.«

»Meinst du Kang?«

»Nein, nicht ihn. Er ist ein zu hohes Tier. Seine Jungs. Ein ganzer Pulk.«

»Aber sie haben mich seit meiner Rückkehr aus Penang nicht mehr überwacht. Kang hat gesagt, er will mich nicht mehr beobachten lassen.«

»Er muß Parties wohl verdächtig finden.«

»Wie bist du denn reingekommen, Kim?«

»Ganz einfach. Als Chauffeur. Mit einem Mietwagen meines ehrenwerten Cousins Tong Fatt.«

»Ich wußte gar nicht, daß du Auto fahren kannst.«

»Schiffe liegen mir mehr«, sagte Kim und lachte.

Was er mir zu sagen hatte, dauerte fünf Minuten. Dann gab ich ihm das dicke Bündel Geldscheine, das der eigentliche Grund für unser Treffen war. Kim steckte das Bündel in die Hemdentasche, wo es eine deutlichere Beule verursachte als in der Innentasche meines Anzugs.

»Bleib gesund, Tuan!« sagte er und drehte sich um.

Ich sah zu, wie er hinter einem dieser vorspringenden Felsen verschwand. Ich hatte mich gerade etwas bewegt, als ich ein Geräusch wie das Plopp eines Korkens hörte, der aus einer Weinflasche gezogen wird. Die Kugel pfiff dicht an meinem Ohr vorbei, ich hörte sie. Sie traf den Felsen und prallte nach oben.

Mein erster Gedanke: die Höhle! Jemand, der eine Pistole mit einem Schalldämpfer hatte, hielt sich irgendwo in diesem Labyrinth auf. Ich hatte keine Waffe dabei. Ich durfte kein Ziel mehr bieten. Es wurde dunkel. Ich konnte warten.

Doch ich wartete nicht. Ich lief den Weg entlang, um eine Felsenecke, und meine Beine schmerzten. Ich war nicht sicher, woher die Kugel überhaupt gekommen war. Der Schall hier konnte einen leicht täuschen. Ich hatte kein Mündungsfeuer aufblitzen sehen.

Dann sah ich Goldfisch. Er stand dort, wo der Weg breiter wurde, in seinem langen, weißen Gewand, die

Augen fielen ihm fast aus dem Kopf, er glotzte mich an. Ich konnte nicht genau seine Gesichtsfarbe erkennen, sah nur, wie er dort stand, starr und erschrocken.

»Du...«, sagte ich. »Wie...?«

Seine Hände waren leer. Ich trat vor ihn und tastete ihn ab. Keine Ausbuchtung.

»Was hast du gesehen?« Ich schüttelte ihn, hielt ihn an den Schultern fest. »Was hast du gesehen?«

»Tuan! Tuan!«

Seine Stimme war wie ein leises Echo. Er zitterte.

»Du mußt doch etwas gesehen haben! Sag's mir!«

»Nein. Nichts. Nichts.«

Er fing an zu weinen, jämmerlich zu heulen. Mir schien, als könnte er kaum stehen, als würde er, wenn ich meine Hände wegnähme, sofort zusammenbrechen.

Goldfisch konnte es nicht gewesen sein. Er hatte nicht den Mut. Ich war mir sicher. Er konnte aber etwas gesehen haben. Wenn ja, hatte es jedoch keinen Zweck, es jetzt aus ihm herausholen zu wollen. Er jammerte in einem fort.

»Wir sprechen uns später«, sagte ich.

Ich ging weiter, hatte Angst. Ich schwitzte.

Es hatte keinen Zweck, mich hier umzusehen; bald würde es ganz dunkel sein, und es gab zwanzig Pfade in diesem Labyrinth und noch andere kleinen Höhlen. Der Mann mit der Pistole war bestimmt weggelaufen, während ich auf Goldfisch eingeredet und ihn geschüttelt hatte. Wie idiotisch von mir!

Eine Pistole mit Schalldämpfer war nicht klein. Wie war es bloß möglich, ein solches Ding auf eine Party mitzubringen?

Geräusche drangen wieder an mein Ohr, der Lärm von vielen Menschen. Die Lampions leuchteten, und alles war so, wie ich es mir vorgestellt hatte: das Haus und die Terrassen hell, der Garten davor in sanftes Licht getaucht. Sehr effektvoll. Anscheinend waren alle Gäste hinaus auf den Rasen getreten.

Ich zog mein Taschentuch heraus und wischte mir zuerst die Hände ab, dann das Gesicht. Ich blieb nicht lange im Schatten stehen, wollte Menschen um mich haben. Ich beschloß, nichts zu sagen, was würde es mir jetzt schon nützen, und ich wollte auch nicht, daß Ruth etwas erfuhr. Sie sollte sich nicht noch mehr aufregen.

Ruth kam auf mich zu, als hätte sie mich gesucht.

»Paul! Ich habe Goldfisch nach dir suchen lassen. Wie merkwürdig, daß du um diese Zeit im Garten herumspazierst. Und ich hoffe doch, allein!«

»Ja, ich habe nur mal Luft geschnappt.«

»Ich wußte nicht, was ich mit den Lampions machen sollte. Also habe ich sie anmachen lassen.«

»Das war richtig.«

»Paul, du siehst so merkwürdig aus. Macht es dir keinen Spaß?«

»Doch. Sehr.«

Sie lachte. »Ich glaube, unsere Gäste werden wir nicht so schnell wieder los. Ich habe jemand sagen hören, daß man auf dem Rasen bestimmt gut tanzen könnte. Sollen wir einfach weitermachen, den Plattenspieler anstellen? Wir könnten einen Lautsprecher auf die Veranda stellen.«

»Warum nicht.«

»Paul, ist wirklich alles in Ordnung mit dir?«

»Ich habe ein bißchen Kopfschmerzen. Ich sollte vielleicht eine Tablette nehmen.«

Ruth legte eine Hand auf meinen Arm. Sie lächelte.

»Du hast zuviel getrunken.«

»Einen schweren Kopf bekommt man erst am nächsten Morgen, weißt du das nicht? Ich bin gleich wieder unten. Sie können den Lautsprecher ruhig rausstellen, wenn du willst.«

»Bleib nicht so lange weg! Du weißt, ich kann nur dann die Gastgeberin spielen, wenn ich dich irgendwo stehen sehe.«

»Bin gleich wieder da.«

Ich ging in das Bad, das gleich neben meinem Schlafzimmer lag, und selbst dorthin verfolgten mich die Partygeräusche. Ich war gar nicht böse darüber. Am allerwenigsten hätte ich jetzt ein leeres Haus gebrauchen können, einen stockdunkel daliegenden Garten. Ruth hatte recht, man konnte ein Haus haben, das zu groß war und auf einem zu großen Grundstück lag.

Ich schwitzte, das Hemd klebte mir am Leib. Ich nahm eine Dusche und zog mir frische Sachen an. Dann nahm ich die Kopfschmerztabletten.

Sollte ich die Sache weiterhin für mich behalten? Zumindest heute abend. Es hätte keinen Sinn, jemandem etwas zu erzählen. Ein Geflüster könnte unter den Gästen die Runde machen, und es gab tausend Gründe, warum ich das nicht wollte.

Ich dachte an Jeff, während ich vor dem Spiegel stand und mich kämmte. Schon als die Party anfing, hatte ich an ihn gedacht, mich daran erinnert, was unweigerlich passierte, wenn er uns auf einer Gesellschaft wie der heutigen besuchte. Sehr bald saßen dann in einer Ecke ein paar Geschäftsleute zusammen, in ein angeregtes Gespräch über Absatzmärkte vertieft. Ruth hatte gesagt, er sei einfach kein geselliger Mensch und könne Europäerinnen nicht leiden, könne mit ihnen nicht umgehen. Wahrscheinlich hatte sie gar nicht so unrecht.

Aber ich hätte mit Jeff sprechen können, ihm etwas aufbürden können und hätte seine Ratschläge befolgt. Ich hatte mich noch immer nicht daran gewöhnt, allein mit den Dingen fertigwerden zu müssen.

Ich ging nach unten. Die Musik hatte schon angefangen, noch leise, eine Aufforderung, aber niemand tanzte. Es war schön dort draußen unter den Lampions, und auch mein illuminierter Teich gefiel allen. Kate und Russell standen dort, allein auf einer Seite, obwohl auf der anderen Seite viele Leute standen.

Kate sah mich an.

»Deine Karpfen mögen keine Käsestangen oder geräucherten Lachs. Was fressen sie denn so?«

»Rote Ameiseneier.«

»Sonst nichts?«

»Nur das.«

»Ich glaube«, sagte Russell, und seine Stimme schwankte schon etwas, »sie können diesen ganzen Rummel nicht leiden. Diese armen alten Fische. Sie sind doch alt, oder?«

»Der größte war gerade vierzig geworden, als ich ihn kaufte.«

»Vierzig Jahre lang Ameiseneier«, sagte Russell. »Wo

ist denn der Champagner geblieben? Wenn du ein richtiger Bourgeois wärst, würdest du roten Champagner auffahren. Dieser hier ist nicht rot. Und wie sieht's mit den Damen aus?«

»Sind auch nicht richtig bourgeois.«

Russell bewegte sich, er war ein gewichtiger Mann und selbst nüchtern nicht immer sicher auf den Beinen. Jetzt hatte er schweren Seegang.

»Kein roter Champagner. Kein Niveau, alter Junge, kein Niveau! Aber deine Lampions sind hübsch. Sehr hübsch.«

»Russell hat ziemlich getrunken«, sagte Kate, nachdem er sich entfernt hatte.

»Das tut er immer. Hast du auf ihn aufgepaßt?«

»Die meiste Zeit. Ich muß immer an die Heimfahrt in seinem Citroen denken.«

»Russell hat in der letzten Zeit viel von dir zu sehen bekommen.«

»Aus reiner Freundlichkeit. So ist er halt. Er findet, daß ich nicht genug von der Welt gesehen habe. Vielleicht. Ach, Paul! Dieses Kleid ist unmöglich. Man kann sich nicht hinsetzen, ohne daß man die Schenkel entblößt. Keiner hat mir das gesagt.«

»Du hast es doch oft gesehen.«

»Ich dachte, es gäbe auch anständige Modelle zu kaufen, aber die gibt es nicht. Werden nicht hergestellt, man könnte sich in ihnen ja auch gar nicht bewegen.«

»Du kannst dich doch sehr gut bewegen«, sagte ich, mit einem Blick auf sie. »Wenn's sein muß, auch schnell.«

»Was meinst du denn damit? Ich muß doch nicht wegrennen. Niemand ist hinter mir her. Glaubst du, meine Zeitung wäre an ein paar Zeilen über diese Party interessiert?«

»Nein.«

»Ich auch nicht. Palmöl ist nicht sehr spannend. Ich könnte über steinalte Karpfen schreiben, die Ameiseneier fressen. In dieser lockeren Sprache, die wir uns alle angewöhnt haben. Ach, Paul, du kannst mich nicht leiden, stimmt's?«

»Kate!«

»Ist schon gut. Niemand sieht her. Ich habe auch zuviel getrunken. Man wird wehmütig, sehnt sich nach dem, was man verpaßt hat. Ich könnte mich irgendwo hinhocken und still vor mich hin heulen. Ich sollte keinen Champagner trinken. Whisky macht mir nichts aus, vielleicht weil er mir absolut nicht schmeckt.«

»Bald gibt es was zu essen. Du solltest was Handfestes in deinem Magen haben.«

»Oh, sieh mal! Sie fangen an zu tanzen. Auf dem Rasen. Ist das nicht toll? Ich habe noch nie auf Gras getanzt. Wenn ich es jetzt wollte, müßte ich zuerst diese Handtasche loswerden.«

»Ja, gib sie mir.«

»Nein. Nein, ich werde vorher kurz reingehen, mich wieder herrichten. Ein Mädchen braucht das. Byebye!«

»Bis später, Kate. Der erste Rumba gehört mir!«

Sie kicherte.

»In diesem Kleid?«

Es ist ein eigenartiges Gefühl, auf der eigenen Party herumzugehen, sich mit den Gästen zu unterhalten und sich die ganze Zeit zu fragen, ob einer von ihnen aus einer großen Pistole mit aufgesetztem Schalldämpfer einen Schuß auf dich abgegeben hat.

Ich war noch nie in Kangs Büro gewesen, genauer gesagt noch nie auf einem Kommissariat gewesen. Die Einrichtung wirkte nicht benutzerfreundlich. Die Möbelstücke waren Hinterlassenschaften früherer Generationen von Gesetzeshütern, und der Stuhl, der mir angeboten wurde, war außerordentlich hart.

Kang saß hinter seinem Schreibtisch und beobachtete mich, während ich redete. Wie er dort saß, die Ellbogen auf die Tischplatte gestützt und die Fingerspitzen aneinandergelegt, sah er noch weniger als sonst wie ein Polizist aus. Er hätte ein Lehrer sein können, der einem Schüler zuhört.

»Ich verstehe nicht, warum Sie mein Haus von einem Polizeiaufgebot haben bewachen lassen«, sagte ich schließlich. »Haben Sie mit etwas Derartigem denn gerechnet?«

»Ich dachte, die Party könnte eine Gelegenheit sein. Ich muß allerdings zugeben, daß ich nicht an eine Pistole mit Schalldämpfer gedacht habe.«

»Sie haben also geglaubt, Ihre Leute wären schneller bei meiner Leiche als irgend jemand sonst?«

Kang lachte. Er fand das echt witzig.

»Sie sollten in Ihrer Nähe sein, falls tatsächlich etwas passiert wäre. Ich will es mal so ausdrücken.«

»Vielen Dank. Großen Schutz scheint mir dieses Arrangement aber nicht zu bieten.«

»Mr. Harris, wenn ich angerufen und Sie gebeten hätte, meine Leute auf das Grundstück zu lassen und ihnen zu gestatten, sich unter die Gäste zu mischen, was hätten Sie mir wohl geantwortet?«

»Ich hätte nein gesagt.«

»Ich bin überrascht, wie maßvoll Sie sich heute vormittag ausdrücken. Aber es muß doch enervierend sein, wenn man beschossen wird, oder?«

»Ein wenig.«

»Und was war mit diesem Diener?«

»Ich habe hinterher mit ihm gesprochen. Er hat überhaupt nichts gesehen. Meine Frau hatte ihn losgeschickt, um nach mir zu suchen. Das war der einzige Grund, warum er dort stand.«

»Aha. Sie kennen seine Vergangenheit?«

»Tja, er hat sein Lebtag als Diener gearbeitet. Der beste, den wir je gehabt haben. Meinem Sohn und meiner Frau treu ergeben.«

»Ja. Er hat nichts gesehen. Hat er den Schuß gehört?«

»Den Knall, mehr nicht. Ich muß sagen, er war zu Tode erschrocken. Als er heute morgen das Frühstück auftrug, sah er noch immer ganz elend aus.«

»Eine schreckliche Sache für einen treuen Hausdiener.«

»Inspektor, Sie sagen nicht alles, was Sie wissen. Sie verschweigen mir etwas. Russell Menzies glaubt das übrigens auch.«

»Na ja, Anwälte sind von Natur aus mißtrauisch. Ich verheimliche Ihnen nichts, Mr. Harris. Wenn ich mehr wüßte, könnte ich eine Verhaftung vornehmen.«

»Na schön, dann verheimlichen Sie mir irgendeine Vermutung.«

»Da haben Sie recht. Ich muß sie für mich behalten, denn ich habe keine schlagenden Beweise. Nichts, was dem nahekäme. Mr. Harris, gehe ich recht in der Annahme, daß sich Ihre Meinung über mich ein wenig geändert hat?«

»Ja.«

»Lassen Sie das Pendel nicht allzusehr nach der anderen Seite ausschlagen! Wir arbeiten oft im dunkeln, tasten uns vor. Falls Sie glauben, ich hätte ein klares Bild von einer Sache, über die ich nicht rede, dann haben Sie sich getäuscht. Ich habe absolut kein klares Bild. Man könnte sogar sagen, der einzige Grund, warum meine Leute vor Ihrem Gartentor standen, war eine Ahnung. Wenn meine Vermutung zutraf, dann würde die Party eine gute Gelegenheit für einen Mörder bieten. Wußten Sie übrigens, daß Kim Sung dort war?«

Ich sah ihn an.

»Würden Sie den Dienst quittieren, Inspektor, wenn ich Ihnen das Angebot machte, bei mir als Geschäftspartner einzusteigen?«

Er lehnte sich zurück und lachte. Dann nahm er die alte Haltung wieder ein, legte die Fingerspitzen zusammen.

»Sie waren in dem Steingarten nicht als der erschöpfte Gastgeber, der Luft schnappen wollte, sondern um sich dort mit Kim Sung zu treffen.«

»Ich lege alle Karten auf den Tisch, alle!«

»Vielen Dank. Kim Sung könnte geschossen haben.«

»Woher wußten Sie, daß er da war?«

»Es gab nur drei Mietautos. Wir haben die Fahrer überprüft. Es war ganz einfach.«

»Alles ist so furchtbar einfach. Ich bin das einfachste Ziel. Ich glaube, Ihre Jungs sollten mich wieder bewachen. Ich werde ihnen auch in regelmäßigen Abständen eine Tasse Tee bringen.«

»Mr. Harris, ich glaube nicht, daß Sie grundsätzlich gefährdet sind. Nur gelegentlich.«

»Ich werde Ihnen meinen Terminkalender schicken, dann können Sie entscheiden, wann ich einen Leibwächter brauche.«

»Ihr Terminkalender wäre bestimmt eine faszinierende Lektüre. Aber um auf Kim Sung zurückzukommen – er könnte geschossen haben. Als der Schuß abgegeben wurde, stand er vermutlich nicht viel weiter weg als Ihr Diener.«

»Vielleicht, aber er hat nicht auf mich geschossen. Wenn er das gewollt hätte, in den vergangenen fünfzehn Jahren hätte er tausend gute Gelegenheiten gehabt.«

»Die Verhältnisse ändern sich, Mr. Harris.«

»Nichts hat sich geändert, was Kim Sung betrifft. Für Kim ist mein Leben eine sehr kostbare Sache. Er ist am Erfolg von Harris & Co. finanziell beteiligt. Das Prämiensystem ist sehr gut. Selbst wenn man ihm viel Geld anböte, damit er mich aus dem Weg räumt, langfristig würde sich das für ihn finanziell nicht lohnen.«

»Wie klug von Ihnen, die Loyalität Ihrer Mitarbeiter auf einer derart soliden finanziellen Basis aufzubauen. Na schön, lassen wir Kim außer acht. Ich hatte ihn mir eigentlich auch gar nicht als den Mann mit der Pistole vorgestellt. Weiß übrigens außer dem Hausdiener irgend jemand, was gestern nacht passiert ist?«

»Nein. Bloß der Killer, Sie und Goldfisch. Er hat geschworen, Stillschweigen zu bewahren.«

»Und Ihrer Frau haben Sie es nicht erzählen wollen?«

»Unter keinen Umständen. Seit Jeffs Tod ist sie sowieso nervös genug.«

»Genau. Je weniger davon, desto besser. Ich würde Ihnen beispielsweise nicht raten, Mr. Menzies einzuweihen.«

»Werde ich auch nicht. Hören Sie, Inspektor, als ich in Penang im Bett lag, sagten Sie, Jeffs Mörder habe seine Waffe weggeworfen, weil er nicht vorhatte, einen weiteren Mord zu verüben.«

»Ich habe diese Theorie revidiert.«

»Wie tröstlich! Was soll ich denn jetzt machen, dem Inspektor Kang einfach vertrauen?«

»Ich werde mein Bestes tun. Es hat ja lange gedauert, dieses Vertrauen zu entwickeln.«

»Ich weiß. Es tut mir leid. Inspektor, ich würde Sie nicht gern auf meinen Fersen haben, wenn ich ein Killer wäre.«

Er lächelte.

»Und Sie sind keiner, Mr. Harris? Wie beruhigend! Ich darf nicht vergessen, diese Erklärung in Ihre Akte aufzunehmen.«

»Wie fett ist sie denn schon?«

»Sehr dick, Mr. Harris, sehr dick.«

»Und was soll ich jetzt machen? Menschenansammlungen vermeiden?«

»Nicht unbedingt. Ich bin der Ansicht, daß sich der Mörder die Party ausgesucht hat, weil er davon ausgehen konnte, daß praktisch jeder, den Sie in Singapur privat oder geschäftlich kennen, kommen würde. Eine ähnliche Situation wird es in der unmittelbaren Zukunft nicht geben, oder? Wenn Sie irgendwelche Pläne in dieser Richtung haben, dann sagen Sie mir bitte Bescheid. Sie könnten uns sogar erlauben, uns im Gebüsch zu verstecken.«

»Sie könnten sogar ins Haus kommen.«

»Neben all den Millionären? Darauf freue ich mich schon.« Dann fügte er hinzu: »Ach, noch etwas wollte ich Ihnen sagen. Wir haben diesen armen Fischer entlassen, der Ihrem Bruder geholfen hat. Wir sind nach einiger Überlegung zu der Auffassung gelangt, daß der Mann die Leica tatsächlich von Ihrem Bruder bekommen haben könnte, als Handwerkszeug sozusagen, verstehen Sie? Sie müssen mir auch nicht sagen, was Sie davon halten. Aber ich muß zugeben, die ganze Sache erscheint mir doch sehr unwichtig, solange hier Mörder frei herumlaufen. Aber der Bursche ist jetzt wieder frei. Wir haben ihm sogar die Leica gelassen.«

»Wie anständig von Ihnen!«

»Ist doch selbstverständlich.«

An der Tür drehte ich mich um und sah ihn an.

»Inspektor Kang, das Angebot, mein Geschäftspartner zu werden, gilt auf unbestimmte Zeit.«

Er verbeugte sich im Sitzen. »Vielen Dank, Mr. Harris. Sogar ein Polizeibeamter kann in die Sorte Ungnade fallen, in der er durchaus bereit sein könnte, eine derartige Offerte zu prüfen. Sehr freundlich von Ihnen!«

12

Mrs. Braddock und ich kamen im Büro allmählich miteinander zurecht. Sie war bezaubernd und umsichtig und informierte mich über alles, was sie tat. Ich wußte, wie sehr es ihr zu schaffen machte, daß ich mein Telefon ihrem Zugriff entzogen hatte, also gab ich, aus taktischen Erwägungen, in diesem Punkt nach, und mir wurde beinahe schmerzlich bewußt, daß Sylvia Flores in gewisser Weise recht gehabt hatte. Bei ihr hätte ich nicht eingelenkt.

»Ihr Gespräch, Mr. Harris!« flötete Mrs. Braddock durch die Sprechanlage, was bedeuten sollte, daß sie sich im rechten Moment aus der Leitung schalten würde.

»Ruth?«

»Oh, hallo, Paul! Du hast Glück, daß du mich erwischst. Ich wollte gerade weg.«

»Ich hab die Schnauze voll. Ich sitze hier an einem Berg von Papieren, die ich aufarbeiten müßte, aber ich habe keine Lust. Warum treffen wir uns nicht im Schwimmclub zum Lunch? Ich würde dann länger im Büro bleiben, und wir könnten gegen neun zu Abend essen.«

Ruth gefiel der Schwimmclub nicht, es war ihr dort zu sonnig. Da sie aber in letzter Zeit mit allen meinen Vorschlägen sofort einverstanden war, fragte ich mich, was jetzt los war.

»Ich wollte nach Changi raus, Paul. Die Steine für den Kamin sind da. Ich möchte nachsehen, ob es die richtigen Farben sind.«

Der Kamin war Ruths Idee. Es sollte etwas noch nie Dagewesenes sein, ein großer offener Kamin im Salon.

Das würde bedeuten, daß man die Klimaanlage voll aufdrehen müßte, um es im Raum aushalten zu können, aber es wäre natürlich etwas ganz Ungewöhnliches, eine kleine Sensation bei der Einweihungsparty.

»Könntest du deine Steine nicht aussuchen und dich trotzdem mit mir zum Lunch treffen?«

»Ja, wenn es dir nichts ausmacht, falls ich ein bißchen später komme. Ich wollte ohnehin nur eine Kleinigkeit essen.«

»Ihr Frauen mit euren Kleinigkeiten! Du bist viel zu dünn!«

»Ich passe eben auf, und deshalb halte ich meine Figur. Aber ich würde mich trotzdem gern mit dir zum Lunch treffen. Sagen wir, halb zwei?«

Das war nicht ganz, was ich mir vorgestellt hatte. Es war Samstagvormittag, und ich hatte mir gedacht, schon um zwölf im Club zu sein, und Ruth würde unter einem Sonnenschirm sitzen und mir zusehen, wie ich den tollen Sportler herauskehrte. Aber in einer Ehe ist eben alles ein Kompromiß.

»Gut. Also, bis dann!« Ich meldete mich bei Mrs. Braddock. »Ich mache jetzt blau. Und Sie auch!«

»Oh, ich habe noch mindestens bis ein Uhr zu tun.«

»Das hat Zeit bis Montag, Mrs. Braddock. Wir sind hier in den Tropen. Man muß es sich zum Prinzip machen, hin und wieder mal abzuschalten. Sonst kriegt man einen Koller.«

Sie lachte.

»Das möchte ich aber nicht. Na gut... Wenn Sie nichts dagegen haben.«

»Das ist ein Befehl. Es würde mir den Spaß verderben, wenn ich wüßte, daß Sie hier sitzen. Allerdings werde ich später wieder hier sein, wahrscheinlich bis halb neun. Sie brauchen aber keine Überstunden zu machen. Sie können gehen und sich amüsieren.«

Es bereitete mir nach all den Jahren noch immer kindliche Freude, in den Schwimmclub zu gehen. Ich war Mitglied dort, seit mein Vater ein Kinderbillett für mich gekauft hatte, und wenn ich durch die kühle Eingangshalle ging und das Meer roch und glitzern sah, dann überkam mich immer wieder ein Hochgefühl. Samstagvormittag war eigentlich für Geschäftsleute reserviert, doch es waren noch viele Kinder da, die herumlärmten. Am besten sahen die Flachsblonden mit ihrer teakfarben schimmernden Haut aus, die völlig angstfrei bis ganz oben auf den Turm kletterten und sich wie kleine braune Kugeln ins Wasser fallen ließen. Wer behauptet, die Tropen seien nichts für Kinder, hätte diese Rangen sehen sollen. Vielleicht wurden viele von ihnen mit dem Kindermädchen dorthin geschickt, damit man sie los war; trotzdem machte es ihnen großen Spaß, so wie mir damals.

Einige der Geschäftsleute, die mit wohlgenährten Bäuchen unter gepflegten Palmen lagen, boten einen weniger schönen Anblick, doch unter Bräune versteckt, wirkte selbst die abstoßende Nacktheit dieser Figuren einigermaßen erträglich. Dann gab es noch die Sportlichen, Schlanken, zwar ergraut, aber noch immer muskulös, die allerdings, wenn sie als Pensionäre in ein kaltes Land zurückkehrten, plötzlich dahinwelken und gelb werden. Ich konnte nie begreifen, warum sie nach Hause wollten, und auf zahlreichen Abschiedsparties wollte ich oft sagen: Du wirst es noch bedauern. Aber vielleicht hatten sie Angst, wollten abhauen, ehe es hier brenzlig wurde, vielleicht holten sie sich lieber Rheumatismus, wenn sie dafür in Sicherheit waren.

Meine Beine waren noch etwas steif und die Narben deutlich zu sehen, doch der Arzt hatte gemeint, Schwimmen sei ideal für mich, jedenfalls war es eine Medizin, die ich gerne nahm. Die Fliesen am Beckenrand brannten unter meinen Füßen, und das Wasser war von einem klaren Dunkelblau. Ich sprang hinein.

Die Wassertemperatur betrug etwa fünfundzwanzig Grad, zehn Grad weniger als die Luft. Zuerst spürte man einen leichten, belebenden Schock, und dann war es nur noch angenehm. Ich tauchte auf und schwamm zwei Bahnlängen hin und zurück, ohne anzuhalten, doch dann kamen mir Wasserball spielende Kinder in die Quere, die damit schon längst hätten aufhören müssen. Laut Vorschrift hätten die herumtollenden Kinder an einem Samstagvormittag bis spätestens elf Uhr verschwunden sein müssen.

Jemand stieß mich an.

»Hey«, sagte ich und sah mich um.

Es war Kate, mit einer hellblauen Badekappe auf dem Kopf. Wir schwammen jetzt nebeneinander her. Sie glitt wunderbar leicht und ruhig durch das Wasser. Und als wir uns am tiefen Ende festhielten und ausruhten, sagte ich zu ihr, wie schön es sei, ihr zuzusehen.

»Ich war in der Collegemannschaft. Es ist toll hier. Ich komme, so oft es geht.«

»Dann bist du bestimmt oft hier, du wirst von keiner Organisation beobachtet.«

»Stimmt. Manchmal fast täglich.«

»Komisch, daß wir uns hier nie getroffen haben.«

Sie sah das weiße Gebäude an, die Tische auf der unteren Terrasse und der oberen Veranda waren schon für den Lunch gedeckt.

»Es ist anscheinend kein Treffpunkt für uns.«

Sie hatte recht, und ich erwiderte nichts. Kate hievte sich aus dem Wasser und ging zum Turm. Auch ihr Badeanzug war blau. Sie kletterte hoch bis zur dritten Plattform und sprang eine wunderschöne Schwalbe, bis zuletzt in eleganter Haltung, und mit einem kleinen Plopp tauchte sie ein, praktisch ohne Wasserspritzer. Dann machte sie dasselbe noch einmal, nur um zu demonstrieren, daß es beim ersten Mal kein Zufall gewesen war. Sie kam wieder zu mir und beugte sich herunter.

»Springst du gern?«

»Ich halte mir die Nase zu und lasse mich hineinplumpsen.«

»Glaube ich nicht. Aber deine Beine sind wohl noch nicht soweit, daß du mir was vorführen kannst.«

»Dir könnte ich nichts vorführen. Komm, wir schwimmen noch zwei Längen!«

Danach ließen wir uns auf dem Wasser treiben, beobachteten die chinesischen Kindermädchen, die zur Essenszeit aus dem Schatten gewatschelt kamen, um ihre Schutzbefohlenen einzusammeln. Mit dünnen Stimmen riefen sie: »Johnniiee! Los, los! Aus dem Wassah! Dinaaah! Komm!«

Kate schaute interessiert zu.

»Kommen ihre Mütter denn nie mit hierher?«

»Ich schätze, die Frau Mama sitzt gerade im Tanglin bei ihrem zweiten Gin.«

»So läßt sich's leben, was?«

»Tja, wir glauben es jedenfalls.«

Obwohl sie dünn war, konnte Kate so atmen, daß sie sich vom Wasser tragen lassen konnte, als läge sie auf der Luftmatratze.

»Vielleicht ist es gar nicht so überraschend, daß du hier nicht wegwillst.«

»In meinem Fall gibt es keine Wahl, das weißt du doch.«

»Ja, stimmt. Paul, es scheint, als hätten wir wieder zueinander gefunden, nicht?«

»Was willst du damit sagen?«

»Ich will damit sagen, daß wir beide nach unserem Gespräch einen Schlußstrich ziehen wollten. Und das ist nicht passiert.«

»Stimmt. So gefällt es mir auch besser.«

»Du Mistkerl, ist dir klar, warum ich noch einmal gekommen bin?«

»Nein.«

»Es war deine Reaktion, als ich dir sagte, ich wollte Schluß machen.«

»Ich glaube, ich habe es doch ganz gut aufgenommen.«

»Ja, richtig. Unheimlich gut. Du bist einfach aufgestanden und hinausgegangen. Ich finde, ein bißchen mehr kann ich schon noch verlangen!«

»Du meinst, eine Szene?«

»Vielleicht einen kleinen Zornesausbruch.«

»An diesem Nachmittag war ich schon einmal unter Beschuß genommen worden. Man kann an einem Tag nur ein bestimmtes Maß an Emotionen aufwenden, und dann trocknet man aus. So war mir zumute, als ich ging. Leer, ziemlich leer.«

»Ich habe mich auch leer gefühlt, irgendwie frustriert. Ich hatte mir ausgedacht, was ich dir sagen wollte, hatte alles schon parat. Und dann läßt du dich so lange einfach nicht blicken, um es dir anzuhören. Weißt du, einen so verrückten Typen wie dich habe ich noch nicht erlebt!«

»Kannst es ruhig britisches Phlegma nennen.«

»Paul, du hast mich geliebt, nicht wahr?«

»Ja.«

»Was für ein Wahnsinnsort für ein solches Gespräch. Wir liegen auf dem Rücken wie zwei pensionierte Delphine.«

Ich drehte mich auf den Bauch und begann zu lachen. Auch sie lachte wieder.

»Männer sind von Natur aus polygam. Wenn wir Frauen das nur akzeptieren könnten, es würde uns eine Menge Kopfschmerzen ersparen.«

»Kate, komm, laß uns was trinken! Ruth will zum Lunch hier sein, aber sie kommt etwas später.«

»Du meinst, die Zeit reicht gerade für einen Drink mit mir?«

»Genau.«

Wir schwammen zum Treppchen, Kate stieg zuerst aus dem Wasser. Die Tische waren zur Hälfte schon besetzt, und an einem, direkt vor uns unter einem sorgfältig gerichteten Sonnenschirm, saß Ruth. Sie sah sehr elegant aus in dieser Umgebung, in der darauf kein Wert gelegt wurde. Sie lächelte.

»Hallo, Kate!«

»Na sowas, Ruth!... Bist du schon lange hier? Warum hast du dich nicht bemerkbar gemacht?«

»Ich bin nicht der Typ, der am Beckenrand steht und hallo ruft. Setz dich doch zu uns!«

»Mmhh, ich kann nicht, ich...«

»Sie wollte nur was mit mir trinken, solange du noch nicht gekommen warst. Wir lassen uns jetzt alle einen Drink kommen.«

»Ja, schön«, sagte Ruth.

Kate blieb nicht zum Lunch. Nachdem sie gegangen war, sah Ruth mich an und sagte:

»Sie kann aber gut tauchen!«

Die ganze Zeit über hatte sie also zwei pensionierten Delphinen zugeschaut.

»Was nimmst du, Ruth?«

»Willst du dich nicht erst anziehen?«

»Wenn du willst.«

»Ja, wenn es dir nichts ausmacht. Deine Beine sind zur Zeit kein schöner Anblick.«

Ich zog mich um und kippte an der Bar schnell noch einen Whisky, ehe ich wieder hinaus zu meiner Frau ging, erfüllt von einem Haß auf meine Neigung, mit dem Strom anstatt gegen ihn zu schwimmen. Der Lunch machte uns beiden nicht viel Freude. Anschließend begleitete ich Ruth zu ihrem Daimler, und als sie hinter verschlossenen Fenstern davonfuhr, winkte sie mir zu wie eine Königin ihren treuen Untertanen.

Man kann recht gut arbeiten, wenn man motiviert ist, eine bestimmte Sache damit zu überdecken. An jenem Nachmittag war ich sehr fleißig, bis in den frühen Abend hinein. Ich machte mir gerade einen wohlverdienten Drink zurecht, als das Telefon klingelte. Ich beeilte mich nicht, den Hörer abzunehmen.

»Paul! Paul! Gott sei Dank!... Du bist da. Ich... wußte...«

»Kate? Was redest du da?«

»Hier ist... Ich kann nicht. Ich kann nicht.«

»Was kannst du nicht?«

»Draußen... vor meinem Bungalow... liegt ein Mann. Ich bin gerade nach Hause gekommen... Ich... Er...«

»Kate, nimm dich zusammen. Sag mir, was los ist!«

»Er ist tot. Liegt auf dem Boden. Erschossen. Ich kenne ihn.«

»Wie bitte?«

»Ich kenne ihn. Ich habe ihn zum erstenmal in K.L. gesehen, in dem Hotel mit dir damals. Du hast darüber gelacht. Ein Chinese. Er ist mir gefolgt. Ich habe ihn seitdem wiedergesehen. Ich habe ihn gesehen. Paul, was soll ich nur tun? Er liegt hier, vor meiner Tür. Ich...«

»Kate, hör zu. Hast du die Polizei benachrichtigt?«

»Nein, nein. Nur dich habe ich angerufen. Ich bin eben erst ans Telefon gegangen. Willst du, daß ich die Polizei rufe? Ich kann nicht denken... ich weiß nicht, was ich tun soll.«

»Tu nichts! Ich bin gleich bei dir. Es dauert höchstens zehn Minuten.«

Mit dem Bristol brauchte ich sieben. Zum Grundstück gab es einen Seiteneingang, am Hotel vorbei, und den nahm ich. Ein paar Bungalows waren erleuchtet, in einem hörte ich Stimmen. Der Garten lag im Halbdunkel da, einzelne Lampen brannten in einigem Abstand. Die Lichter von Kates Bungalow schienen sehr weit weg zu sein, allein in einer Ecke.

Der Mann lag nicht genau vor ihrer Tür, aber seine Füße berührten fast den Weg, der Kopf lag zum Gebüsch hin. Ich konnte ihn nicht erkennen, mußte ein Streichholz anzünden.

Er lag auf dem Bauch, den Kopf zur Seite gedreht, und der Hinterkopf war weggepustet worden. Das Gesicht wies keine Male auf. Es war Goldfisch.

Dann sah ich noch etwas, direkt neben der Hand, eine Pistole. Allerdings hatte nicht er sie benutzt. Ich zündete wieder ein Streichholz an und beugte mich vor, sah mir die Pistole an, ohne sie zu berühren. Ich brauchte sie auch gar nicht in die Hand zu nehmen, um sie zu erkennen. Es war eine große Luger mit aufgesetztem Schalldämpfer. Sie gehörte mir.

Ich ließ das Streichholz fallen. Irgendwo im Hotel wurde gelacht. Ich richtete mich auf. Mein Gefühl ähnelte der Reaktion, als ich von Jeffs Tod gehört hatte: mir war schlecht, ich fühlte mich leer und schwach. Ich mußte mich richtig anstrengen, um zu Kates Tür zu gehen, die angelehnt war, und sie aufzudrücken.

Kate saß da, die Hände vor das Gesicht gepreßt.

»Kate! Hast du die Polizei gerufen?«

Sie sprang auf.

»Was hat das zu bedeuten, Paul? Warum? Warum vor meinem ...«

»Bitte! Keine Fragen jetzt! Hast du die Polizei verständigt?«

»Nein. Paul, du zitterst ja!«

»Das geht schon vorüber. Hör mir jetzt zu! Ich muß weg!«

»Nein! Das darfst du nicht! Du kannst mich nicht allein lassen!«

»Ich muß aber. Es geht nicht anders. Du mußt das hier allein packen.«

»Aber... wieso?«

»Ich muß ... noch etwas erledigen. Kate, hör zu! Sobald ich gegangen bin, rufst du die Polizei an. Du erzählst ihnen genau dasselbe, was du mir auch erzählt hast. Daß du nach Hause gekommen bist und die Leiche hier gefunden hast. Und daß du dann angerufen hast.«

»Du meinst... kein Wort von dir?«

»Ich brauche etwas Zeit, das ist alles. Bloß ein bißchen Zeit. Mach dir keine Sorgen. Du tust nichts Falsches. Ich werde später deine Unschuld beweisen. Das versprech ich dir!«

»Paul, was hast du vor? Sag's mir! Du siehst... entsetzlich aus!«

»Ich brauch nur ein wenig Zeit, das ist alles. Solange die Polizei noch auf dem Weg hierher ist. Du kannst ihnen erzählen, was du willst, daß dieser Mann dir gefolgt ist, daß du aber nicht weißt, wer er ist.«

»Ich weiß es aber, Paul! Es ist mir ganz plötzlich eingefallen. Ich habe ihn auf deiner Party gesehen ...«

»Still jetzt! Tu, was ich sage, und ruf die Polizei an!«

Sie telefonierte, als ich den Bungalow verließ. Ich sah mich nicht um. Vielleicht würde sie nicht tun, worum ich sie gebeten hatte, doch es war nicht zu ändern, ich mußte nach Hause. Ich mußte zurück in das Haus, das hinter seinen Bäumen von allem abgeschirmt war. Ich wußte, eine Art Hölle würde mich dort erwarten.

An die Fahrt dorthin kann ich mich nicht mehr erinnern, nur daran, daß ich das Auto unter dem Vorbau stehen ließ, ein paar Stufen hochging, dann eine große Eingangshalle durchquerte und eine Treppe hochstieg. Ruths Tür war die dritte. Ich öffnete sie.

Ruth lag zusammengerollt auf dem Bett, bekleidet mit einer Hose und einem dunklen Hemd. Sie sah klein und zerbrechlich aus. Auf dem Fußboden lagen ein Regenmantel und eine Mütze, als hätte sie sie dort fallen lassen.

Ich schloß die Tür zu und trat näher.

»Ruth! Warum hast du Goldfisch umgebracht? Und Jeff! Und warum wolltest du mich umbringen?«

Sie rührte sich nicht. Ich hörte eine scharfe Stimme, wie aus der Entfernung. Sie schien nicht mir zu gehören.

»Meine Luger! Hast du sie genommen, um auf mich zu schießen? Und sie dann in das Geheimfach zurückgelegt? Nur du hast gewußt, wo sie war. Vom Personal niemand. Nur du hast es gewußt!«

Sie hob die Hand ein wenig, und dann griffen ihre Finger nach einem Stück Bettdecke.

»Armer Goldfisch!« sagte sie.

»Warum hast du meine Pistole dort liegen lassen? Damit die Polizei glaubt, ich bin es gewesen?«

»Ich habe sie fallen lassen. Ich mußte es tun. Ich konnte nicht ...«

»Was konntest du nicht?«

»Ich habe sie einfach fallen lassen. Goldfisch. Er drehte sich um und sah mich dann.«

»Warum hast du ihn umgebracht?«

»Ich mußte es tun.« Sie flüsterte fast. »Er hat immer wieder gesagt, daß ich krank bin. Ich brauche einen Arzt, hat er gesagt. Er hat geglaubt, ich bin verrückt. Aber ich bin nicht verrückt. Ich wußte, lange würde er mir nicht mehr helfen. Er würde es jemand erzählen ... dir zum Beispiel. Und da habe ich ihn ein letztes Mal losgeschickt.«

»Um ihn dann zu töten?«

»Ja.« Ihre Hand zupfte an der Bettdecke.

»Ruth, wann hat das alles angefangen?«

»Ich glaube, in Charleston. Vor langer, langer Zeit.«

»Ich verstehe nicht.«

»Nein, du hast nie etwas verstanden.«

Sie richtete sich auf, stützte sich auf einen Arm und sah mich an. Ihr Gesicht war totenblaß.

»Paul, du sollst es aber verstehen.«

»Du meinst ... das mit Jeff?«

»Ja, Jeff.« Ihre Stimme wurde härter. »Ja, Jeff. Er hat mich für etwas Minderwertiges gehalten.«

»Ruth!«

»Es hat keinen Zweck, es dir zu sagen, nicht wahr? Dein Bruder! Was anderes konntest du nie sehen!«

Mit einem Schwung setzte sie sich auf den Bettrand und sah mich an.

»Damals im Club, als du oben in K. L. warst, nahm Jeff mich am Arm und ging mit mir auf die Terrasse. Er wollte mit mir sprechen, hat er gesagt. Und warum nicht jetzt. Die Sache hinter sich bringen. Du weißt ja, wie gern Jeff etwas erledigte, immer wollte er klare Verhältnisse schaffen.«

»Wovon redest du?«

Sie schwankte ein wenig.

»Wart's ab, Paul, du wirst es gleich hören. Jeff sagte, die Zeit sei gekommen, um reinen Tisch zu machen ... zwischen dir und mir. Er sagte, du würdest es allein nicht schaffen. Er wollte, daß ich es verstehe, und natürlich habe ich es verstanden. Du bist so rücksichtsvoll, Paul. Du bist immer so rücksichtsvoll gewesen!«

»Mehr nicht?«

»Manchmal. Nie sehr lange. Hör zu, ich glaube, wir haben nicht viel Zeit. Du mußt es wissen. Jeff hatte schon ein Papier vorbereitet, sagte er. Was ich bekommen sollte, wenn ich in eine Trennung einwilligte. Es war eine Menge Geld. Er wußte, ich würde keine Schwierigkeiten machen. Was er nicht wußte, das war die Tatsache, daß er mir alles nahm. Schlichtweg alles. Ich besaß ja nicht viel, aber er nahm das alles, mit einem Stück Papier. Ich würde mit meinem Geld nach Hause zurückkehren. Ich würde die arme Ruth sein, die es nirgends lange aushält. Ein Glück, daß sie wenigstens Geld hat. Du kannst dir wohl nicht vorstellen, Paul, wie es ist, wenn man Angst davor hat, mit leeren Händen dazustehen. Du könntest morgen mit etwas Neuem anfangen ... aber ich nicht.«

»Du ... hast ihn deswegen umgebracht?«

»Das ist doch ein Grund. Mein Gott, das ist doch ein Grund! Jawohl, ich habe ihn umgebracht, weil ich ihn gehaßt habe. Von Anfang an. Ein Stück Dreck kann hassen, weißt du, der Haß kann immer stärker werden. Jeff hatte dich ganz. Für mich ist nie viel übriggeblieben. Eine andere hätte sich vielleicht mehr genommen, Kate zum Beispiel. Aber ich konnte es nicht. Kate wäre mit ihm klargekommen. Er mochte Frauen, die selbständig waren, er fand sie jedenfalls sympathischer als die meisten anderen Frauen. Seine chinesischen Flittchen! Eine typisch männliche Lösung. Binde sie nicht durch Freundlichkeit an dich, sondern gib ihnen Geld. Ich habe ihn umgebracht. Und ich war fähig, noch in der Wohnung zu bleiben, denn ich wollte nach dem Schriftstück suchen. Ich habe es aber nicht gefunden. Er muß gelogen haben. Er war noch nicht dazu gekommen, es aufzuschreiben, sich zu überlegen, mit was für einer lächerlichen Summe er mich abfinden könnte. Ich habe ihn gehaßt, verstehst du!«

»Hör auf, Ruth!«

»Tut mir leid, mein armer Paul, tut mir leid! Du hast ihn geliebt. Du wirst es nie verstehen.«

»Wie auch.«

Ihre Stimme senkte sich.

»Nein, wie auch. Und ich habe versucht, dich zu töten. Eine ganz einfache Sache, aber du wirst es nicht verstehen. Mit deinem Tod hätte ich etwas Vollständiges gehabt, niemand hätte es mir wegnehmen können. Kate hätte es nicht bekommen. Irgendwelche chinesischen Flittchen hätten mir nichts ausgemacht, Paul. Aber Kate. Da wäre von dir nichts mehr für mich übriggeblieben. Und ich wußte, du wärst zu ihr zurückgegangen.«

»Wäre ich nicht.«

»Ach, lüg nicht. Gib dir keine Mühe. Vielleicht bin ich ein bißchen verrückt. Vielleicht hatte Goldfisch ja recht. Wenn man etwas lange genug mit sich herumträgt und sich davon auffressen läßt, dann passiert vielleicht etwas. Dann steht man draußen im Freien. Und genau so fühle ich mich, ich stehe draußen im Freien. Vielleicht haben verrückte Menschen dieses Gefühl, eine Art Mauer, man kann hindurchsehen, aber sie ist wie aus Panzerglas. Ungeheuer dick, Paul. Was fühlst du jetzt, du auf deiner Seite?«

»Ich wünschte, ich wäre tot.«

»Ach, Paul ...«

Sie fing an zu weinen, vornübergebeugt, zusammengekrümmt, die Arme um den Leib gepreßt. Ich stand da und sah sie an.

»Stell dir vor, ich bin verrückt«, sagte sie. »Das wird es dir leichter machen. Stell dir vor, ich bin verrückt.«

»Kang wird bald hier sein, Ruth! Was sollen wir machen? Mir fällt nichts ein. Nichts.«

Dann blickte sie auf, Tränen liefen ihr über die Wangen.

»Es gibt nichts. Ich sage es dir ... ich bin schon weit weg. Aber ich werde nicht zurück müssen.«

»Zurück wohin?«

»Zurück in die Staaten, nach Hause, mit nichts. Sie können mich nicht mehr dazu zwingen. Jeff hätte es gekonnt, aber er ist tot. Ich werde nicht gehen müssen, jetzt, wo ich draußen stehe, es spielt keine Rolle mehr. Begreifst du nicht?«

Sie sah mich an.

»Du hast Angst, Paul. Geh!«

»Ich kann nicht.«

»Doch, du kannst. Geh runter und warte dort auf Kang. Er wird gleich hier sein. Ich weiß es. Er hat es geahnt. Der Botanische Garten lieferte ihm einen Hinweis auf dieses Haus, und er fand meinen Revolver im Teich. In dem Moment hat er angefangen, es zu ahnen.«

»Wo hattest du diesen Colt her, Ruth?«

»Du hast ihn mir in der Schweiz gegeben.«

»Aber du hast ihn doch kurz vor unserer Ankunft in New York aus dem Bullauge geworfen.«

»Das habe ich gesagt. Doch ich habe ihn versteckt und behalten. Vielleicht brauchte ich das Gefühl, eine Waffe zu besitzen, von der niemand wußte. Vielleicht brauchen Menschen wie ich dieses Gefühl. Paul, Booney hätte es geschafft.«

»Was sagst du da?«

»Er wäre wie du gewesen. Er hätte es geschafft.«

»Hör auf, ich bitte dich!«

»Ja, ja! Geh raus! Laß mich allein!«

»Ich kann dich nicht allein lassen.«

»Ich werde nichts nehmen, ich schwör's dir. Nichts aus dieser Schublade. Ich werde einfach auf Kang warten. Ich möchte ganz allein sein, Paul. Du kannst mir jetzt nicht helfen. Armer Goldfisch, er kommt immer wieder zurück. Ich frage mich, ob ich es wirklich getan habe. Wie konnte ich nur!«

»War er dein Informant?«

»Er hat dich beobachtet… und Kate. Wenn sie ein

chinesisches Flittchen gewesen wäre, dann wäre nichts passiert. Jeff würde jetzt leben. Obwohl, es tut mir nicht leid.« Ihre Stimme bekam etwas Schrilles. »Es tut mir nicht leid, daß ich deinen Bruder umgebracht habe. Ich habe mir Zeit gelassen, seine Wohnung zu durchsuchen, und es hat mir überhaupt nichts ausgemacht. Jetzt geh bitte! Ich bin verrückt, nicht wahr?«

Ich ging dann doch hinaus. Das war Schwäche, doch ich konnte nicht anders. Ich schloß die Tür und ging, quer durch die Halle, in mein Zimmer. Ganz im Innersten hoffte ich wohl, sie würde zu einem der Fläschchen in der Nachttischschublade greifen, und Kang würde kommen, wenn alles vorbei war.

Ich setzte mich hin. Und als ihre Tür aufging, reagierte ich nicht schnell genug. Ich sah Ruth quer durch die Halle laufen, dann die Treppe hinunter. Sie war schon draußen vor der Tür, als ich noch auf halber Treppe war. Der Bristol heulte auf, noch ehe ich den Vorbau erreicht hatte. Das Auto fuhr an.

»Ruth! Du kannst ihn nicht fahren, du ...« Es stimmte, sie konnte mit dem Bristol nicht umgehen. Sie war überhaupt keine gute Autofahrerin. Bei einem Bristol mußte man aber gut fahren können. Man muß ja fast eine extra Prüfung ablegen, ehe sie einem dieses Modell zu fahren geben. Die flache schwarze Silhouette glitt durch den Garten, und der Motor war viel lauter als sonst.

Der Daimler! Er stand irgendwo in der Garage. Ich rannte hinaus in die Dunkelheit, dann in einen Hof. Liu war dabei, die schwarze Limousine mit einem Schlauch abzuspritzen. Er starrte mich an.

»Tuan?!«

»Weg da!«

Vom Bristol war nichts zu sehen, als ich auf die Straße einbog, doch plötzlich wußte ich genau, als hätte sie es mir gesagt: Changi! Wo sie heute vormittag die Steine für den Kamin ausgesucht hatte. Sie muß die ganze Zeit gewußt haben, daß es ein Traum war, etwas, das sich nie würde verwirklichen lassen. Aber sie war dort gewesen, hatte zugesehen, wie mit den Ausschachtungsarbeiten für ein Haus begonnen wurde, in dem wir nie leben würden.

Ich hatte keine Schuld verspürt, als sie vorhin mit mir geredet hatte. Kein Schuldgefühl hatte sich bemerkbar gemacht. Doch jetzt meldete es sich, als ich dahinfuhr, ein Rotlicht nicht beachtete und einen Polizisten auf seiner Trillerpfeife hinter mir herpfeifen hörte.

Die Schuld bestand darin, eine Liebe nicht stark genug gemacht zu haben, damit Ruth fühlen und wissen konnte, daß sie halten würde. Ich stehe draußen, hatte sie gesagt, ich stehe draußen. Das war nichts Neues, so war es von Anfang an gewesen. Die Waffe, die ich ihr gegeben hatte, weil ich fand, sie sollte in Singapur eine haben, diese Waffe hatte sie genommen und versteckt, nachdem sie mir gesagt hatte, sie habe sie weggeworfen. Das Unglück wäre womöglich gar nicht passiert, es wäre gar nicht nötig gewesen.

Man kann mit Verbitterung an die Toten denken; es nützt einem nichts, aber man kann es natürlich tun. Ich dachte an Jeff, seine chinesischen Flittchen. Bei mir hätte sie nichts dagegen gehabt, sie hätte sich dadurch nicht bedroht gefühlt.

Die Straße nach Changi nimmt, sobald man den Stadtrand erreicht hat, einen geraderen Verlauf, man fährt an Gummiplantagen vorbei und durch Dörfer, hin und wieder geht es ein wenig bergauf und dann sofort wieder bergab. Ich fuhr gerade mit hundertzwanzig Sachen bergauf, als ich den umgefahrenen Zaun sah. Ich war schon längst vorbeigefahren, ehe ich anhalten konnte. Ich mußte zurücksetzen.

Unten in einem Bewässerungskanal lag der Bristol, die Räder standen in die Luft. Die eine Seite war fast weggerissen worden von dem Betonpfahl, der den Drahtzaun hielt. Ruth lag unter dem verbeulten Wrack, ich entdeckte sie in dem schwachen Scheinwerferlicht des Daimler.

Ob sie tot war oder nicht, konnte ich nicht sagen. Dann kamen andere Lichter, Autos hielten an, ein weißer Lichtstrahl wurde nach unten gerichtet.

Ruths rotes Haar, das sie nie kurz getragen hatte, lag ausgebreitet auf dem blassen Grün des Grabens. Ihre Augen waren offen.

»Paul, ich wollte...«

»Ich weiß. Sprich jetzt nicht, Liebes, sprich nicht.«

»Paul, ich habe nie etwas zustande gebracht.«

Ich schaute hoch.

»Könnt ihr nicht mal runterkommen? Helft mir beim Anheben!«

Menschen kamen herunter, liefen hin und her.

»Hochheben! Dort!«

Jemand berührte mich. Es war Kang.

»Es hat keinen Sinn mehr«, sagte er.

Ich sah wieder zu Ruth, in dem hellen weißen Licht der

Lampe, die Kang hielt. Die Augen waren geschlossen. Die Farbe schien sich zu verändern, als ob in diesem Moment das Leben von ihr ging.

Später stand ich neben dem Daimler, an die offene Fahrertür gelehnt. Kang trat zu mir.

»Mr. Harris, es tut mir leid. Es tut mir wirklich sehr leid.«

»Glaube ich Ihnen, Kang. Glaube ich Ihnen.«

Es dämmerte schon, als ich wieder das Haus erreichte, das zu groß für zwei gewesen war. Die Lichter brannten noch, und der zweite Hausboy wartete, er sah verängstigt aus, die Gesichtshaut spannte sich über den Schädel.

»Kaffee, Tuan?«

»Nein, danke.«

»Etwas anderes, Tuan?«

»Nein. Mach nur überall das Licht aus. Ich bleibe eine Weile hier.«

Man konnte das Zimmer, in dem ich saß, nicht als Ruths Zimmer bezeichnen und auch nicht als meines. Das Erfolgssymbol. Die Sessel waren bequem, weich und gut durchlüftet. Und draußen auf dem Rasen, dort, wo der Weihnachtsbaum gestanden hatte, lag ein schwacher Schimmer von grauem Licht.

Ruth hatte gesagt, ich sei imstande, morgen mit etwas Neuem anzufangen, wahrscheinlich hatte sie recht, aber ich fragte mich, wie.

Nach einer Weile kam ein Wagen die Auffahrt hoch und hielt unter dem Vorbau. Ich hörte Kate sagen:

»Er muß hier sein. Schauen Sie, alles steht offen. Auf

der Polizeiwache haben sie gesagt, er sei nach Hause gefahren.«

»Na schön, geh'n wir mal rein und sehen nach.«

Das war Russell.

»Ich finde es schrecklich«, sagte Kate, »daß sie ihn noch heute nacht vernommen haben. Warum in drei Teufels Namen konnten sie ihn nicht in Ruhe lassen.«

»Vielleicht wollte er nicht in Ruhe gelassen werden.«

Ich streckte eine Hand aus, schaltete eine Tischlampe an, die sie anlockte, aber sie blieben in einiger Entfernung stehen.

»Setzt euch«, sagte ich. »Danke, daß ihr gekommen seid.«

»Ach, wir mußten einfach vorbeikommen, Paul!«

Russell sagte nichts. Sein Gesicht sah fleckig aus vor Müdigkeit, als wäre er die ganze Nacht auf den Beinen gewesen, um irgend etwas für mich zu tun, und als hätte er getrunken, um bei der Sache zu bleiben. Doch weder auf der Polizeiwache noch im Leichenschauhaus hatte ich ihn gesehen.

Russell und Kate saßen nebeneinander. Er zündete sich eine Zigarre an, aber mir schien, nicht, weil er gern rauchen wollte, sondern um einfach etwas zu tun zu haben. Kate beugte sich nach vorn, die Hände aneinandergelegt. Sie sah aus, als störte sie das Licht neben meinem Stuhl, das mehr auf sie als auf mich gerichtet war.

»Paul, ich habe mit Russell gesprochen. Es gibt etwas, was ich dir sagen muß. Hoffentlich glaubst du nicht, ich mische mich in einem unpassenden Moment ein.«

»Nein, nein.«

Sie sah auf ihre Hände.

»Du solltest ein neues Leben anfangen, ein ganz neues. Ist das nicht naheliegend? Du solltest aus diesem Land weggehen.«

»Du meinst, wegen all dieser Ereignisse? Das verstehe ich nicht, Kate. Es ist doch noch immer mein Zuhause.«

»Ach komm! Ich will's nicht schon wieder hören. Ich habe gedacht, es hätte dich in deiner Besessenheit erschüttern können. Aber dem ist wohl nicht so.«

»Nein.«

Sie befeuchtete sich die Lippen.

»Paul, ich habe jetzt meine Story. Über den Waffenschmuggel. Ich habe seit meiner Rückkehr aus Kuantan daran gearbeitet. Sie ist dokumentiert, und du könntest sie nicht verhindern. Sogar Erklärungen von Augenzeugen liegen vor, ich war schließlich eine Weile dort, nicht wahr? Diese Story würde mir in den Staaten viel nützen.«

»Warum schickst du sie dann nicht ein?«

»Ich kann es nicht. Bis heute nacht hatte ich es vor. Aber jetzt kann ich es nicht mehr. Ich will nicht, daß du als der große Bösewicht hingestellt wirst. Das ist es ja, was ich meine, wenn ich von Frauen in einem solchen Job geredet habe. Sie sind nicht rücksichtslos genug. Ein Mann würde sein Zeug einfach einschicken. Aber ich kann es nicht. Ich fahre weg. Ich kenne den Agenten einer großen Fluggesellschaft. Er hat mir für morgen einen Platz verschafft. Ich gehe nach Amerika zurück.«

»Für immer?« fragte ich.

»Ja. O ja!«

»Das ist schade, Kate.«

»Findest du? Du könntest dir nicht vorstellen, mitzukommen und in den Staaten zu leben?«

»Nein.«

»Verstehe. Tja, das war's dann wohl. Russell, bringen Sie mich bitte in mein Hotel zurück?«

Ich wollte nicht, daß Russell schon ging.

»Ich werde dich im Daimler bringen lassen. Liu ist noch auf.«

»Wirklich? Vielen Dank.«

Ich ging mit ihr hinaus, schaltete alle Lichter wieder an. Liu, der müde hinter dem Steuer saß, stieg aus und öffnete Kate die Tür. Auf der Treppe drehte sie sich zu mir um.

»*Day*, New York. Unter dieser Adresse werde ich immer zu erreichen sein, auch wenn ich dort nicht mehr arbeite.«

»Ich werde mich daran erinnern, Kate. Und an vieles andere auch!«

»Wirklich? Ich hätte nicht kommen sollen. Es tut mir leid.«

Ich wollte ihren Arm berühren, doch sie drehte sich um, lief die paar Stufen hinunter und stieg in das Auto. Liu schloß die Tür. Ich stand da und sah zu, wie Kate in Ruths Auto wegfuhr, hinter den Bäumen verschwand. Dann machte ich das Licht aus und kehrte zu Russell zurück.

Er saß da, hatte sich einen Drink zurechtgemacht, den er genausowenig wollte, wie er die Zigarre gewollt hatte. Plötzlich sah ich, welche unerträgliche Einsamkeit mich erwarten würde, wenn er gegangen wäre, und das würde bald passieren. Er schaute auf.

»Also, Kate ist im Daimler weggefahren. Was jetzt?«

»Ich weiß es nicht.«

Russell stellte sein Glas auf den Boden und warf seine Zigarre über die Veranda in den Garten. Er stand auf.

»Aber ich«, sagte er. »Du kommst mit mir. Du kannst bei mir wohnen. Viel Platz. Ich hole dich hier heraus.«

»Tu das, Russell«, sagte ich. »Tu das.«

Gavin Black im Diogenes Verlag

Ein Drachen zum Fest
Roman. Aus dem Englischen von Matthias Fienbork
detebe 21560

Flucht aus Java
Roman. Deutsch von Matthias Fienbork
detebe 21667

Überraschung in Singapur
Roman. Deutsch von Matthias Fienbork
detebe 21822

Cornell Woolrich im Diogenes Verlag

Der schwarze Vorhang

Roman. Aus dem Amerikanischen
von Signe Rüttgers. detebe 21625
Neuübersetzung

Nach einem leichten Unfall im Vergnügungsviertel geht Frank Townsend nach Hause – um festzustellen, daß er seit Jahren nicht mehr dort gewesen war. An Gedächtnisschwund leidend, des Mordes angeklagt und Opfer mörderischer Verfolgungen, muß er die ›Strafe‹ überstehen, die die Zeit über ihn verhängt hat.

»Unmöglich, das Buch vor dem Ende aus der Hand zu legen.« *The New York Times*

Verfilmt von Jack Hively mit Burgess Meredith, Claire Trevor, Louise Platt und Sheldon Leonard in den Hauptrollen.

Der schwarze Engel

Roman. Aus dem Amerikanischen von
Harald Beck und Claus Melchior. detebe 21626
Neuübersetzung

Ihr Mann nennt sie Engel, und als er wegen Mordes an seiner Geliebten verhaftet wird, wird sie es tatsächlich: ein schwarzer Todesengel. Um die Unschuld ihres Gefährten zu beweisen, steigt sie in die schwarze Welt der Spielhöllen, der Drogen und Prostituierten und bringt allen, die mit ihr in Berührung kommen, Unglück und Verderben.

»Woolrich gewinnt mehr Entsetzen, mehr Spannung und zitterndes Nägelkauen aus den allergewöhnlichsten Ereignissen als fast alle seiner Kollegen und Zeitgenossen.« *Ellery Queen*

Verfilmt von Roy William Neill mit Peter Lorre, June Vincent und Dan Duryea in den Hauptrollen.

Der schwarze Pfad

Roman. Aus dem Amerikanischen von Daisy Remus. detebe 21627

Scotty und Eve konnten zwar vor Eves verbrecherischem Ehemann flüchten, nicht aber vor seiner Rache. In einer überfüllten Bar in Havanna wird die schöne Frau ermordet, und Scotty sitzt in einer mörderischen Falle, bleibt allein zurück in einem fremden Land, das nichts von ihm will als den Beweis, daß er die Frau, die er liebte, nicht umgebracht hat.

»Ein satanisches, scharfsinniges Plot.«
The New York Times

Verfilmt von Arthur Pripley mit Michèle Morgan und Robert Cummings in den Hauptrollen.

Das Fenster zum Hof

und vier weitere Kriminalstories
Aus dem Amerikanischen von Jürgen Bauer und Edith Nerke. Mit einem Nachwort von Wolfram Knorr. detebe 21718
Neuübersetzung

»Rein technisch betrachtet sind viele von Woolrichs Werken schrecklich; man vermißt in ihnen jeglichen Sinn. Und genau das ist es: wie im Leben. Dennoch finden einige seiner Geschichten, gewöhnlich infolge merkwürdiger Zufälle, ein glückliches Ende. Aber da er niemals einen Serien-Helden eingeführt hat, weiß der Leser auch nie im voraus, ob die Woolrich-Geschichte, vor der er gerade sitzt, hell oder dunkel, ob sie *allègre* oder *noire* ist – einer von vielen Gründen dafür, daß seine Geschichten so packend und spannungsgeladen sind. Wie die fünf in diesem Band vereinten.« *Francis M. Nevins jr.*

Die Titelgeschichte wurde verfilmt von Alfred Hitchcock mit Grace Kelly und James Stewart in den Hauptrollen.

Walzer in die Dunkelheit

Roman. Aus dem Amerikanischen von
Jobst-Christian Rojahn. detebe 21719
Neuübersetzung

Die Geschichte beginnt – wie so viele von Woolrichs Geschichten – mit einem einsamen Mann. Louis Durand, 37 Jahre alt, wohlhabender Kaufmann, hat nur noch einen Gedanken: seiner Einsamkeit zu entfliehen. Die Frau, die er heiraten will, kennt er nur aus Briefen. Doch dann taucht sie persönlich auf, die namenlose *femme fatale*, die für Durand zum Schicksal wird…

»In Woolrichs Geschichten spielt die Liebe eine große Rolle, eine totale und ausschließliche Liebe, die, wenn sie zerstört ist, unersetzlich bleibt.« *François Truffaut*

Verfilmt von François Truffaut unter dem Titel *La Sirène du Mississippi;* in den Hauptrollen Jean-Paul Belmondo und Catherine Deneuve.

Die Nacht hat tausend Augen

Roman. Aus dem Amerikanischen von
Irene Holicki. detebe 21720
Neuübersetzung

Er war ein merkwürdiger alter Mann, der am liebsten schwieg, denn was er sagte, traf mit erschreckender Gewißheit ein. Harlan Reid, Witwer und erfolgreicher Geschäftsmann, war ganz versessen auf seine Worte, und auch seine einzige Tochter Jean hörte auf seine Ratschläge. Bis eine letzte entsetzliche Prophezeihung alle zu Tode erschreckte: Reids unmittelbar bevorstehenden Tod im Rachen eines Löwen.

»Lassen Sie das Licht an, falls Sie beabsichtigen, dieses Buch im Bett zu Ende zu lesen!« *The New York Times*

Verfilmt von John Farrow, mit Edward G. Robinson, Gail Russell und Virginia Bruce in den Hauptrollen.

Im Dunkel der Nacht

Kriminalstories. Aus dem Amerikanischen von Signe Rüttgers. detebe 21759
Deutsche Erstausgabe

»Woolrich schreibt Psychotope, Etüden der Angst und der Einsamkeit, voll cooler Bildentwürfe und grandioser Stimmungsmalerei.« *Die Weltwoche, Zürich*

Titelgeschichte verfilmt mit Edward G. Robinson in der Hauptrolle.

Ich heiratete einen Toten

Roman. Aus dem Amerikanischen von Matthias Müller. detebe 21742
Neuübersetzung

»Ein verschollener Klassiker des amerikanischen Kriminalromans kommt im Diogenes Verlag in neuen deutschen Übersetzungen ans Licht: Cornell Woolrich, der ›dritte Mann‹ neben *Dashiell Hammett*[1] und *Raymond Chandler*[2].« *Der Spiegel, Hamburg*

Verfilmt mit Barbara Stanwyck in der Hauptrolle.

[1] *Dashiell Hammett*, sämtliche Werke in 10 Bänden. Vollständig und neu übersetzt von Hellmuth Karasek, Gunar Ortlepp, Walter E. Richartz, Harry Rowohlt, Wulf Teichmann, Hans Wollschläger u.a.

[2] *Raymond Chandler*, Werkausgabe in 13 Bänden. Vollständig und neu übersetzt von Hellmuth Karasek, Gunar Ortlepp, Walter E. Richartz, Wulf Teichmann, Urs Widmer und Hans Wollschläger.

Cornell Woolrich, zusammen mit Chandler und Hammett einer der größten der ›Schwarzen Ära‹, wurde 1903 in New York geboren, wohin er nach einem Aufenthalt in Hollywood, einer kurzen Ehe und ein paar homosexuellen Episoden wieder zurückkehrte, um fortan mit seiner Mutter in billigen Hotels zu wohnen. Sein erster Roman begründete den ›Roman Noir‹ und den ›Film Noir‹. 1948 erhielt er für eine Erzählung den Edgar-Allan-Poe-Preis. Viele seiner Romane und Erzählungen wurden von berühmten Regisseuren verfilmt, darunter Alfred Hitchcock, Sidney Pollack und François Truffaut. Trotz all dieser Erfolge starb er 1968 mittellos und einsam in einem heruntergekommenen New Yorker Hotel.

Margaret Millar im Diogenes Verlag

Banshee die Todesfee
Roman. Aus dem Amerikanischen von Renate Orth-Guttmann. Leinen

Gesetze sind wie Spinnennetze
Roman. Deutsch von Barbara Rojahn-Deyk und Jobst-Christian Rojahn. Leinen

Liebe Mutter, es geht mir gut . . .
Roman. Deutsch von Elizabeth Gilbert
detebe 20226

Die Feindin
Roman. Deutsch von Elizabeth Gilbert
detebe 20276

Fragt morgen nach mir
Roman. Deutsch von Anne Uhde
detebe 20542

Ein Fremder liegt in meinem Grab
Roman. Deutsch von Elizabeth Gilbert
detebe 20646

Die Süßholzraspler
Roman. Deutsch von Georg Kahn-Ackermann und Susanne Feigl. detebe 20926

Von hier an wird's gefährlich
Roman. Deutsch von Fritz Güttinger
detebe 20927

Der Mord von Miranda
Roman. Deutsch von Hans Hermann
detebe 21028

Das eiserne Tor
Roman. Deutsch von Karin Reese und Michel Bodmer. detebe 21063

Fast wie ein Engel
Roman. Deutsch von Luise Däbritz
detebe 21190

Die lauschenden Wände
Roman. Deutsch von Karin Polz
detebe 21421

Nymphen gehören ins Meer!
Roman. Deutsch von Otto Bayer
detebe 21516

Kannibalen-Herz
Roman. Deutsch von Michael K. Georgi
detebe 21685

Joan Aiken im Diogenes Verlag

Du bist Ich
Die Geschichte einer Täuschung. Aus dem Englischen von Renate Orth-Guttmann
Leinen

Die Kristallkrähe
Roman. Deutsch von Helmut Degner
detebe 20138

Das Mädchen aus Paris
Roman. Deutsch von Nikolaus Stingl
detebe 21322

Der eingerahmte Sonnenuntergang
Roman. Deutsch von Karin Polz
detebe 21413

Tote reden nicht vom Wetter
Roman. Deutsch von Nikolaus Stingl
detebe 21477

Ärger mit Produkt X
Roman. Deutsch von Karin Polz
detebe 21538

Haß beginnt daheim
Roman. Deutsch von Nikolaus Stingl
detebe 21686

Der letzte Satz
Roman. Deutsch von Edith Walter
detebe 21743

Für Kinder:

Das letzte Stück vom Regenbogen
Deutsch von Matthias Müller. Mit zahlreichen Illustrationen von Margaret Walty
Ein Diogenes Kinderbuch

Ross Macdonald im Diogenes Verlag

Dornröschen war ein schönes Kind
Roman. Aus dem Amerikanischen von Wulf Teichmann. detebe 20227

Unter Wasser stirbt man nicht
Roman. Deutsch von Hubert Deymann
detebe 20322

Ein Grinsen aus Elfenbein
Roman. Deutsch von Charlotte Hamberger
detebe 20323

Die Küste der Barbaren
Roman. Deutsch von Marianne Lipcowitz
detebe 20324

Der Fall Galton
Roman. Deutsch von Egon Lothar Wensk
detebe 20325

Gänsehaut
Roman. Deutsch von Gretel Friedmann
detebe 20326

Der blaue Hammer
Roman. Deutsch von Peter Naujack
detebe 20541

Durchgebrannt
Roman. Deutsch von Helmut Degner
detebe 20868

Geld kostet zuviel
Roman. Deutsch von Günter Eichel
detebe 20869

Die Kehrseite des Dollars
Roman. Deutsch von Günter Eichel
detebe 20877

Der Untergrundmann
Roman. Deutsch von Hubert Deymann
detebe 20878

Der Drahtzieher
Sämtliche Detektivstories um Lew Archer I. Mit einem Vorwort des Autors. Deutsch von Hubert Deymann und Peter Naujack
detebe 21018

Einer lügt immer
Sämtliche Detektivstories um Lew Archer II. Deutsch von Hubert Deymann und Peter Naujack. detebe 21019

Sanftes Unheil
Roman. detebe 21178

Blue City
Roman. Deutsch von Christina Sieg-Welti und Christa Hotz. detebe 21317

Der Mörder im Spiegel
Roman. Deutsch von Dietlind Bindheim
detebe 21303

Muriel Spark im Diogenes Verlag

»Ich bin Mrs. Hawkins«
Roman. Aus dem Englischen von Otto Bayer
Leinen

Memento Mori
Roman. Deutsch von Peter Naujack
detebe 20892

Junggesellen
Roman. Deutsch von Elisabeth Schnack
detebe 20893

Portobello Road
Erzählungen. Deutsch von Peter Naujack und Elisabeth Schnack. detebe 20894

Die Blütezeit der Miss Jean Brodie
Roman. Deutsch von Peter Naujack
detebe 21055

Die Tröster
Roman. Deutsch von Peter Naujack
detebe 21089

Robinson
Roman. Deutsch von Elizabeth Gilbert
detebe 21090

Die Ballade von Peckham Rye
Roman. Deutsch von Elisabeth Schnack
detebe 20119

Vorsätzlich Herumlungern
Roman. Deutsch von Hanna Neves
detebe 21195

Mädchen mit begrenzten Möglichkeiten
Roman. Deutsch von Kyra Stromberg
detebe 21399

Das Mandelbaumtor
Roman. Deutsch von Hans Wollschläger
detebe 21466

Päng päng, du bist tot
Erzählungen. Deutsch von Matthias Fienbork
detebe 21533

Hoheitsrechte
Roman. Deutsch von Mechtild Sandberg
detebe 21580

Das einzige Problem
Roman. Deutsch von Otto Bayer
detebe 21599

Dolly Dolittle's Crime Club im Diogenes Verlag

Band 1
Schreckliche Geschichten von Joan Aiken, Patricia Highsmith, Margaret Millar, Celia Fremlin, Robert Bloch, Ross Macdonald, Cornell Woolrich, Edward D. Hoch und anderen
detebe 20277

Band 2
Schreckliche Geschichten von Patricia Highsmith, Henry Slesar, Eric Ambler, F. Scott Fitzgerald, W. Somerset Maugham, Fletcher Flora, Ed Dumonte und anderen
detebe 20278

Band 3
Schreckliche Geschichten von Jack Ritchie, Victor Canning, Robert Graves, Francis Clifford, John Wyndham, Julian Symons und anderen
detebe 20279

Band 4
Schreckliche Geschichten von Helen Nielsen, Joan Aiken, Ray Bradbury, Joan Fleming, Richard Matheson, Celia Fremlin, David Ely, Jane Speed und anderen
detebe 20664

Band 5
Schreckliche Geschichten von Jack Ritchie, Patricia Highsmith, Joan Aiken und anderen
detebe 21564

Band 6
Schreckliche Geschichten von Clark Howard, Cornell Woolrich, E.W. Heine, Celia Fremlin, Charlotte Armstrong, Patricia Highsmith, Jack Ritchie und anderen
detebe 21701

Band 7
Schreckliche Geschichten von Patricia Highsmith, Celia Fremlin, Joan Aiken, Henry Slesar, Ray Bradbury, Fanny Morweiser, Dick Francis, Robert Bloch, Donald E. Westlake und anderen
detebe 21828

Jack Ritchie im Diogenes Verlag

Der Mitternachtswürger
Geschichten. Aus dem Amerikanischen von
Alfred Probst. detebe 21293

Für alle ungezogenen Leute
Detektiv-Geschichten. Deutsch von Dorothee Asendorf
detebe 21384

Gedächtnis ade
Kriminalgeschichten. Deutsch von
Elfriede Riegler und Dorothee Asendorf
detebe 21565

Francis Clifford im Diogenes Verlag

Alles hat zwei Seiten
Roman. Aus dem Englischen von Nils-Henning von Hugo
detebe 21762

Der nackte Bote
Roman. Deutsch von Walburga Fielden
detebe 21824